**CLASSICO**LYCÉE

# Gatsby le magnifique

# FRANCIS SCOTT FITZGERALD

**Traduit de l'américain
par Philippe Jaworski**

**Dossier par Laure Mangin**
*Agrégée de lettres modernes*

BELIN ■ GALLIMARD

# Sommaire

**Pour entrer dans l'œuvre** 4

Chapitre 1 9
Chapitre 2 33
Chapitre 3 49
**Arrêt sur lecture 1** 72

Chapitre 4 77
Chapitre 5 99
Chapitre 6 117
**Arrêt sur lecture 2** 133

Chapitre 7 139
Chapitre 8 173
Chapitre 9 189
**Arrêt sur lecture 3** 208

# Le tour de l'œuvre en 8 fiches

| Fiche 1. Francis Scott Fitzgerald en 20 dates | 214 |
| --- | --- |
| Fiche 2. L'œuvre dans son contexte | 215 |
| Fiche 3. La structure de l'œuvre | 216 |
| Fiche 4. Les grands thèmes de l'œuvre | 218 |
| Fiche 5. Les personnages du roman | 220 |
| Fiche 6. Un roman pluriel | 222 |
| Fiche 7. Les adaptations de *Gatsby le magnifique* | 224 |
| Fiche 8. Citations | 226 |

# Groupements de textes

| Groupement 1. Histoires d'amour manquées | 228 |
| --- | --- |
| Groupement 2. Folles soirées | 235 |
| Questions sur les groupements de textes | 241 |

# Vers l'écrit du Bac

| Corpus. Personnages énigmatiques | 242 |
| --- | --- |
| Questions sur le corpus et travaux d'écriture | 249 |

# Fenêtres sur... 250

Des ouvrages à lire, des films à voir,
et des sites Internet à consulter

# Glossaire 252

## Pour entrer dans l'œuvre

Qui est Jay Gatsby ? Ce mystérieux millionnaire fait parler de lui dans tout New York. Sa luxueuse demeure de West Egg accueille tout l'été des convives par centaines au cours de somptueuses réceptions. Mais au cœur de la fête, Gatsby reste profondément solitaire ; tout le monde connaît son nom, cependant personne ne sait vraiment qui il est et les rumeurs les plus extravagantes circulent sur son compte. Nick Carraway, un jeune courtier originaire de l'Ouest, narrateur du roman et voisin de Gatsby, part à la découverte de ce personnage énigmatique, et reconstruit progressivement son passé au gré des rencontres. Dans la course aux plaisirs d'une Amérique hédoniste qui veut oublier le traumatisme de la Première Guerre mondiale, dans le luxe des villas de Long Island ou au cœur de Manhattan, au rythme des premiers accords de jazz, Gatsby poursuit un rêve à jamais brisé, celui de reconquérir la femme qu'il a toujours aimée.

À sa parution en 1925, *Gatsby le magnifique* est bien accueilli par la critique, mais le roman se vend peu. Cinq ans plus tard, l'œuvre de Fitzgerald sombre dans l'oubli. Balayés par la crise économique de 1929, ses personnages de riches bourgeois sont passés de mode et des écrivains au style plus incisif comme Hemingway, Dos Passos ou Steinbeck, séduisent désormais les lecteurs américains. Il faut attendre les années 1950 pour que son œuvre soit redécouverte et appréciée à sa juste valeur. On reconnaît en Fitzgerald l'auteur de l'Âge du jazz. On admire sa capacité à traduire dans l'écriture la fêlure profonde qui fragilise les êtres et les pousse à se détruire. Séduit par la dimension picturale du roman, le cinéma s'empare de l'histoire de Gatsby : en 1949, Eliott Nugent s'en inspire pour réaliser *Le Prix du silence*. Robert Redford incarne le personnage à l'écran aux côtés de Mia Farrow dans *Gatsby le magnifique*, un film de Jack Clayton, en 1974. Baz Luhrmann confie le rôle à Leonardo DiCaprio pour son adaptation dont la sortie est prévue en 2013. Incarnant à la fois la « génération perdue » des années 1920 et le rêve américain qui peut transformer un modeste fermier en millionnaire, le mystérieux Gatsby continue à fasciner le public.

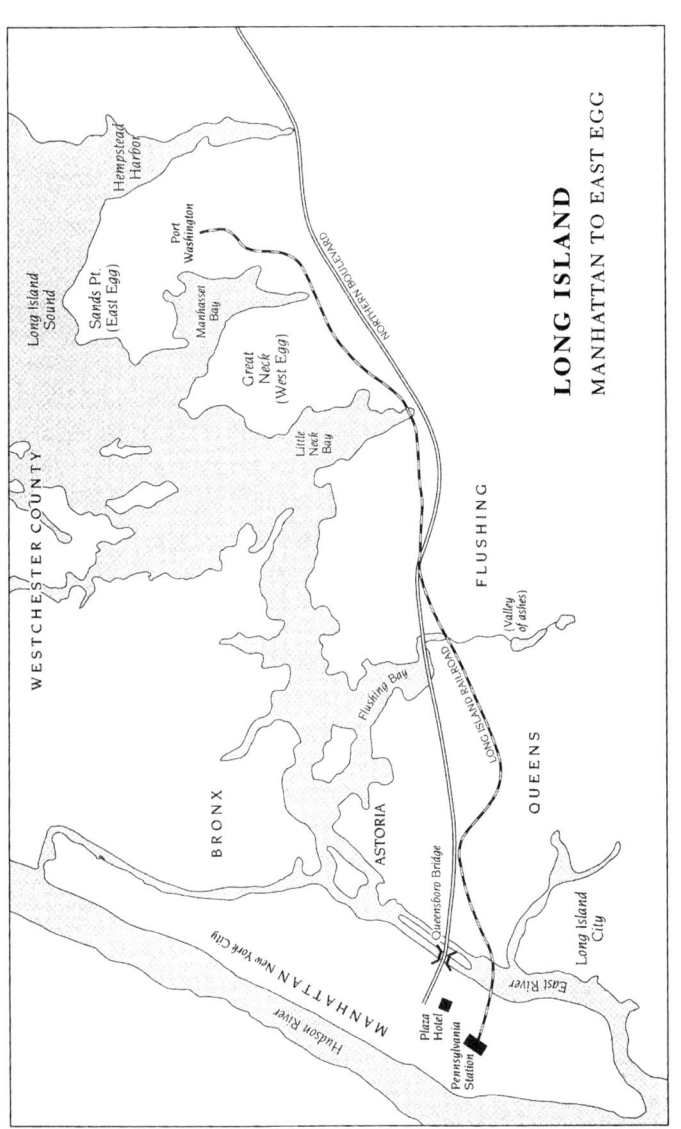

Carte de Long Island (dont Manhattan) figurant dans l'édition américaine de *Gatsby le magnifique* (Oxford University Press, 2008).

*Cette fois encore*
*pour ZELDA*

Mets donc le chapeau d'or, si c'est pour l'émouvoir ;
Et pour elle bondis, très haut si tu le peux,
Jusqu'à la faire crier : « Amant au chapeau d'or,
Toi qui si haut bondis, je t'aurai, je te veux ! »

THOMAS PARKE D'INVILLIERS[1]

---

**1. Thomas Parke d'Invilliers** : poète fictif, qui est l'un des personnages principaux du premier roman publié de Francis Scott Fitzgerald, *L'Envers du paradis* (1920).

Chapitre 1

Quand j'étais plus jeune et plus vulnérable, mon père, un jour, m'a donné un conseil que je n'ai pas cessé de retourner dans ma tête.
« Chaque fois que tu seras tenté de critiquer quelqu'un, m'a-t-il dit, songe d'abord que tout un chacun n'a pas eu en ce bas monde les mêmes avantages que toi. »
Il n'en a pas dit plus, mais comme nous avions une capacité peu ordinaire à communiquer dans la plus extrême réserve, j'ai compris qu'il exprimait ainsi beaucoup plus qu'il n'y paraissait. De là mon inclination[1] à ne pas me hâter de juger, habitude qui a fait de moi le confident de bien des personnalités surprenantes, et aussi la victime de plus d'un inguérissable raseur. Un esprit déréglé est prompt à déceler ce trait de caractère chez l'individu normal et à s'y attacher ; c'est ainsi qu'à l'université j'ai été injustement accusé d'être un manœuvrier[2], parce que de jeunes sphinx farouches[3] m'avaient confié leurs peines secrètes. La plupart de ces confidences n'avaient pas été sollicitées. Souvent, je faisais semblant de dormir ou d'être absorbé, ou je feignais une légèreté hostile dès que je percevais, à quelque signe indiscutable, qu'un aveu intime se profilait à l'horizon, car les confessions des jeunes gens, ou du moins les termes dans lesquels ils les formulent, relèvent habituellement du plagiat[4] et sont gâtées par d'évidentes censures. Réserver son

---

1. **Inclination** : tendance.
2. **Manœuvrier** : manipulateur.
3. **De jeunes sphinx farouches** : de jeunes gens réservés et mystérieux.
4. **Plagiat** : mauvaise imitation.

jugement, c'est entretenir un espoir infini. J'ai toujours un peu peur de manquer quelque chose si j'oublie, comme le suggérait mon père avec un certain snobisme, et comme je le répète avec la même dose de snobisme, que le sens des convenances[1] fondamentales est inégalement distribué à la naissance.

Après m'être ainsi vanté de mon esprit de tolérance, je dois admettre qu'il a ses limites. On peut fonder son comportement sur un dur bloc de pierre ou les eaux d'un marécage, mais au-delà d'un certain point, je me moque de savoir sur quoi il est établi. Quand je suis revenu de la côte Est à l'automne dernier, il me semblait que je voulais voir le monde en uniforme, figé une fois pour toutes dans une sorte de garde-à-vous moral ; j'avais eu mon content[2] de ces expéditions débridées[3] qui vous offrent des aperçus exceptionnels sur le cœur humain. Seul Gatsby, l'homme qui donne son nom à ce livre, échappait à ma réaction ; Gatsby, qui représentait tout ce pour quoi j'éprouve le mépris le moins affecté qui soit. Si la personnalité est une suite ininterrompue de gestes réussis, alors il y avait chez lui quelque chose de somptueux, une sensibilité aiguë aux promesses de la vie, comme s'il était relié à l'une de ces machines complexes qui enregistrent les séismes à dix mille kilomètres de distance. Cette réactivité n'avait rien à voir avec la sensibilité flasque que l'on pare du nom pompeux de « tempérament d'artiste ». C'était une prodigieuse disposition à l'espoir, une aptitude au romantisme dont je n'ai jamais rencontré l'équivalent chez personne, et que je ne retrouverai sans doute jamais. Non… Gatsby, à la fin, fut admirable ; c'est ce dont il était la proie, la poussière infecte qui flottait dans le sillage de ses rêves, qui m'a rendu, pour un temps, indifférent aux chagrins abortifs[4] des hommes et à leurs ivresses si vite essoufflées.

---

1. **Convenances** : usages de la société.
2. **Mon content** : suffisamment.
3. **Débridées** : déchaînées, libérées de toute contrainte.
4. **Abortifs** : mort-nés.

**Chapitre 1**

Ma famille, éminente et fortunée, est établie dans le Middle West[1] depuis trois générations. Les Carraway forment une manière de clan, issu, selon une tradition qui nous est propre, des ducs de Buccleuch ; mais le véritable fondateur de la lignée à laquelle j'appartiens est le frère de mon grand-père, qui vint s'installer ici en 1851, envoya un suppléant[2] se battre pendant la guerre de Sécession[3] et créa l'affaire de quincaillerie en gros que mon père dirige encore aujourd'hui.

Je n'ai jamais vu ce grand-oncle auquel il paraît que je ressemble, s'il faut en croire, en particulier, les traits rugueux du portrait à l'huile accroché dans le bureau de Père. Diplômé de New Haven[4] en 1915, un quart de siècle exactement après mon père, j'ai aussitôt participé à cette migration teutonne[5] tardive connue sous le nom de Grande Guerre. J'ai pris un si vif plaisir à la contre-attaque qu'à mon retour je ne pouvais plus rester tranquille. Le Middle West avait cessé d'être à mes yeux le centre douillet du monde ; il m'apparaissait à présent comme le bord effrangé[6] de l'univers. C'est dans ces conditions que j'ai décidé de partir dans l'Est et d'apprendre le métier de courtier en valeurs[7]. Toutes mes connaissances travaillaient dans les titres[8] ; le marché, supposais-je, devait pouvoir nourrir un célibataire de plus. Mes oncles et tantes au grand complet en discutèrent comme s'il s'agissait de choisir pour moi une école préparatoire[9], et conclurent, le visage grave et la voix hésitante : « Bon… Pourquoi pas ? » Père

---

1. **Middle West** : région située au centre des États-Unis.
2. **Suppléant** : remplaçant ; ici, personne payée par quelqu'un pour partir à la guerre à sa place.
3. **Guerre de Sécession** : guerre civile américaine opposant les états du Nord à ceux du Sud entre 1861 et 1865.
4. **New Haven** : ville américaine située dans l'État du Connecticut, où se trouve l'université de Yale.
5. **Teutonne** : vers l'Allemagne.
6. **Effrangé** : miséreux.
7. **Courtier en valeurs** : personne chargée de la négociation de produits financiers.
8. **Titres** : valeurs boursières.
9. **École préparatoire** : grande école.

accepta de subvenir à mes besoins pendant un an et, après divers contretemps, je suis arrivé dans l'Est au printemps 1922 ; pour toujours, pensais-je.

Le plus commode eût été de chercher un logement à New York, mais il faisait très chaud et je venais de quitter un pays de vastes pelouses et d'arbres accueillants. Aussi, lorsqu'un jeune homme, au bureau, me proposa de partager une maison en banlieue, l'idée me parut excellente. Il trouva la maison, un bungalow aux murs de carton-pâte battu par les vents, pour quatre-vingts dollars par mois ; mais au dernier moment, la société le muta à Washington et je suis donc allé m'installer seul à la campagne. J'avais un chien – ou plutôt j'eus un chien pendant quelques jours, puis il disparut –, une vieille Dodge[1] et une femme de ménage finlandaise qui faisait mon lit, préparait mon petit déjeuner et se marmonnait à elle-même des adages finnois[2] au-dessus du fourneau électrique.

Après un ou deux jours de complète solitude, un homme arrivé après moi m'arrêta sur la route, un beau matin.

« Comment se rend-on au village de West Egg[3] ? » demanda-t-il, désemparé.

Je le renseignai, et, continuant mon chemin, cessai de me sentir seul. J'étais un guide, un éclaireur, un pionnier des premiers âges. Il m'avait, sans le vouloir, accordé la libre jouissance du lieu.

C'est ainsi qu'avec l'aide du soleil et des robustes feuillaisons des arbres – surgies aussi soudainement que les choses croissent dans un film en accéléré – j'eus la conviction banale que la vie recommençait avec l'été.

Il y avait, en premier lieu, tant de livres à lire et tant de belle santé à puiser dans cet air jeune et vivifiant. J'achetai une dizaine de volumes sur la banque, le crédit et les placements, qui formaient sur mon étagère une rangée rouge et or pareille à de la monnaie

---

1. **Dodge** : marque de voiture américaine.
2. **Adages finnois** : proverbes finlandais.
3. **West Egg** : ce lieu de fiction est inspiré par Great Neck, un village de la côte nord de Long Island où Fitzgerald a vécu entre 1922 et 1924.

fraîchement frappée, et promettaient de me révéler les rutilants[1] secrets que seuls connaissent Midas, Morgan et Mécène[2]. Et j'avais la noble intention de lire bien d'autres livres encore. J'étais, à l'université, un tempérament plutôt « littéraire » – j'avais écrit, une année durant, une série d'éditoriaux pompeux et convenus[3] pour les *Nouvelles de Yale*[4] –, et j'allais maintenant pouvoir refaire usage de tout cela dans ma vie et redevenir le plus limité des spécialistes, « un esprit équilibré ». Cette formule n'est pas une simple épigramme[5]. La vie, après tout, se laisse d'autant mieux appréhender avec succès qu'on la regarde d'une unique fenêtre.

C'est au seul hasard que je dois d'avoir loué une maison dans l'une des communautés les plus étranges de toute l'Amérique du Nord. Elle était située sur cette île mince et tumultueuse qui s'étire tout droit à l'est de New York et comporte, entre autres curiosités naturelles, deux formations géologiques insolites. À trente kilomètres de la ville, une paire d'œufs gigantesques, de forme identique et séparés par une baie privée, saillent au milieu de l'étendue d'eau salée la plus domestiquée de l'hémisphère occidental, la grande basse-cour aquatique du détroit de Long Island[6]. Ce ne sont pas des ovales parfaits – ils sont tous deux aplatis à l'extrémité en contact avec la terre, comme l'œuf de Colomb[7] –, mais leur ressemblance physique doit être une source permanente d'émerveillement pour

---

**1. Rutilants**: brillants.
**2. Midas**: dans la mythologie grecque, roi de Phrygie à qui Dionysos accorde la capacité de transformer en or tout ce qu'il touche; **Morgan**: famille fondatrice d'un puissant groupe financier américain; **Mécène**: homme politique romain (Ier siècle av. J.-C.) ayant aidé financièrement de nombreux artistes. Par extension, un mécène désigne une personne fortunée qui, par goût des arts, aide les écrivains et les artistes.
**3. Éditoriaux pompeux et convenus**: articles prétentieux et sans originalité.
**4. *Nouvelles de Yale***: journal de l'université de New Haven.
**5. Épigramme**: mot spirituel et satirique.
**6. Long Island**: île sur laquelle est bâtie une partie de la ville de New York. D'une longueur de 190 km, elle se divise en quatre comtés, dont deux sont des quartiers de New York (Brooklyn et le Queens), et deux sont des banlieues de la ville. Le détroit de Long Island est la baie qui sépare les côtes de l'île de l'État du Connecticut (voir carte p. 8).
**7. Œuf de Colomb**: allusion à une anecdote selon laquelle Christophe Colomb aurait écrasé l'extrémité de la coquille d'un œuf dur pour le faire tenir debout.

les mouettes qui les survolent. Les créatures sans ailes ne manquent pas d'être frappées par le fait qu'hormis leur forme et leur taille, ils sont en tout point dissemblables.

Je vivais à West Egg, le moins… comment dire ? le moins chic des deux œufs, bien que ce mot ne désigne que de manière très superficielle le contraste bizarre et passablement sinistre qu'ils présentent. Ma maison se trouvait à la pointe extrême de l'œuf, à cinquante mètres seulement du détroit, coincée entre deux demeures considérables qui se louaient au prix de douze ou quinze mille dollars la saison. Celle que j'avais à ma droite était une chose colossale à tous égards, une impeccable imitation de quelque *hôtel de ville*\*[1] normand, avec, d'un côté, une tour flambant neuve agrémentée d'une fine barbe de lierre d'un vert cru, une piscine de marbre et pas moins de vingt hectares de pelouses et jardins. C'était la gentilhommière[2] de Gatsby. Ou plutôt, comme je ne connaissais pas encore Mr Gatsby, c'était une gentilhommière habitée par un homme qui portait ce nom. Ma maison à moi était un scandale pour l'œil, mais un scandale de si petites dimensions qu'on l'avait négligé, de sorte que j'avais droit à une vue sur la mer, ainsi qu'à une perspective incomplète sur les pelouses de mon voisin et à la proximité consolante de millionnaires, le tout pour quatre-vingts dollars par mois.

De l'autre côté de la petite baie privée, les palais blancs du monde chic d'East Egg[3] étincelaient au bord de l'eau, et l'histoire de cet été-là commence vraiment le soir où j'ai pris le volant pour aller dîner chez les Buchanan, sur la rive d'en face. Daisy était une cousine au second degré, et j'avais connu Tom à l'université. Et juste après la guerre, j'avais passé deux jours avec eux à Chicago[4].

---

**1.** Les mots ou expressions en italique et suivis d'un astérisque sont en français dans le texte.
**2. Gentilhommière** : maison de campagne d'un gentilhomme.
**3. East Egg** : lieu de fiction qui correspond à Sands Point, le bout de la péninsule de Port Washington, située sur la côte nord de Long Island.
**4. Chicago** : ville américaine située dans l'État de l'Illinois, au sud du lac Michigan.

Le mari de Daisy, entre autres exploits sportifs, avait été l'un des plus robustes ailiers[1] que New Haven eût jamais comptés dans son équipe de football – un héros national, d'une certaine façon, l'un de ces hommes qui atteignent, à vingt et un ans, à un tel niveau d'une excellence limitée que tout ce qu'ils font par la suite paraît toujours décevant. Sa famille possédait une fortune fabuleuse – même à l'université, on lui reprochait sa prodigalité[2] –, mais il avait maintenant quitté Chicago et, installé dans l'Est, il y menait un train de vie qui vous laissait pantois[3]. Par exemple, il avait fait venir de Lake Forest[4] une écurie de poneys pour ses parties de polo[5]. J'avais du mal à imaginer qu'un homme de ma génération pût être assez fortuné pour faire une chose pareille.

J'ignore pourquoi ils vinrent sur la côte Est. Ils avaient passé une année en France sans raison précise, puis n'avaient cessé de bouger d'un endroit à l'autre, s'arrêtant là où l'on jouait au polo, là où l'on était riche ensemble. Cette fois, l'installation était définitive, m'avait dit Daisy au téléphone, mais je n'en crus pas un mot. Je ne lisais pas dans le cœur de Daisy, mais je sentais que Tom continuerait à vagabonder indéfiniment, cherchant à retrouver, non sans un peu de nostalgie, la violence spectaculaire de quelque match de football à jamais évanoui.

C'est ainsi qu'un soir où soufflait un vent chaud, j'ai pris la route pour aller voir à East Egg deux vieux amis que je connaissais à peine. Ils habitaient une demeure d'un rouge et blanc pimpant, de style colonial géorgien[6], bien plus tarabiscotée que je l'imaginais, et qui dominait la baie. La pelouse commençait à la plage et courait sur près de cinq cents mètres jusqu'à la porte d'entrée, franchissant

---

**1. Ailiers**: dans une équipe de football, joueurs qui se trouvent à l'extrémité avant droite ou gauche.
**2. Prodigalité**: caractère dépensier.
**3. Pantois**: stupéfait.
**4. Lake Forest**: ville de l'Illinois, située en banlieue nord de Chicago.
**5. Polo**: sport collectif qui se pratique à cheval.
**6. Style colonial géorgien**: style architectural anglais (XVIIIe siècle-début du XIXe siècle) qui s'est répandu dans les colonies américaines.

des cadrans solaires, des allées de brique et des jardins flamboyants, et, quand elle atteignait enfin la maison, comme emportée par son élan, elle couvrait le mur de côté d'une éclatante vigne vierge. La monotonie de la façade était brisée par une rangée de portes-fenêtres qui étincelaient à présent de reflets d'or, grandes ouvertes aux souffles brûlants de l'après-midi, et Tom Buchanan, en tenue de cavalier, se tenait sur la terrasse, les jambes écartées.

Il avait changé depuis l'époque de New Haven. C'était maintenant, à trente ans, un homme à la forte carrure ; il avait le cheveu jaune paille, une bouche assez dure et un air hautain. Deux yeux brillants d'arrogance régnaient en maîtres sur son visage et donnaient le sentiment qu'il était toujours penché en avant, de façon menaçante. Rien, pas même un je-ne-sais-quoi de crâneur et d'efféminé dans sa tenue de cavalier, ne pouvait dissimuler la force prodigieuse de ce corps. Il semblait remplir ses bottes luisantes au point d'en faire craquer les lacets du haut, et l'on voyait jouer une puissante masse de muscles quand il bougeait les épaules sous la mince étoffe de sa veste. Ce corps avait la force colossale d'un levier ; c'était un corps cruel.

Quand il parlait, sa voix de ténor, rauque et bourrue, ajoutait à l'impression de hargne qu'il produisait. Il y avait en elle un soupçon de condescendance[1] paternaliste, même à l'égard des gens qu'il aimait, et j'ai connu à New Haven des garçons qui le détestaient cordialement.

« Allons, allons… ne croyez pas que je doive avoir le dernier mot pour la simple raison que je suis plus fort et plus viril que vous », semblait-il dire. Nous appartenions à la même association d'étudiants, et si nous n'avions jamais été intimes, j'avais cependant toujours cru qu'il avait une bonne opinion de moi et aurait voulu que je l'aime avec cette rudesse mêlée de nostalgie et de bravade[2] qui lui était propre.

---

1. **Condescendance** : bienveillance légèrement méprisante.
2. **Bravade** : défi.

Nous conversâmes quelques instants sur la terrasse baignée de soleil.

« J'ai trouvé un assez joli petit coin », dit-il, promenant en tous sens un œil pétillant.

Son bras sur le mien, il me fit faire demi-tour et sa large main plate souligna la perspective qui s'offrait de la façade, englobant dans son ample geste un jardin à l'italienne dans un creux de terrain, un quart d'hectare d'épais rosiers au parfum entêtant et un canot à moteur au nez camus[1], contre lequel les vagues venaient cogner à quelque distance du rivage.

« Ça appartenait à Demaine, le roi du pétrole. »

Il me fit faire un autre demi-tour, poliment, avec brusquerie.

« Passons à l'intérieur. »

Un vestibule haut de plafond nous mena dans une salle lumineuse, d'un rose léger, rattachée au reste de la maison par le lien délicat que constituaient les portes-fenêtres à chacune de ses extrémités. Celles-ci étaient entrouvertes, et leur blancheur éclatante se détachait sur le frais gazon qui paraissait empiéter un peu sur l'intérieur de la maison. Les souffles d'air, en traversant la pièce, repoussaient, d'un côté, les rideaux au-dehors et, à l'autre bout, les gonflaient en dedans comme des drapeaux au ton pâle, les envoyaient en torsade vers cette pièce montée enrobée de sucre glace qu'était le plafond, puis répandaient sur le tapis lie-de-vin[2] des ondulations, le couvrant d'une ombre comme fait le vent sur la mer.

Le seul objet absolument fixe de ce lieu était un immense canapé sur lequel deux jeunes femmes flottaient, comme dans une nacelle à l'amarre. Elles étaient toutes deux vêtues de blanc, leur robe parcourue de frissons et de friselis, comme si la brise les eût ramenées à l'intérieur après un vol rapide autour de la maison. J'ai dû demeurer un instant sans bouger à écouter les rideaux claquer, et gémir un tableau accroché au mur. Puis il y eut un bruit

---

1. **Nez camus** : métaphoriquement, proue écrasée du bateau.
2. **Lie-de-vin** : rouge foncé tirant sur le violet.

d'explosion lorsque Tom Buchanan ferma les fenêtres de derrière ; prisonnier de la pièce, le vent expira, et les rideaux, les tapis et les deux jeunes femmes dans leur montgolfière redescendirent lentement à terre.

La plus jeune des deux m'était inconnue. Elle était allongée de tout son long à l'une des extrémités du canapé, dans une complète immobilité, le menton légèrement levé, comme si elle s'efforçait d'y faire tenir en équilibre quelque chose qui menaçait de tomber. Si elle me vit du coin de l'œil, elle n'en laissa rien paraître, au point que, saisi d'étonnement, je faillis murmurer quelques mots d'excuse pour l'avoir dérangée en entrant.

L'autre femme, Daisy, entreprit de se mettre debout – elle se pencha légèrement en avant d'un air concentré –, puis éclata de rire, d'un petit rire absurde et adorable, et j'éclatai de rire à mon tour et m'avançai dans la pièce.

« Je suis p... paralysée de bonheur. »

Elle rit de nouveau comme si elle avait fait quelque remarque très spirituelle et garda un moment ma main dans la sienne ; ses yeux levés vers moi me juraient qu'il n'y avait personne au monde qu'elle eût plus envie de voir que moi. C'était sa manière de faire. Elle me glissa dans un murmure que l'équilibriste s'appelait Baker. (J'ai entendu dire que les murmures de Daisy n'avaient d'autre but que d'obliger les gens à se pencher vers elle ; cette critique futile n'en diminuait en rien le charme.)

Quoi qu'il en soit, les lèvres de Miss Baker frémirent, elle me fit un signe de tête presque imperceptible, puis rejeta rapidement la nuque en arrière ; l'objet qu'elle tenait en équilibre avait, de toute évidence, vacillé un peu, lui causant une grosse frayeur. Je fus, une fois encore, sur le point de dire un mot d'excuse. Les manifestations d'indépendance absolue suscitent le plus souvent chez moi un respect mêlé de stupéfaction.

Je détournai mon regard vers ma cousine qui se mit à m'interroger de sa voix basse et troublante. C'était le genre de voix dont l'oreille suit les inflexions comme si chaque phrase était une combinaison de notes qui ne sera jamais répétée. Elle avait un visage triste et beau, où tout n'était qu'éclat – des yeux éclatants, des lèvres éclatantes, sensuelles ; mais on percevait dans sa voix une fébrilité[1] dont les hommes qui l'avaient aimée ne parvenaient jamais à perdre tout à fait le souvenir : une irrépressible inclination au chant, une invite chuchotée : « Écoutez… », l'assurance qu'elle venait de vivre des instants joyeux, passionnants, et que l'heure suivante en promettait d'aussi joyeux et passionnants.

Je lui dis que je m'étais arrêté une journée à Chicago sur ma route vers la côte Est et qu'une dizaine de personnes m'avaient demandé de lui transmettre leurs amitiés.

« Est-ce que je leur manque ? s'écria-t-elle, au comble du ravissement.

– La ville entière est plongée dans la désolation. Toutes les voitures ont peint en noir leur roue arrière gauche en signe de deuil, et la nuit, c'est une lamentation continue qui monte de la rive nord du lac.

– Merveilleux ! Retournons-y, Tom. Demain ! »

Puis elle ajouta, sans transition :

« Il faut que tu voies ma petite fille.

– Cela me ferait plaisir.

– Elle dort. Elle a deux ans. Tu ne l'as jamais vue ?

– Jamais.

– Eh bien, il faut que tu la voies. Elle… »

Tom Buchanan, qui ne cessait d'aller et venir dans la pièce, s'arrêta et posa la main sur mon épaule.

« Que fais-tu dans la vie, Nick ?

– Courtier en valeurs.

– Pour qui ? »

Je lui donnai le nom.

« Jamais entendu parler », fit-il d'un ton tranchant.

Sa réponse m'irrita.

---

1. **Fébrilité** : excitation nerveuse.

« Ça viendra, répondis-je sèchement. Ça viendra si tu restes dans la région.

– Oh oui, je reste dans la région, rassure-toi », dit-il en lançant un coup d'œil à Daisy, puis en me regardant, moi, comme s'il guettait autre chose. « Je serais un sacré imbécile d'aller vivre ailleurs. »

À ce moment, Miss Baker jeta un « Absolument ! » si soudain que je sursautai. C'était le premier mot qu'elle prononçait depuis que j'étais entré dans la pièce. Elle n'en fut, apparemment, pas moins étonnée que moi car elle eut un bâillement et, par une succession de mouvements rapides et adroits, parvint à se mettre debout.

« Je suis toute raide, gémit-elle. Je suis allongée sur ce canapé depuis une éternité.

– Ne me regarde pas comme ça, répliqua Daisy. J'ai passé tout l'après-midi à essayer de t'entraîner à New York. »

« Non merci », dit Miss Baker aux quatre cocktails qui venaient d'arriver de l'office. « Mon entraînement l'interdit. »

Son hôte la contempla d'un air incrédule.

« Ah bon… » Il vida son verre d'un trait, comme s'il n'y avait eu qu'une seule goutte au fond. « Que vous puissiez faire quoi que ce soit me dépasse complètement. »

Les yeux fixés sur Miss Baker, je me demandais ce qu'elle pouvait bien « faire ». J'aimais la regarder. C'était une femme svelte aux seins petits ; elle avait un maintien rigide, qu'elle accentuait en rejetant les épaules en arrière comme un jeune élève officier. Ses yeux gris fatigués par le soleil, dans un visage un peu pâle, délicieux, grognon, me rendirent mon regard avec une curiosité polie. J'eus soudain le sentiment que je l'avais déjà vue, ou que j'avais vu une photographie d'elle quelque part.

« Vous habitez à West Egg ? fit-elle sur un ton méprisant. Je connais quelqu'un là-bas.

– Moi, je ne connais pas âme qui…

– Vous devez connaître Gatsby.

– Gatsby ? demanda Daisy. Quel Gatsby ? »

Avant que j'aie pu répondre qu'il était mon voisin, on annonça que le dîner était servi. Coinçant d'autorité son bras nerveux sous le mien, Tom Buchanan me poussa hors de la pièce comme s'il avançait un pion sur un damier.

Silhouettes frêles et alanguies, mains délicatement posées sur les hanches, les deux jeunes femmes nous précédèrent sur une terrasse rosie par le soleil couchant, où la flamme de quatre bougies, sur la table, tremblait au souffle d'un vent expirant.

« Des bougies… Mais pourquoi ? » protesta Daisy en fronçant les sourcils. Elle les éteignit du bout des doigts. « Dans deux semaines, ce sera le jour le plus long de l'année. » Elle nous regardait tous, le visage radieux. « Est-ce que vous ne guettez pas le jour le plus long de l'année, et puis, chaque fois, vous le manquez ? Moi, je guette chaque fois le jour le plus long de l'année et je le manque.

– On devrait organiser quelque chose », dit Miss Baker en bâillant, et elle s'assit à table comme si elle se mettait au lit.

« Très bien, dit Daisy. Qu'allons-nous organiser ? » Elle se tourna vers moi, désemparée. « Qu'est-ce que les gens organisent en général ? »

Avant que j'aie pu répondre, ses yeux se fixèrent, épouvantés, sur son petit doigt.

« Regardez ! gémit-elle. Je suis blessée. »

Nous regardâmes ; la phalange était bleu-noir.

« C'est toi qui as fait ça, Tom, dit-elle d'un ton accusateur. Je sais que tu ne l'as pas fait exprès, mais c'est quand même ton œuvre. Voilà ce qu'il m'en coûte d'avoir épousé une brute, une espèce de gros… grand malabar[1]…

– Je n'apprécie pas beaucoup le mot *malabar*, protesta Tom d'un ton contrarié, même dans une plaisanterie.

– Malabar ! » répéta Daisy.

À certains moments, Miss Baker et elle parlaient en même temps, d'une voix discrète, avec une frivolité badine[2] qui n'était jamais

---

**1. Malabar** : sur l'île de la Réunion et l'île Maurice, habitant d'origine indienne. Au figuré, homme fort et musclé.
**2. Frivolité badine** : légèreté enjouée.

vraiment celle d'un papotage, qui avait la fraîcheur de leurs robes blanches et de leur regard impersonnel vierge de tout désir. Elles étaient là et nous toléraient, Tom et moi, ne consentant qu'à un effort courtois, gracieux, pour participer à la conversation générale. Elles savaient que le dîner n'allait pas tarder à prendre fin, et qu'un peu plus tard la soirée, elle aussi, prendrait fin et serait rangée dans un coin sans plus de façons. Le contraste était saisissant avec les mœurs de l'Ouest, où l'on avançait précipitamment d'une étape à l'autre jusqu'au terme de la soirée, dans une attente perpétuellement déçue de la suite ou une terreur physique absolue de l'instant présent.

« J'ai l'impression d'être un barbare à côté de toi, Daisy », avouai-je après mon second verre d'un bordeaux bouchonné, mais assez remarquable. « Tu ne pourrais pas plutôt parler des récoltes, ou ce genre de choses ? »

Je n'avais aucune intention particulière en faisant cette remarque, mais elle fut reprise par Tom d'une manière inattendue.

« La civilisation s'en va à vau-l'eau, s'écria-t-il avec violence. Je suis devenu terriblement pessimiste sur le sort du monde. As-tu lu *L'Essor des empires de couleur* du dénommé Goddard[1] ?

– Ma foi, non, répondis-je, passablement surpris par son ton.

– Eh bien, c'est un livre excellent que tout le monde devrait lire. Il montre que si nous n'y prenons garde, la race blanche sera… finira par être complètement submergée. C'est une thèse scientifique, tout cela est prouvé.

– Tom est en train de devenir très savant », dit Daisy avec un air de tristesse involontaire. « Il lit des livres difficiles avec des mots longs comme ça. Quel était ce mot que nous…

– En tout cas, ce sont tous des livres scientifiques », répéta Tom en lui jetant un regard d'impatience. « Ce type connaît son sujet à fond. C'est à nous, la race dominante, de rester vigilants, si l'on ne veut pas que les autres races prennent les choses en main.

---

**1.** Tom se trompe : l'auteur de ce livre développant des théories racistes est Lothrop Stoddard.

– Il faut les écraser », murmura Daisy avec un clin d'œil féroce en direction de l'ardent soleil.

« Vous devriez aller vivre en Californie… » commença Miss Baker, mais Tom l'interrompit en se tournant lourdement sur sa chaise.

« Sa thèse, c'est que nous sommes des Nordiques. Je suis un Nordique, et toi aussi, et vous aussi, et… » Après une infime hésitation, il inclut dans sa liste, d'un léger signe de tête, Daisy – qui m'adressa un nouveau clin d'œil. « … et que nous avons inventé tout ce qui fait la civilisation… oui, tout… la science, l'art, et le reste. Tu comprends ? »

Il y avait quelque chose de pathétique dans son effort de concentration, comme si sa suffisance[1], plus aiguë que par le passé, ne parvenait plus à le satisfaire. Quand, presque aussitôt après, le téléphone sonna dans la maison et que le majordome quitta la terrasse, Daisy profita de cette brève interruption pour se pencher vers moi.

« Je vais te confier un secret de famille, murmura-t-elle d'une voix exaltée. Il s'agit du nez du majordome. Tu veux savoir ce qui est arrivé à son nez ?

– C'est pour ça que je suis venu ce soir.

– Eh bien, voilà. Cet homme n'a pas toujours été majordome. Il s'occupait autrefois de l'argenterie chez des gens de New York qui possédaient un service en argent de deux cents couverts. Il devait astiquer les pièces du matin au soir, jusqu'au jour où son nez a commencé à en ressentir les effets…

– Et les choses sont allées de mal en pis, proposa Miss Baker.

– Oui. Les choses sont allées de mal en pis, si bien qu'il a dû abandonner son poste. »

Pendant un instant, les derniers rayons du soleil couchant se posèrent sur son visage radieux avec une tendresse toute romantique. Sa voix m'obligeait, pour la saisir, à tendre le cou vers elle en retenant mon souffle. Puis l'embrasement s'éteignit peu à peu, chaque lueur abandonnait ses traits à regret, avec lenteur,

---

**1. Suffisance** : prétention.

comme des enfants au crépuscule quittent la rue où ils se sont tant amusés.

Le majordome revint et murmura quelque chose à l'oreille de Tom, qui fronça les sourcils, repoussa sa chaise et rentra dans la maison sans dire un mot. Comme si ce départ éveillait quelque chose en elle, Daisy s'inclina de nouveau vers moi. Sa voix était enflammée, chantante.

« Je suis si heureuse de te voir à ma table, Nick. Tu me fais penser à… à une rose, oui, absolument. Tu ne trouves pas ? » Elle se tourna vers Miss Baker, en quête d'une confirmation. « Une rose, absolument, non ? »

C'était faux. Je ne ressemble à une rose ni de près ni de loin. Elle improvisait, mais une chaleur troublante émanait d'elle comme si son cœur cherchait à s'exprimer, dissimulé dans l'un de ces mots qu'elle prononçait dans un souffle et qui vous faisaient tressaillir d'émotion. Puis, soudain, elle jeta sa serviette sur la table, s'excusa et disparut à l'intérieur.

Miss Baker et moi échangeâmes un bref regard que nous voulions tous deux dépourvu de signification. J'allais ouvrir la bouche lorsqu'elle se redressa sur sa chaise, comme aux aguets, et fit « Chut ! » d'un ton qui commandait l'attention. Un murmure étouffé mais véhément nous parvenait de la pièce voisine, et Miss Baker se pencha en avant, sans vergogne, pour essayer d'entendre. Le murmure hésita un instant au bord de l'intelligible, s'estompa, redoubla d'intensité et finit par s'évanouir tout à fait.

« Ce Mr Gatsby dont vous avez parlé est mon voisin… dis-je.

— Taisez-vous. Je veux entendre ce qui se passe.

— Il se passe quelque chose ? demandai-je innocemment.

— Vous voulez dire que vous ne savez pas ? demanda Miss Baker, sincèrement surprise. Je croyais que tout le monde était au courant.

— Pas moi.

— Eh bien… fit-elle d'une voix hésitante, Tom a une maîtresse à New York.

— Une maîtresse ? » répétai-je, décontenancé.

Miss Baker fit un signe de tête affirmatif.

« Elle pourrait avoir la décence de ne pas l'appeler au téléphone pendant le dîner, vous ne trouvez pas ? »

À peine avais-je eu le temps de saisir le sens de ses paroles que l'on perçut le froufrou d'une robe et le craquement de bottes de cuir, et Tom et Daisy furent de nouveau à table.

« Impossible d'y échapper ! » s'écria Daisy avec une gaieté forcée.

Elle s'assit, lança à Miss Baker, puis à moi, un regard inquisiteur[1] et poursuivit : « J'ai regardé dehors une minute, c'est très romantique, dehors. Il y a un oiseau sur la pelouse, je crois que ce doit être un rossignol venu jusqu'ici à bord d'un bateau de la Cunard ou de la White Star. Il chante à perdre haleine... » (La voix de Daisy devenait chant.) « C'est romantique, Tom, tu ne trouves pas ?

— Très romantique », dit-il, puis, s'adressant à moi avec des accents lamentables : « S'il y a assez de jour quand le dîner sera terminé, je voudrais te montrer les écuries. »

Le téléphone sonna à l'intérieur ; tous sursautèrent. Daisy secoua la tête en direction de Tom, lui opposant un *Non !* farouche, et le sujet des écuries, à vrai dire tous les sujets possibles s'évanouirent aussitôt. Parmi les fragments épars des cinq dernières minutes passées à table, je me souviens que l'on ralluma les bougies, sans véritable raison, et que je tenais absolument à regarder les uns et les autres droit dans les yeux tout en évitant leurs regards. Je ne pouvais deviner ce que Daisy et Tom pensaient, mais je doute que même Miss Baker, qui semblait dotée d'un scepticisme à toute épreuve, fût capable de chasser totalement de son esprit l'appel métallique suraigu, insistant, de ce cinquième convive. Tel tempérament aurait peut-être jugé la situation piquante à souhait ; mon instinct à moi me soufflait d'appeler immédiatement la police.

Inutile de dire que l'on ne parla plus des chevaux. Tom et Miss Baker, séparés par un ou deux mètres de lumière crépusculaire, repartirent d'un pas nonchalant vers la bibliothèque, comme s'ils

---

**1. Inquisiteur** : qui interroge avec insistance.

allaient y veiller un corps parfaitement tangible[1], tandis que, m'efforçant de paraître plaisamment intéressé et un peu dur d'oreille, je suivais Daisy dans une enfilade de vérandas communicantes jusqu'à la terrasse en façade. Dans l'ombre épaisse, nous nous assîmes côte à côte sur une banquette en osier.

Daisy se prit le visage dans les mains comme pour en éprouver l'adorable contour, et son regard s'enfonça peu à peu dans les profondeurs de ce crépuscule de velours. Je vis qu'elle était la proie de tumultueuses émotions; aussi lui posai-je des questions, que je croyais de nature à l'apaiser, sur sa petite fille.

« Nous ne nous connaissons pas très bien, Nick, dit-elle soudain. Même si nous sommes cousins. Tu n'es pas venu à mon mariage.

– J'étais encore à l'armée.

– C'est vrai. » Elle hésita. « Tu sais… j'ai vécu des moments très difficiles, Nick, et je suis devenue assez cynique sur tout. »

Elle avait, à l'évidence, de bonnes raisons de l'être. J'attendis, mais elle n'en dit pas plus et, après un moment, je revins sans beaucoup de conviction sur le sujet de sa fille.

« Je suppose qu'elle parle, et… mange, et tout ça.

– Oh oui. » Elle me regarda d'un air absent. « Écoute, Nick. Laisse-moi te raconter ce que j'ai dit quand elle est née. Tu veux savoir ?

– Absolument.

– Cela t'aidera à comprendre où j'en suis avec… avec la vie. Voilà… Elle n'était pas née depuis une heure, et Tom se trouvait Dieu sait où. Je suis sortie de l'anesthésie avec le sentiment d'être abandonnée par la terre entière, et j'ai tout de suite demandé à l'infirmière si c'était un garçon ou une fille. Elle m'a dit que c'était une fille… Alors j'ai tourné la tête et je me suis mise à pleurer. "Bien, ai-je dit, je suis heureuse que ce soit une fille. Et j'espère qu'elle sera idiote… Une ravissante petite idiote… On ne peut pas souhaiter plus beau destin pour une fille ici-bas." 

---

**1. Tangible** : concret.

« Tu vois, je pense que tout est horrible, nécessairement, poursuivit-elle d'un ton convaincu. Tout le monde le pense… les gens les plus évolués. Et moi, je le sais. Je suis allée partout, j'ai tout vu, tout fait. »

Ses yeux brillants lançaient autour d'elle des regards de défi, un peu comme ceux de Tom, et elle riait d'un rire méprisant qui vous faisait frissonner. « Raffinée… Seigneur ! Voilà ce que je suis, raffinée ! »

Au moment où sa voix se brisait, cessant de contraindre mon attention et ma capacité à la croire, je ressentis l'insincérité fondamentale de ses propos. J'en éprouvais un malaise, comme si la soirée tout entière avait été une sorte de tour de passe-passe destiné à me soutirer ma quote-part[1] d'émotion. J'attendis et, inévitablement, le moment suivant elle me regardait avec, sur son joli visage, la grimace de la minauderie[2] ; on eût dit qu'elle affirmait ainsi son appartenance à une très distinguée société secrète dont Tom et elle eussent été membres.

À l'intérieur, la pièce flamboyait de lumière cramoisie[3]. Tom et Miss Baker étaient assis à chaque extrémité du long canapé, et elle lui faisait la lecture du *Saturday Evening Post*[4]. Les mots, simples murmures dénués d'inflexion, roulaient en une musique apaisante. La lampe jetait un éclat brillant sur les bottes de Tom, une lueur terne sur la chevelure couleur de feuille d'automne de la jeune femme, et elle glissait sur le journal chaque fois que celle-ci tournait une page, faisant frémir les muscles frêles de ses bras.

Quand nous entrâmes, elle nous imposa silence un moment de sa main levée.

« La suite au prochain numéro », dit-elle en jetant le magazine sur la table.

---

1. **Quote-part** : part.
2. **Minauderie** : ensemble de manières destinées à séduire.
3. **Cramoisie** : rouge foncé.
4. ***Saturday Evening Post*** : journal hebdomadaire américain.

Un mouvement nerveux du genou fit reprendre tous ses droits à son corps, et elle fut debout.

« Dix heures », observa-t-elle, comme si elle venait de lire l'heure au plafond. « Extinction des feux pour cette gentille petite fille.

– Jordan dispute le tournoi demain à Westchester, expliqua Daisy.

– Ah ! c'est donc vous… Jordan Baker ! »

Je savais maintenant pourquoi ce visage m'était familier. Combien de fois son regard aimable et méprisant ne m'avait-il pas fixé, sur des rotogravures[1] montrant la vie sportive à Asheville, Hot Springs et Palm Beach[2] ? J'avais aussi entendu raconter sur son compte une histoire déplaisante, où elle n'était pas ménagée, mais j'avais depuis longtemps oublié de quoi il s'agissait.

« Bonne nuit, dit-elle doucement. Réveille-moi à huit heures, tu veux bien ?

– Si tu promets de te lever.

– C'est promis. Bonne nuit, Mr Carraway. À bientôt.

– Mais oui, tu le reverras bientôt, confirma Daisy. En réalité, je crois que je vais arranger un mariage. Viens nous voir souvent, Nick, et je… comment dire ?… je vous jetterai dans les bras l'un de l'autre. Tu sais… je vous enfermerai accidentellement dans un placard à linge, et je vous pousserai au large dans une barque… Ce genre de choses…

– Bonne nuit, cria Miss Baker dans l'escalier. Je n'ai rien entendu.

– C'est une chic fille, dit Tom après un instant. On ne devrait pas la laisser courir ainsi d'un bout à l'autre du pays.

– *Qui* ne devrait pas ? s'enquit Daisy d'un ton glacial.

– Sa famille.

– Sa famille se compose d'une tante qui doit avoir à peu près mille ans d'âge. D'ailleurs, Nick va s'occuper d'elle, n'est-ce pas, Nick ? Elle va passer quantité de week-ends avec nous ici, cet été. Je crois que l'atmosphère d'un foyer lui fera le plus grand bien. »

---

**1. Rotogravures** : brochures illustrées.
**2. Asheville, Hot Springs et Palm Beach** : trois villes américaines situées respectivement en Caroline du Nord, Arkansas et Floride.

Daisy et Tom se dévisagèrent un moment en silence.

« Elle est de New York ? demandai-je rapidement.

– De Louisville[1]. Nous y avons passé notre enfance de petites filles blanches. Nos belles et blanches…

– Est-ce que tu as eu avec Nick une petite conversation à cœur ouvert sur la terrasse ? demanda Tom soudain.

– Moi ? » Elle me regarda. « Impossible de m'en souvenir, mais il me semble que nous avons parlé de la race nordique. Oui, j'en suis sûre. C'est venu comme ça dans la conversation, naturellement pour ainsi dire…

– Ne crois pas tout ce que tu entends, Nick », me conseilla-t-il.

Je dis d'un ton léger que je n'avais rien entendu, et quelques minutes plus tard je me levai pour rentrer chez moi. Ils m'accompagnèrent jusqu'à la porte et restèrent debout côte à côte dans un riant carré de lumière. Comme je faisais démarrer mon moteur, Daisy cria, péremptoire[2] : « Attends !

« J'ai oublié de te demander quelque chose, et c'est important. On a entendu dire que tu étais fiancé dans l'Ouest.

– C'est vrai, confirma Tom d'une voix aimable. On a entendu dire que tu étais fiancé.

– Pure calomnie. Je suis trop pauvre.

– Mais on l'a entendu dire », insista Daisy qui, à ma grande surprise, s'ouvrit de nouveau comme une fleur. « On le tient de trois personnes différentes, ça doit donc être vrai. »

Je savais, bien évidemment, à quoi ils faisaient allusion, mais je n'étais fiancé ni de près ni de loin. Les ragots responsables de la publication des bans[3] étaient l'une des raisons qui m'avaient fait partir pour l'Est. On ne rompt pas une relation avec une amie de longue date sur de simples rumeurs, et, d'un autre côté, je n'avais pas l'intention de laisser des rumeurs me contraindre au mariage.

---

1. **Louisville** : ville américaine située dans l'État du Kentucky.
2. **Péremptoire** : avec autorité.
3. **Publication des bans** : annonce publique d'un mariage.

L'intérêt qu'ils me portaient me touchait et me les rendait, malgré leur fortune, un peu plus proches. Néanmoins, au moment où je m'éloignais de chez eux, j'étais perplexe et vaguement écœuré. Il me semblait que la meilleure chose que Daisy eût pu faire était de quitter sans délai la maison, son enfant dans les bras, mais elle n'en avait apparemment pas la moindre intention. Quant à Tom, le fait qu'il avait « une maîtresse à New York » était bien moins surprenant que de le savoir déprimé par la lecture d'un livre. Quelque chose le poussait à grignoter des miettes d'idées rancies[1], comme si son robuste égoïsme d'athlète ne suffisait plus à nourrir son cœur autoritaire.

C'était déjà le plein été sur les toits en terrasse des auberges de campagne et en bordure des routes devant les garages, dont les pompes à essence rouges, flambant neuves, se dressaient au milieu de lacs de lumière, et quand je suis arrivé dans ma propriété de West Egg, j'ai rangé la voiture dans son abri et suis resté un moment assis sur une tondeuse à gazon abandonnée, dans le jardinet. Le vent était tombé, laissant dans son sillage une nuit lumineuse et sonore, avec des battements d'ailes dans les arbres et une musique d'orgue continue – la formidable soufflerie de la terre qui gonflait jusqu'au paroxysme le chœur des crapauds. La silhouette d'un chat en maraude[2] vacilla dans le clair de lune et, tournant la tête pour l'observer, je vis que je n'étais pas seul : à moins de vingt mètres de moi, une forme avait surgi de l'ombre de la demeure de mon voisin et, les mains dans les poches, contemplait la poussière argentée des étoiles. Quelque chose dans son attitude nonchalante et l'assurance avec laquelle il était planté sur la pelouse me donnèrent à penser que c'était Mr Gatsby en personne, venu déterminer la part qui lui était dévolue de notre bout de ciel local.

Je décidai de l'appeler. Miss Baker avait parlé de lui au cours du dîner, et cela constituait une bonne entrée en matière. Mais je

---

**1. Rancies** : pourries.
**2. En maraude** : chassant.

m'abstins, car son attitude, soudain, suggéra qu'il souhaitait être seul : il étendait les bras vers l'eau ténébreuse en un geste curieux et, malgré la distance qui nous séparait, j'aurais juré qu'il tremblait. Involontairement, j'ai regardé en direction du large, sans pouvoir rien distinguer sinon une unique et minuscule lumière verte, très loin, qui aurait pu aussi bien marquer l'extrémité d'une jetée. Lorsque j'ai cherché de nouveau Gatsby du regard, il avait disparu, et je me suis retrouvé seul dans la nuit turbulente.

Chapitre 2

À mi-chemin, à peu près, entre West Egg et New York, la route rejoint précipitamment la voie du chemin de fer et continue de courir parallèlement à elle sur une longueur de cinq cents mètres, afin de rester à distance d'un lieu de désolation. Cet endroit est une vallée de cendres – une ferme fantasmagorique où la cendre pousse comme du blé en prenant l'apparence de crêtes, de collines, de jardins fantastiques, où la cendre dessine des maisons, des cheminées, des volutes de fumée, et, pour finir, avec un effort surnaturel, des hommes couleur de cendre qui se meuvent confusément et se désagrègent aussitôt dans l'air gris de poussière. De temps à autre, une file de wagonnets gris se traîne sur des rails invisibles, produit un grincement sinistre et s'arrête ; aussitôt, les hommes couleur de cendre arrivent en foule de tous côtés, armés de pelles de plomb, et soulèvent un nuage impénétrable qui dissimule à la vue leurs mystérieuses activités.

Mais au-dessus de la terre grise et de la poussière morne qui s'en échappe spasmodiquement pour flotter sans fin dans l'atmosphère, on découvre, au bout d'un moment, les yeux du Dr T. J. Eckleburg. Les yeux du Dr T. J. Eckleburg sont bleus et gigantesques ; leur rétine mesure un mètre de haut. Ce sont des yeux sans visage, qui vous regardent derrière une paire d'énormes lunettes jaunes posées sur un nez inexistant. De toute évidence, un oculiste facétieux[1] les a installées là pour grossir sa clientèle du quartier de Queens avant

---

1. **Facétieux** : aimant plaisanter.

de disparaître, frappé par une cécité[1] éternelle, ou de déménager en les oubliant derrière lui. Mais ses yeux, un peu ternis par de nombreuses journées passées au soleil et sous la pluie sans jamais être repeints, continuent à méditer au-dessus de l'impressionnante décharge publique.

La vallée des cendres est bornée d'un côté par une petite rivière à l'eau infecte, et lorsque le pont basculant est levé pour laisser passer les péniches, les passagers des trains qui attendent peuvent rester une demi-heure à contempler ce lugubre spectacle. Il y a toujours à cet endroit un arrêt d'une minute au moins, et c'est ce qui explique ma rencontre avec la maîtresse de Tom Buchanan.

Partout où il était connu, l'existence de sa maîtresse faisait l'objet de remarques appuyées. Ses amis lui reprochaient de se montrer avec elle dans des restaurants très fréquentés, et de la laisser à une table pour aller négligemment faire un brin de causette avec une personne de sa connaissance qui se trouvait là. Bien que je fusse curieux de la voir, je n'avais nul désir de la rencontrer ; c'est pourtant ce qui m'advint. J'étais avec Tom dans le train de New York un après-midi, et lorsque nous nous arrêtâmes devant les collines de cendre, il sauta sur ses pieds et, me saisissant par le coude, me força – littéralement – à sortir du wagon.

« On descend ! dit-il avec rudesse. Je veux te présenter mon amie. »

Je crois qu'il s'était pas mal alcoolisé pendant le déjeuner, et sa détermination à me voir lui tenir compagnie frisait la brutalité. Sa morgue[2] lui dictait que je n'avais rien de mieux à faire un dimanche après-midi.

J'ai franchi derrière lui une barrière basse de chemin de fer blanchie à la chaux et nous sommes revenus en arrière, longeant la route sur une centaine de mètres, sous l'immuable regard du Dr Eckleburg. Le seul bâtiment en vue était un petit immeuble de briques jaunes, posé en bordure du terrain vague, que desservait

---

**1. Cécité** : perte de la vue.
**2. Morgue** : mépris.

une sorte de grand-rue compacte, sans rien à proximité. L'une des trois boutiques qui le composaient était à louer ; une autre était un restaurant ouvert la nuit et auquel menait une piste cendreuse ; la troisième était un garage – *Réparations.* GEORGE B. WILSON. *Achat et Vente de Voitures* –, et j'ai suivi Tom à l'intérieur.

L'endroit était pauvre et nu ; la seule voiture visible était une épave de Ford couverte de poussière, qui gisait dans un coin sombre. Je me faisais la réflexion que ce garage fantôme devait être un paravent et que le premier étage cachait un somptueux appartement avec des salons romantiques, quand le propriétaire apparut en personne à la porte d'un bureau, s'essuyant les mains à un morceau de chiffon. C'était un homme blond, sans énergie, étiolé[1], vaguement séduisant. Quand il nous vit, une lueur d'espoir jaillit dans le bleu de ses yeux clairs et humides.

« Bonjour, Wilson, mon ami », dit Tom, en lui donnant une tape joviale sur l'épaule. « Comment vont les affaires ?

– J'ai pas à me plaindre, répondit Wilson sans conviction. Quand me vendez-vous cette voiture ?

– La semaine prochaine ; mon gars travaille dessus en ce moment.

– Pas très rapide, votre gars, vous trouvez pas ?

– Non, je ne trouve pas, dit Tom d'un ton glacial. Mais si c'est ce que vous pensez, je ferais peut-être mieux de la vendre ailleurs.

– C'est pas ce que je voulais dire, se hâta d'expliquer Wilson. Je voulais dire que… »

Sa voix se perdit, et Tom jeta autour de lui des regards fébriles. J'entendis alors des bruits de pas dans un escalier, et peu après la silhouette épaisse d'une femme masqua la lumière qui venait de la porte du bureau. Elle avait la trentaine passée et un peu d'embonpoint, mais portait sa chair avec cette sensualité dont font preuve certaines femmes. Son visage, au-dessus d'une robe à pois en *crêpe*[2] *de Chine*\* bleu foncé, ne possédait ni éclat ni beauté, mais il y avait

---

**1. Étiolé** : affaibli.
**2. Crêpe** : étoffe légère et transparente.

en elle une vitalité immédiatement perceptible, comme si son corps était prêt à s'enflammer par toutes ses fibres à chaque instant. Elle sourit lentement et, marchant à travers son mari comme s'il eût été une ombre, elle serra la main de Tom en le regardant droit dans les yeux. Puis elle passa sa langue sur ses lèvres et, sans se retourner, lança à son mari, d'une voix douce et vulgaire :

« Apporte des chaises, tu veux bien, pour qu'on soit pas tous à rester debout.

– Oui, bien sûr », approuva Wilson avec empressement. Il se dirigea vers le petit bureau et se fondit aussitôt dans la couleur des murs en ciment. Une poussière de cendre blanche couvrait d'un voile son vêtement sombre et ses cheveux blonds, comme elle recouvrait tout dans le voisinage, à l'exception de sa femme, qui se rapprocha de Tom.

« Je veux te voir, dit Tom avec décision. Prends le prochain train.
– Très bien.
– Je te retrouverai près du kiosque à journaux, au niveau inférieur. »

Elle acquiesça de la tête et s'écarta de lui au moment précis où George Wilson sortait de son bureau avec deux chaises.

Nous l'avons attendue sur la route, assez loin pour ne pas être vus. Nous étions à quelques jours du 4 Juillet[1], et un petit Italien gris, malingre[2], disposait des pétards le long de la voie ferrée.

« Cet endroit est horrible », dit Tom en échangeant un regard sévère avec le Dr Eckleburg.

« Épouvantable.
– Ça lui fait du bien d'en sortir.
– Et le mari ne dit rien ?
– Wilson ? Il croit qu'elle va voir sa sœur à New York. Il est si stupide qu'il ne se rend pas compte qu'il existe. »

C'est ainsi que nous sommes allés, Tom Buchanan, son amie et moi, tous ensemble à New York – ou plutôt pas vraiment ensemble,

---

**1. 4 juillet** : fête nationale américaine commémorant la déclaration d'Indépendance des États-Unis.
**2. Malingre** : d'une maigreur maladive.

car Mrs Wilson s'installa discrètement dans un autre wagon. C'était la concession de Tom à la susceptibilité des habitants d'East Egg qui auraient pu se trouver dans le train.

Elle s'était changée et portait maintenant une robe de mousseline imprimée marron qui se tendit sur ses hanches, qu'elle avait assez larges, lorsque Tom l'aida à descendre sur le quai à New York. Au kiosque à journaux, elle acheta *Potins mondains*[1] et un magazine de cinéma, et au drugstore[2] de la gare un pot de cold-cream[3] et un petit flacon de parfum. Au rez-de-chaussée, dans la galerie aux échos solennels, elle laissa partir quatre taxis avant d'en choisir un d'un modèle nouveau, couleur lavande avec des sièges gris, et, nous échappant de la cohue des voyageurs, nous nous élançâmes dans la lumière brûlante. Mais la voiture avait à peine démarré qu'elle se détourna brusquement de la fenêtre et, se penchant en avant, frappa à la vitre du chauffeur.

« Je voudrais un chien comme ça, dit-elle avec une certaine gravité. J'en voudrais un pour l'appartement. C'est gentil, un chien. »

Le taxi fit marche arrière jusqu'à un vieil homme aux cheveux gris, qui ressemblait absurdement à John D. Rockefeller[4]. Dans un panier qui se balançait à son cou étaient blottis une dizaine de très jeunes chiots de race indéterminée.

« Ils sont de quelle race ? » demanda Mrs Wilson avec empressement quand il se fut approché de la portière.

« De toutes les races. Qu'est-ce que vous recherchez, madame ?
– J'aimerais un chien comme ils ont dans la police ; vous n'en avez pas de cette race, par hasard ? »

L'homme posa un regard perplexe sur son panier, plongea la main et en retira un chiot frétillant qu'il tenait par la peau du cou.

« Ce n'est pas un chien policier, fit Tom.

---

**1.** ***Potins mondains*** : magazine féminin consacré aux célébrités.
**2.** **Drugstore** : pharmacie qui fait aussi office d'épicerie.
**3.** **Cold-cream** : crème pour le visage.
**4.** **John D. Rockefeller** (1839-1937) : riche industriel américain, ayant fait fortune dans le pétrole.

– Non, c'est pas vraiment ce qu'on pourrait appeler un chien policier, dit l'homme avec une pointe de déception dans la voix. Ça serait plutôt un airedale[1]. » Il passa la main sur le dos de l'animal, un véritable carré de torchon brun. « Regardez-moi ce poil. Avec un poil pareil, vous serez tranquille, jamais il s'enrhumera.

– Je le trouve mignon, dit Mrs. Wilson, enthousiaste. Il vaut combien ?

– Ce chien ? » Il le regarda d'un œil admiratif. « Ce chien vous coûtera dix dollars. »

L'airedale – car un airedale était indiscutablement mêlé à son pedigree[2], bien que le chiot eût les pattes étonnamment blanches – changea de mains et se retrouva dans le giron[3] de Mrs Wilson ; là, elle se mit à caresser la fourrure imperméable, au comble du ravissement.

« C'est un garçon ou une fille ? demanda-t-elle avec délicatesse.

– Celui-ci ? C'est un garçon.

– C'est une femelle, fit Tom d'un ton tranchant. Voilà votre argent. Vous pourrez vous en acheter dix autres avec ça. »

Nous avons roulé jusqu'à la 5e Avenue ; il y avait de la douceur dans l'air en ce dimanche d'été presque pastoral[4], et je n'aurais pas été surpris de voir paraître un grand troupeau de moutons blancs au coin de la rue.

« Arrêtez-vous, ai-je dit, je dois vous laisser ici.

– Pas question, intervint Tom aussitôt. Myrtle sera froissée si tu ne viens pas avec nous à l'appartement. Pas vrai, Myrtle ?

– Venez donc, insista-t-elle. Je vais téléphoner à ma sœur Catherine. C'est une vraie beauté, à ce que disent les connaisseurs.

– Je serais ravi, mais… »

Le taxi poursuivit sa route, traversa de nouveau Central Park[5] en direction de l'ouest. À la 158e Rue, la voiture s'arrêta devant la

---

1. **Airedale** : grand chien terrier à poil dur.
2. **Pedigree** : généalogie des chiens (ou chats) de race.
3. **Dans le giron** : dans les bras.
4. **Pastoral** : champêtre.
5. **Central Park** : grand parc situé sur l'île de Manhattan à New York.

façade d'un immeuble résidentiel, simple portion d'une longue pâtisserie blanche. Promenant tout autour d'elle le regard d'une reine qui regagne son royaume, Mrs Wilson rassembla chien et emplettes[1], et pénétra à l'intérieur, d'une allure hautaine.

«Je vais demander aux McKee de nous rejoindre», annonça-t-elle tandis que l'ascenseur montait. «Et bien sûr, il faut aussi que j'appelle ma sœur.»

L'appartement était au dernier étage: un petit salon, une petite salle à manger, une petite chambre et une salle de bains. Le salon était plein à craquer d'un ensemble de sièges en tapisserie beaucoup trop imposants pour la pièce, de sorte qu'on ne pouvait s'y déplacer qu'en se cognant à chaque pas à des scènes montrant des dames à l'escarpolette[2] dans les jardins de Versailles. Il n'y avait qu'une image au mur – une photographie démesurément agrandie de ce qui semblait être une poule sur un rocher flou. Avec un peu de recul, cependant, la poule se révélait être un bonnet, et le visage d'une vieille femme corpulente adressait un sourire radieux à la pièce. De vieux numéros de *Potins mondains* s'empilaient sur la table, avec un exemplaire de *Simon appelé Pierre*[3] et de quelques magazines à scandale de Broadway[4]. Mrs Wilson commença par s'occuper du chien. Un garçon d'ascenseur réticent alla chercher un carton rempli de paille et du lait, auquel il ajouta, de sa propre initiative, une boîte de gros biscuits durs pour chiens; l'une de ces galettes passa l'après-midi à se décomposer impassiblement dans la soucoupe de lait. Pendant ce temps, Tom sortit une bouteille de whisky d'un secrétaire fermé à clef.

Je n'ai été ivre que deux fois dans ma vie, et comme la seconde fois fut précisément cet après-midi-là, tout ce qui se déroula alors est enveloppé d'un brouillard opaque, en dépit du soleil qui inonda

---

**1. Emplettes**: courses.
**2. À l'escarpolette**: sur d'anciennes balançoires.
**3. *Simon appelé Pierre***: roman de l'écrivain et prêtre britannique Robert Keable (1887-1927).
**4. Broadway**: avenue de Manhattan célèbre pour ses théâtres.

joyeusement l'appartement jusqu'à huit heures du soir. Assise sur les genoux de Tom, Mrs Wilson appela plusieurs personnes au téléphone ; puis, comme il n'y avait plus de cigarettes, je suis sorti en acheter au drugstore du coin. Lorsque je suis revenu, ils avaient disparu, si bien que je me suis installé discrètement dans le salon pour lire un chapitre de *Simon appelé Pierre*. Le livre devait être atroce, ou alors le whisky déformait tout, car je n'en ai pas compris un traître mot.

Au moment où Tom et Myrtle réapparaissaient (après le premier verre, Mrs Wilson et moi nous appelions par nos prénoms), les invités commencèrent à arriver dans l'appartement.

Catherine, la sœur, était une femme mince d'une trentaine d'années, délurée[1] ; elle portait sur la tête un casque luisant de cheveux roux, et la poudre donnait à son visage un teint laiteux. Elle avait fait épiler ses sourcils, redessinés ensuite selon un tracé qui se voulait plus provocant, mais les efforts de la nature pour restaurer l'ancien contour donnaient à son visage un air imprécis. Au moindre geste, d'innombrables bracelets de terre cuite, glissant le long de ses bras, faisaient un interminable cliquetis. Elle entra avec la précipitation d'une propriétaire et promena sur le mobilier un regard si possessif que je me suis demandé si elle n'habitait pas là. Mais quand je l'interrogeai à ce propos, elle rit à gorge déployée, répéta ma question d'une voix forte et me dit qu'elle partageait une chambre d'hôtel avec une amie.

McKee était un homme incolore aux allures féminines qui vivait dans l'appartement du dessous. Il venait de se raser, car on voyait sur sa pommette une petite tache de mousse blanche, et il salua chacune des personnes présentes avec le plus grand respect. Il m'apprit qu'il travaillait dans le « domaine artistique », et je compris par la suite qu'il était photographe et avait réalisé l'agrandissement flou de la mère de Mrs Wilson qui flottait au mur comme un ectoplasme[2]. Sa femme était criarde, alanguie, ravissante, insupportable.

---

**1. Délurée** : effrontée, d'une liberté provocatrice.
**2. Ectoplasme** : fantôme.

Elle m'annonça fièrement que son mari l'avait photographiée cent vingt-sept fois depuis leur mariage.

Mrs Wilson, qui s'était changée peu avant, portait maintenant une robe d'après-midi en mousseline[1] de soie crème, d'une coupe savante, qui froufroutait[2] sans discontinuer dès qu'elle se lançait dans une de ses navigations à travers la pièce. Sous l'influence de la robe, sa personnalité, elle aussi, avait changé. La formidable vitalité qui m'avait paru si remarquable au garage s'était transformée en une impressionnante *hauteur\**. Son rire, ses gestes, ses propos devenaient à chaque instant plus violemment affectés, et comme elle se répandait, le salon rapetissait en proportion, au point qu'elle semblait tournoyer sur un pivot abominablement grinçant dans l'atmosphère enfumée.

« Ma chérie », cria-t-elle à sa sœur d'une voix stridente et maniérée, « la plupart de ces gens ne pensent qu'à nous rouler. L'argent, rien d'autre ne compte pour eux. J'ai fait venir une femme la semaine dernière pour s'occuper de mes pieds, et quand elle m'a présenté la note, vous auriez cru qu'elle m'avait enlevé l'appendicite.

– Comment s'appelait cette femme ? demanda Mrs McKee.

– Mrs Eberhardt. Elle vous soigne les pieds à domicile.

– J'aime beaucoup votre robe, observa Mrs McKee. Je la trouve adorable. »

Mrs Wilson balaya le compliment d'un haussement dédaigneux des sourcils.

« C'est un vieux chiffon sans intérêt, dit-elle. Je la passe parfois quand je n'ai pas envie de me soucier de l'air que j'ai.

– Mais elle vous va à ravir, si vous voyez ce que je veux dire, poursuivit Mrs McKee. Si seulement Chester pouvait vous prendre dans cette pose, je crois qu'il en tirerait quelque chose. »

Tous les regards se portèrent sur Mrs Wilson qui écarta une mèche de cheveux de ses yeux et nous considéra à son tour en arborant un sourire éclatant. Mr McKee l'observa longuement, la

---

**1. Mousseline** : toile de coton fine et légère.
**2. Froufroutait** : produisait un bruit de tissu froissé.

tête inclinée de côté, puis fit, avec des mouvements lents, aller et venir sa main devant son visage.

« Je devrais modifier l'éclairage, dit-il après un temps. J'aimerais faire ressortir le modelé des traits. Et j'essaierais de prendre toute la masse des cheveux de derrière.

– Ah non ! Je ne toucherais surtout pas à l'éclairage, s'écria Mrs McKee. Je pense que… »

Son mari fit *Chut !* et l'assemblée dirigea de nouveau les yeux sur le modèle. Là-dessus, Tom Buchanan bâilla bruyamment et se leva.

« Allons, les McKee, vous allez bien boire quelque chose, dit-il. Myrtle, va donc chercher des glaçons et de l'eau minérale avant que tout le monde s'endorme.

– J'avais pourtant demandé de la glace au garçon d'ascenseur. » Myrtle haussa les sourcils de désespoir devant l'inefficacité des classes inférieures[1]. « Ces gens ! On ne peut pas leur lâcher la bride[2] un seul instant. »

Elle me regarda et partit à rire sans rime ni raison[3]. Puis elle se jeta sur le chien, le couvrit de baisers frénétiques et s'éloigna pour faire une entrée majestueuse dans la cuisine comme si une dizaine de maîtres queux[4] y attendaient ses ordres.

« J'ai fait quelques jolies choses à Long Island », déclara Mr McKee.

Tom le regarda d'un air parfaitement inexpressif.

« Nous en avons fait encadrer deux, en bas.

– Deux quoi ? demanda Tom.

– Deux études. J'ai appelé l'une *Montauk Point*[5] *: Les Mouettes*, et l'autre *Montauk Point : La Mer.* »

La sœur, Catherine, s'assit près de moi sur le canapé.

« Est-ce que vous habitez vous aussi à Long Island ? s'enquit-elle[6].

---

1. **Classes inférieures** : classes populaires considérées avec mépris par Myrtle.
2. **Leur lâcher la bride** : les laisser libres.
3. **Sans rime ni raison** : sans aucune raison.
4. **Maîtres queux** : cuisiniers.
5. **Montauk Point** : zone située à l'extrémité est de Long Island.
6. **S'enquit-elle** : demanda-t-elle.

**Chapitre 2**

— Je vis à West Egg.

— Vraiment ? Je suis allée là-bas à une fête il y a un mois environ. Chez un homme qui s'appelle Gatsby. Vous le connaissez ?

— C'est mon voisin.

— Tiens… On dit que c'est un neveu ou un cousin du Kaiser Guillaume II[1]. C'est de là que vient tout son argent.

— Vraiment ? »

Elle fit oui de la tête.

« Il me fait peur. Je n'aimerais pas qu'il s'intéresse de trop près à moi. »

Ces passionnantes informations sur mon voisin furent interrompues par Mrs McKee ; elle pointait un doigt vers Catherine.

« Chester, je suis sûre que tu pourrais faire quelque chose avec elle », s'exclama-t-elle, mais Mr McKee se contenta d'opiner du bonnet[2] d'un air las et reporta son attention sur Tom.

« J'aimerais refaire des travaux à Long Island si je pouvais y être introduit. Tout ce que je demande, c'est qu'on me donne une chance.

— Voyez avec Myrtle », dit Tom, partant d'un bref et bruyant éclat de rire au moment où Mrs Wilson entrait avec un plateau. « Elle vous donnera une lettre d'introduction, n'est-ce pas, Myrtle ?

— Je ferai quoi ? demanda-t-elle, interloquée.

— Tu donneras à McKee une lettre d'introduction pour ton mari, afin qu'il puisse faire quelques études de lui. » Il remua les lèvres un instant, en silence, cherchant un titre. « *George B. Wilson à la pompe à essence*, ou quelque chose comme ça. »

Catherine se pencha tout contre moi et me murmura à l'oreille :

« Ils ne supportent ni l'un ni l'autre la personne qu'ils ont épousée.

— Vraiment ?

— Ils ne les *sup-por-tent* pas. »

Elle regarda Myrtle, puis Tom.

---

**1. Kaiser Guillaume II** (1859-1941) : dernier empereur allemand et roi de Prusse entre 1888 et 1918.
**2. Opiner du bonnet** : hocher la tête.

« Je dis juste une chose : pourquoi continuer à vivre avec eux s'ils ne les supportent pas ? Si j'étais eux, je divorcerais et je me remarierais tout de suite avec l'autre.

– Elle non plus n'aime pas Wilson ? »

La réponse, inattendue, vint de Myrtle – qui avait surpris la conversation – et elle fut violente et obscène.

« Vous voyez ? » s'écria Catherine, triomphante. Elle baissa de nouveau la voix. « C'est vraiment sa femme à lui qui empêche le remariage. Elle est catholique et les catholiques n'admettent pas le divorce. »

Daisy n'était pas catholique et l'extravagance du mensonge me choqua quelque peu.

« Quand ils seront mariés, poursuivit Catherine, ils iront vivre dans l'Ouest quelque temps, jusqu'à ce que les choses se calment.

– Il serait plus discret d'aller en Europe.

– Oh ! vous aimez l'Europe ? » s'écria-t-elle, à ma grande surprise. « Je reviens de Monte-Carlo.

– Vraiment ?

– L'année passée ; j'y suis allée avec une amie.

– Vous êtes restées longtemps ?

– Non, on a juste fait un aller-retour, par Marseille. On avait plus de douze cents dollars en arrivant, mais on s'est fait ratisser[1] en deux jours dans les salons particuliers du casino. Le retour n'a pas été une partie de plaisir, je vous prie de le croire. Seigneur ! comme je hais cette ville ! »

Le ciel de cette fin d'après-midi s'épanouit à la fenêtre, un moment, comme le miel bleuté de la Méditerranée ; puis la voix stridente de Mrs McKee me fit revenir dans le salon.

« Moi aussi, j'ai failli faire une bêtise, déclara-t-elle avec force. J'ai failli épouser un petit youpin[2] qui me courait après depuis des années. Je savais qu'il était très au-dessous de moi. Tout le monde

---
**1. Ratisser** : ruiner.
**2. Youpin** : injure raciste pour désigner une personne de religion juive ; vocabulaire animé par l'antisémitisme.

me répétait: "Lucille, cet homme est tellement au-dessous de toi!" Mais si je n'avais pas rencontré Chester, il aurait fini par m'avoir, c'est sûr.

– Oui, mais enfin… dit Myrtle Wilson avec des hochements de tête, au moins, vous ne l'avez pas épousé.

– Je le sais.

– Moi, je l'ai épousé, dit Myrtle, en une remarque ambiguë. Voilà toute la différence entre votre histoire et la mienne.

– Mais pourquoi as-tu fait cela, Myrtle? demanda Catherine. Personne ne t'y forçait.»

Myrtle réfléchit.

«Je l'ai épousé parce que je croyais que c'était un gentleman, dit-elle enfin. Je croyais qu'il savait ce que sont les bonnes manières, mais il n'était pas digne de lécher mes chaussures.

– Tu étais folle de lui, au début!

– Folle de lui? s'écria Myrtle, incrédule. Qui a dit que j'étais folle de lui? Je n'ai pas plus été folle de lui que je ne le suis de cet homme!»

Elle me montra soudain du doigt, et toute l'assemblée me jeta un regard accusateur. Je m'efforçai de montrer par mon expression que je n'attendais aucune marque d'affection.

«*Folle*? La seule fois où je l'ai été, c'est quand je l'ai épousé. Je me suis tout de suite rendu compte que je faisais une bêtise. Pour le mariage, il a emprunté à quelqu'un son costume du dimanche, et il m'en a même pas parlé. Et l'homme est venu le réclamer un jour qu'il était sorti.» Elle a regardé autour d'elle pour voir si on l'écoutait. «"Ah bon, il est à vous, ce costume? je lui ai dit. Première nouvelle." Mais je lui ai donné, puis je me suis jetée sur mon lit et j'ai pleuré comme une madeleine tout l'après-midi.»

«Elle devrait le laisser tomber une fois pour toutes, reprit Catherine à mon intention. Ça fait onze ans qu'ils vivent au-dessus de ce garage, et Tom est le premier amoureux qu'elle ait jamais eu.»

La bouteille de whisky – une seconde – faisait maintenant l'objet de demandes incessantes de toutes les personnes présentes, à l'exception de Catherine qui se sentait « aussi bien comme ça ». Tom sonna le gardien de l'immeuble et l'envoya chercher des sandwiches réputés, qui constituaient à eux seuls un repas complet. Je voulais quitter cet appartement et aller marcher en direction du parc, vers l'est, dans la douceur du crépuscule, mais chaque fois que j'essayais de partir, je me retrouvais empêtré dans une virulente altercation[1] qui me tenait ligoté, comme par des cordes, dans mon fauteuil. Pourtant, loin au-dessus de la ville, notre rangée de fenêtres dorées devait offrir sa part de mystère humain au passant qui s'arrêtait un instant pour regarder dans l'obscurité grandissante, et j'étais aussi cet homme qui levait les yeux et s'interrogeait. J'étais dedans et dehors, fasciné et écœuré tout à la fois par l'inépuisable diversité de la vie.

Myrtle rapprocha sa chaise de la mienne, et son haleine chaude déversa soudain sur moi le récit de sa rencontre avec Tom.

« C'était sur ces deux petits sièges qui se font face et qui restent toujours libres jusqu'au départ du train. J'allais à New York voir ma sœur et passer la nuit chez elle. Il avait un costume de soirée et des souliers en cuir vernis, et je n'arrivais pas à détacher mes yeux de lui, mais chaque fois qu'il me regardait je devais faire semblant de regarder la réclame[2] au-dessus de sa tête. Quand nous sommes entrés en gare, il était à côté de moi et je sentais son plastron[3] blanc contre mon bras; je lui ai dit que j'allais être obligée d'appeler un agent, mais il savait que je mentais. J'étais dans un tel état d'excitation qu'au moment où je suis montée dans un taxi avec lui, je ne me suis même pas aperçue que je ne prenais pas le métro. Je n'arrêtais pas de penser à une chose, une seule chose : "La vie est courte, la vie est courte." »

Elle se tourna vers Mrs McKee et la pièce retentit de son rire artificiel.

« Ma chérie, lança-t-elle, je vous donnerai cette robe dès que je n'en aurai plus besoin. Il faut que je m'en achète une autre

---

1. **Virulente altercation**: violente dispute.
2. **Réclame**: publicité.
3. **Plastron**: vêtement masculin qui couvre la poitrine.

demain. Je vais faire la liste de mes courses de demain. Massage, permanente[1], un collier pour le chien, et puis un de ces ravissants petits cendriers à ressort, et une couronne avec un ruban de soie noire qui durera tout l'été, pour la tombe de maman. Il faut que j'écrive cette liste pour ne pas oublier tout ce que je dois faire.»

Il était neuf heures. Presque aussitôt après j'ai regardé ma montre et j'ai vu qu'il était dix heures. Mr McKee dormait sur sa chaise, ses poings serrés posés sur ses cuisses, comme la photographie d'un homme d'action. J'ai tiré mon mouchoir de ma poche et fait disparaître de sa joue la tache de savon à barbe séché qui m'avait agacé tout l'après-midi.

Le petit chien, allongé sur la table, regardait de ses yeux aveugles à travers les nuages de fumée, et poussait, de temps à autre, de faibles gémissements. Les gens disparaissaient, réapparaissaient, se proposaient d'aller faire un tour, puis on se perdait, on se cherchait, on se retrouvait à quelques mètres les uns des autres. À un certain moment, autour de minuit, Tom Buchanan et Mrs Wilson eurent, face à face, un échange animé sur la question de savoir si Mrs Wilson avait le droit ou pas de prononcer le nom de Daisy.

«Daisy! Daisy! Daisy! criait Mrs Wilson. Je dirai le nom chaque fois que je le veux! Daisy! Dai…»

D'un geste court et précis, Tom Buchanan lui assena une gifle qui lui cassa le nez.

Ensuite, il y eut des serviettes tachées de sang sur le sol de la salle de bains, des voix de femmes qui faisaient des sermons et, très au-dessus de la confusion générale, un gémissement de douleur, long, entrecoupé. Mr McKee émergea de son somme et prit la direction de la porte, dans un état de complète hébétude. À mi-chemin, il se retourna et contempla la scène : Catherine et sa femme, munies du nécessaire pour les premiers soins, trébuchaient à chaque pas parmi les meubles qui encombraient la pièce, prodiguaient reproches et paroles de consolation, et, étendue sur le canapé, une désespérée

---

**1. Permanente**: traitement des cheveux pour les faire onduler de manière durable.

saignait en abondance et essayait de recouvrir d'un numéro de *Potins mondains* les jardins de ses tapisseries versaillaises. Puis Mr McKee se tourna et poursuivit sa route jusqu'à la porte. Saisissant mon chapeau accroché à une branche du lustre, je le suivis.

« Venez déjeuner un de ces jours », me proposa-t-il, tandis que l'ascenseur descendait avec des grincements.

« Où ça ?

– Où vous voulez.

– Ôtez votre main de la manette, aboya le liftier[1].

– Je vous demande pardon, dit Mr McKee d'un ton digne, j'ignorais que je la touchais.

– Entendu, fis-je. J'en serai ravi. »

… Je me tenais à côté de son lit, lui était assis entre ses draps, en sous-vêtements, un grand carton à dessins dans les mains.

« La Belle et la Bête… Solitude… Vieux cheval de l'épicerie… Pont de Brooklyn… »

Puis je suis à demi endormi sur un quai glacial du niveau inférieur de Pennsylvania Station, l'œil fixé sur le *Tribune*[2] du matin, attendant le train de quatre heures.

---

**1. Liftier** : garçon s'occupant du fonctionnement de l'ascenseur.
**2. *Tribune*** : journal quotidien américain spécialisé dans la bourse, l'économie et la finance.

Chapitre 3

Il y eut de la musique chez mon voisin tout au long des nuits d'été. Dans ses jardins bleus, les hommes et les femmes allaient et venaient comme des phalènes[1] parmi les chuchotements, le champagne et les étoiles. À marée haute, l'après-midi, je regardais ses invités sauter de sa plate-forme flottante ou prendre un bain de soleil sur le sable brûlant de sa plage, tandis que ses deux canots à moteur fendaient les eaux du détroit, tirant des aquaplanes[2] dans des cataractes[3] d'écume. En fin de semaine, sa Rolls-Royce, devenue un omnibus[4], faisait la navette entre ville et manoir, de neuf heures du matin jusque bien après minuit, tandis que son fourgon automobile trottait infatigablement comme un insecte doré pour ne pas manquer un seul train. Et tous les lundis, huit domestiques, dont un jardinier engagé comme extra, besognaient toute la journée armés de serpillières, de brosses à récurer, de marteaux et de cisailles, pour réparer les dégâts de la veille.

Tous les vendredis, cinq cageots d'oranges et de citrons arrivaient de chez un fruitier de New York ; tous les lundis, ces mêmes oranges et citrons repartaient par la porte de service en une pyramide de moitiés d'écorces vides. Il y avait à la cuisine un appareil capable d'extraire le jus de deux cents oranges en une demi-heure, si un maître d'hôtel pressait du pouce, deux cents fois, un petit bouton.

---
**1. Phalènes** : papillons de nuit.
**2. Aquaplanes** : sortes de skis nautiques.
**3. Cataractes** : cascades.
**4. Omnibus** : transport en commun.

Une fois par quinzaine, au moins, un bataillon de fournisseurs de décorations faisait son apparition, chargé de plusieurs dizaines de mètres de toile et d'assez d'ampoules de couleur pour transformer l'immense jardin de Gatsby en arbre de Noël. Sur les tables du buffet, garnies de hors-d'œuvre aux reflets scintillants, les jambons cuits aux épices se serraient contre des salades bigarrées[1] comme un manteau d'Arlequin et des pâtés de porc et de dinde en croûte qu'un sortilège avait portés à la perfection d'un or sombre. Dans le hall d'entrée était installé un comptoir de bar avec un véritable repose-pied en cuivre, qui abritait toute une réserve de gins, d'alcools et de liqueurs oubliés depuis si longtemps que la plupart des dames invitées étaient trop jeunes pour les distinguer les uns des autres.

À sept heures du soir, l'orchestre est en place – non pas un maigre ensemble de cinq instruments, mais la fosse[2] au grand complet – avec hautbois, trombones, saxophones, altos, cornets à piston, piccolos, caisse claire et timbales. Les derniers baigneurs sont maintenant rentrés de la plage et s'habillent à l'étage; les voitures de New York sont garées sur cinq rangs dans l'allée, et déjà les galeries, les salons et les terrasses s'égaient de couleurs primaires, de cheveux taillés à la dernière mode et de châles qui surpassent les rêves des Castillanes[3]. L'animation du bar est à son comble et les tournées de cocktails débordent peu à peu sur l'extérieur; l'air du jardin bruisse bientôt de bavardages, de rires, de sous-entendus sans conséquence, de présentations oubliées sitôt que faites et de rencontres enthousiastes entre des femmes dont chacune ignorera toujours le nom de l'autre.

L'éclat des lumières augmente à mesure que la terre, en titubant, se détourne du soleil. L'orchestre, à présent, joue une musique

---

**1. Bigarrées**: multicolores.
**2. Fosse**: dans une salle de spectacle, la fosse contient un orchestre entier, et notamment: les **altos** (instruments à cordes un peu plus grands que les violons), les **cornets à piston** (instruments à vent du même type que la trompette), les **piccolos** (petites flûtes).
**3. Castillanes**: habitants de la région espagnole de Castille; le châle est un habit traditionnel de cette région.

jaune cocktail et l'opéra des voix monte d'un ton. Les rires fusent plus facilement de minute en minute, jaillissent avec prodigalité, déclenchés par un simple mot plaisant. Les groupes se modifient plus rapidement, se gonflent de nouveaux arrivants, se désagrègent et se recomposent presque en même temps. Et l'on repère déjà les vagabondes, les jeunes femmes sûres d'elles-mêmes qui se faufilent ici et là entre des figures plus corpulentes et sédentaires, deviennent, pour un intense et joyeux moment, le centre d'un groupe, puis, excitées par leur triomphe, se laissent glisser un peu plus dans le tourbillon des métamorphoses des visages, des voix et des couleurs, sous la lumière toujours changeante.

Soudain, l'une de ces bohémiennes, vivant frémissement d'opale[1], saisit au vol un cocktail, l'engloutit d'un trait pour se donner du courage et, agitant les mains comme Frisco[2], se met à danser seule sur la piste de toile. Un silence se fait ; le chef d'orchestre ajuste obligeamment son rythme au sien, et les bavardages se déchaînent quand circule la fausse rumeur selon laquelle elle serait la doublure de Gilda Gray[3], l'étoile des Ziegfeld Follies[4]. La fête commence.

Je crois bien que le soir où je suis allé chez Gatsby pour la première fois, j'étais l'une des rares personnes qui eussent été invitées dans les formes. Les gens n'étaient pas *invités* chez Gatsby, ils allaient chez lui, tout simplement. Ils montaient dans des automobiles qui les emmenaient à Long Island, et finissaient par se retrouver devant sa porte. Une fois sur place, ils se faisaient présenter par quelqu'un qui connaissait Gatsby ; après quoi, ils se comportaient selon les règles qu'on estime généralement être celles d'un parc d'attractions. Il leur arrivait de venir et de repartir sans même avoir fait la connaissance de Gatsby : ils étaient venus à la fête avec une simplicité de cœur qui valait billet d'entrée.

---

**1. Opale** : pierre précieuse aux multiples reflets.
**2. Joe Frisco** (1889-1958) : danseur de jazz et comédien américain.
**3. Gilda Gray** (1901-1959) : actrice et danseuse américaine.
**4. Ziegfeld Follies** : spectacle de variétés annuel de Broadway, produit par Florenz Ziegfeld.

J'avais été, moi, bel et bien invité. Ce samedi-là, tôt dans la matinée, un chauffeur en livrée[1] couleur d'œuf de rouge-gorge avait traversé ma pelouse avec un carton étonnamment cérémonieux de son patron, disant que je ferais un très grand honneur à Gatsby si j'acceptais d'assister à la « petite réception » qu'il organisait le soir même. Il m'avait aperçu à plusieurs reprises et avait depuis longtemps l'intention de me rendre visite, mais un concours de circonstances particulier l'en avait empêché. C'était signé Jay Gatsby, d'une écriture majestueuse.

Vêtu de flanelle[2] blanche, j'ai marché jusqu'à sa pelouse un peu après sept heures et me suis mis à errer, plutôt mal à l'aise, parmi les remous et les tourbillons de gens que je ne connaissais pas, même si je croisais ici et là un visage que j'avais remarqué dans le train de New York. Je fus tout de suite frappé par le nombre de jeunes Anglais éparpillés sur la pelouse, tous très bien habillés, l'air un peu affamé, qui parlaient à voix basse, gravement, à de robustes et prospères Américains. J'étais sûr que tous vendaient quelque chose : des titres, des assurances ou des automobiles. Ils avaient au moins conscience – une conscience torturante – de la présence d'argent facile tout autour d'eux, et la conviction qu'il suffisait de quelques mots prononcés sur le ton juste pour que cet argent soit à eux.

Dès mon arrivée, j'entrepris de trouver mon hôte, mais les deux ou trois personnes auxquelles je demandai où il pouvait être me lancèrent des regards effarés et nièrent si farouchement être informées de ses faits et gestes que je m'enfuis comme un voleur vers la table aux cocktails, l'unique endroit du jardin où un homme seul pouvait s'attarder sans donner l'impression de n'avoir ni but ni compagnie.

J'étais bien parti pour me saouler à mort, par pur ennui mondain, lorsque Jordan Baker sortit de la maison et demeura immobile

---

**1. Livrée** : uniforme de domestique.
**2. Flanelle** : tissu léger.

en haut de l'escalier de marbre, légèrement penchée en arrière et abaissant sur les pelouses un regard de curiosité mêlée de dédain.

Bienvenu ou pas, j'estimai nécessaire de m'attacher à quelqu'un avant de commencer à adresser des remarques cordiales aux gens qui passaient.

« Bonsoir ! » tonnai-je, et je m'avançai vers elle. Ma voix retentit dans le jardin avec une force qui me parut incongrue[1].

« Je pensais bien que vous seriez là », répondit-elle, l'air absent, tandis que je montais. « Je me suis souvenue que vous étiez le voisin de… »

Elle me serra la main d'une façon impersonnelle, comme si elle me promettait ainsi de s'occuper de moi dans un instant, et prêta l'oreille à deux jeunes femmes vêtues de la même robe jaune, qui s'étaient arrêtées au bas des marches.

« Bonsoir ! s'écrièrent-elles ensemble. Dommage que vous n'ayez pas gagné. »

Elles parlaient du tournoi de golf. Elle avait perdu en finale la semaine précédente.

« Vous ne nous reconnaissez pas, dit l'une des filles en jaune, mais nous vous avons rencontrée ici il y a environ un mois.

– Vous avez teint vos cheveux depuis », observa Jordan. Je sursautai, mais les deux filles s'étaient éloignées d'une allure nonchalante, et sa remarque eut pour seul destinataire la lune prématurément levée, sans doute sortie, comme le dîner, du panier d'un traiteur. Le bras mince et doré de Jordan posé sur le mien, nous descendîmes les marches et fîmes quelques pas dans le jardin. Un plateau de cocktails flotta jusqu'à nous dans le crépuscule et nous nous assîmes à une table avec les deux filles en jaune et trois hommes, qui nous furent présentés, l'un après l'autre, comme Mr Marmotteur.

« Vous venez souvent à ces fêtes ? demanda Jordan à la fille assise à ses côtés.

---

**1. Incongrue** : inappropriée.

– La dernière fois, c'est quand je vous ai rencontrée », répondit-elle d'une voix vive et assurée. Elle se tourna vers sa compagne. « Et pour toi aussi, Lucille ? »

Oui, pour elle aussi.

« J'aime bien venir ici, dit Lucille. Comme je ne me soucie pas de ce que je fais, je m'amuse toujours. La dernière fois que je suis venue, j'ai fait un accroc à ma robe sur une chaise. Il m'a demandé mon nom et mon adresse, et dans la semaine j'ai reçu un carton de chez Croirier[1] avec une robe du soir toute neuve.

– Vous l'avez gardée ? demanda Jordan.

– Bien sûr. Je pensais la mettre ce soir, mais elle était trop large à la poitrine et il a fallu faire une retouche. Elle est bleu pétrole avec des perles bleu lavande. Deux cent soixante-cinq dollars.

– C'est quand même un peu bizarre qu'un type fasse une chose pareille, dit l'autre fille avec fougue. Il ne veut surtout pas avoir d'ennuis, avec personne.

– De qui parlez-vous ? demandai-je.

– De Gatsby. On m'a dit… »

Les deux filles et Jordan se penchèrent les unes vers les autres pour écouter la confidence.

« On m'a dit qu'il aurait tué un homme autrefois. »

Un frisson nous parcourut tous. Le trio des Marmotteurs s'inclina aussi et écouta avec intérêt.

« Je ne crois pas tellement que ce soit pour ça, objecta Lucille, sceptique. C'est plutôt qu'il était un espion allemand pendant la guerre. »

L'un des hommes hocha la tête en signe de confirmation.

« J'ai entendu la même histoire de la bouche d'un homme qui savait tout de lui, pour la bonne raison qu'ils ont grandi ensemble en Allemagne », nous assura-t-il d'un ton catégorique.

« Oh non, ce n'est pas possible, dit la première fille, parce qu'il était dans l'armée américaine pendant la guerre. » Comme nous

---

**1.** **Croirier** : couturier fictif.

reportions notre crédulité sur ses dires, elle se pencha en avant avec enthousiasme. « Regardez-le bien quand il croit que personne ne l'observe. Je suis prête à parier qu'il a tué un homme. »

Elle plissa les yeux et frissonna. Lucille frissonna. Tout le monde tourna la tête, cherchant Gatsby des yeux. Il n'y avait pas meilleure preuve des spéculations[1] romanesques qu'il suscitait que ces rumeurs répandues à voix basse sur son compte par ceux-là mêmes qui jugeaient que peu de choses dans ce monde méritaient qu'on en parle à voix basse.

On servait maintenant le premier souper – il y en aurait un second après minuit – et Jordan m'invita à me joindre à son groupe installé autour d'une table à l'autre bout du jardin. Il se composait de trois couples mariés et du cavalier de Jordan, un étudiant professionnel porté aux sous-entendus les moins délicats et manifestement persuadé que Jordan allait tôt ou tard céder – mais jusqu'où ? – à ses avances. Au lieu de se disperser à tous les vents, ce groupe avait préservé une homogénéité digne, s'attribuant la fonction de représenter la noblesse campagnarde collet monté[2] : c'était East Egg qui condescendait[3] à visiter West Egg et veillait soigneusement à se tenir à distance de son kaléidoscope[4] de plaisirs.

« Allons-nous-en », murmura Jordan, après avoir vainement tenté, pendant une demi-heure, de s'adapter au groupe. « Ces gens sont trop guindés pour moi. »

Nous nous sommes levés, et elle m'a expliqué que nous partions à la recherche de notre hôte. Je ne lui avais jamais été présenté, dit-elle, et cela me mettait mal à l'aise. L'étudiant hocha la tête avec une mine triste et désabusée.

Nous avons d'abord regardé au bar, où il y avait foule, mais Gatsby n'y était pas. Elle ne parvint pas davantage à l'apercevoir du haut des marches, et il ne se trouvait pas sur la terrasse. À tout

---

1. **Spéculations** : ici, théories.
2. **Collet monté** : guindé.
3. **Condescendait** : daignait.
4. **Kaléidoscope** : ici, assemblage coloré et varié.

hasard, nous avons poussé une porte imposante, et pénétré dans une bibliothèque de style gothique[1] très haute de plafond, lambrissée[2] de chêne anglais sculpté, et que l'on avait sans doute importée tout entière de quelque château en ruine du Vieux Monde[3].

Un gros homme d'âge moyen, auquel ses lunettes énormes donnaient l'air d'un hibou, était assis sur le bord d'une longue table, passablement éméché[4], et contemplait les rayons de livres avec une concentration mal assurée. Quand il nous entendit entrer, il fit un tour fougueux sur lui-même et examina Jordan des pieds à la tête.

« Qu'est-ce que vous en pensez ? demanda-t-il avec ardeur.
– De quoi ? »

Il agita la main en direction des rayonnages.

« De ça. En fait, ce n'est pas la peine de vérifier. J'ai vérifié. Ils sont vrais.
– Les livres ? »

Il fit signe que oui.

« Tout ce qu'il y a de vrai… avec des pages et tout. Je croyais que c'étaient de jolies reliures en carton, indestructibles. Mais non… ils sont absolument vrais. Avec des pages et… Venez, je vais vous montrer. »

Persuadé que nous étions sceptiques, il se précipita sur les rayonnages et revint avec le premier volume des *Conférences* de Stoddard[5].

« Vous voyez ! s'écria-t-il triomphalement. C'est un authentique imprimé. Je suis tombé dans le piège. Ce type est un véritable Belasco[6]. Magnifique réussite ! Quelle perfection ! Quel réalisme ! Et il sait

---

**1. Style gothique** : style architectural répandu en Europe du XIIe au XVIe siècle, entre le style roman et le style Renaissance.
**2. Lambrissée** : dont les murs sont couverts de boiseries.
**3. Vieux Monde** : l'Europe.
**4. Passablement éméché** : assez ivre.
**5. John Lawson Stoddard** (1850-1931) : écrivain américain, auteur de récits de voyage.
**6. David Belasco** (1853-1931) : directeur et producteur de spectacles à Broadway.

aussi jusqu'où aller... il n'a pas coupé les pages[1]. Mais qu'est-ce que vous voulez ? Qu'est-ce que vous espérez ? »

Il m'arracha le livre des mains et le reposa en hâte à sa place sur son rayon, en marmonnant que si l'on retirait une seule brique, la bibliothèque tout entière risquait de s'écrouler.

« Qui vous a amenés ? demanda-t-il. Vous vous êtes peut-être amenés tout seuls ? Moi, j'ai été amené par quelqu'un. La plupart des gens sont amenés par quelqu'un. »

Jordan le regarda d'un œil vif et gai, sans répondre.

« J'ai été amené par une femme qui s'appelle Roosevelt, poursuivit-il, Mrs Claud Roosevelt. Vous la connaissez ? Je l'ai rencontrée quelque part hier soir. Cela fait à peu près une semaine que je ne dessoûle pas, et j'ai pensé que m'enfermer dans une bibliothèque m'aiderait à sortir des brumes de l'alcool.

– Ça vous a aidé ?

– Un petit peu, je crois. Trop tôt pour le dire. Je ne suis ici que depuis une heure. Est-ce que je vous ai dit pour les livres ? Ils sont vrais. Ils sont...

– Vous nous avez dit. »

Nous avons échangé une poignée de main solennelle et sommes sortis.

On dansait à présent sur la grosse toile tendue dans le jardin. De vieux messieurs poussaient devant eux des jeunes femmes en dessinant à l'infini des cercles sans grâce ; des couples plus soudés en des étreintes sinueuses[2] à la dernière mode restaient dans les coins, et un grand nombre de femmes seules faisaient des pas avec elles-mêmes, ou remplaçaient un instant les musiciens au banjo ou à la batterie. Quand vint minuit, la gaieté générale avait monté d'un cran. Un ténor[3] célèbre avait chanté en italien, une contralto[4]

---

**1. Il n'a pas coupé les pages** : les livres sont composés d'un assemblage de feuilles pliées qui, dans certaines éditions, ne sont pas prédécoupées. Dans ce cas, il est donc nécessaire de les couper afin de pouvoir les lire.
**2. Soudés en des étreintes sinueuses** : étroitement enlacés.
**3. Ténor** : chanteur ayant la plus haute des voix d'hommes.
**4. Contralto** : chanteuse ayant la plus basse des voix de femmes.

réputée, des airs de jazz, et, entre deux numéros, les gens se livraient à toutes sortes de facéties dans le jardin, tandis que des éclats de rire niais et béats s'élevaient vers le ciel d'été. Un couple d'actrices «jumelles», qui n'étaient autres que les deux femmes en jaune, joua les bébés dans la tenue qu'il fallait, et l'on servait le champagne dans des coupes plus grandes que des rince-doigts. La lune, très haut dans le ciel, posait sur les eaux du détroit un triangle d'écailles argentées, qui tremblait doucement sous les cascades de notes métalliques des banjos sur le gazon.

Je n'avais pas quitté Jordan Baker. Nous étions assis à une table avec un homme d'à peu près mon âge et une petite personne bruyante qui partait d'un fou rire incontrôlable à la moindre provocation. Je m'amusais enfin. J'avais bu deux rince-doigts de champagne et le spectacle avait changé sous mes yeux, acquérant la valeur et la profondeur des choses élémentaires.

Profitant d'un moment d'accalmie de la fête, l'homme me regarda et sourit.

«Votre visage ne m'est pas inconnu, dit-il poliment. N'étiez-vous pas dans la 1$^{re}$ division pendant la guerre?

– Ça alors… Mais oui. J'étais dans le 28$^e$ d'artillerie.

– Moi, dans le 16$^e$ jusqu'en juin 18. Je savais que je vous avais déjà vu quelque part.»

Nous avons évoqué pendant un moment quelques petits villages de France, gris de pluie. De toute évidence, il habitait dans les environs, car il me dit qu'il venait d'acheter un hydroplane[1] qu'il comptait essayer dès le lendemain matin.

«Voulez-vous m'accompagner, mon vieux? Au-dessus du détroit, mais sans trop s'éloigner du rivage.

– À quelle heure?

– L'heure qui vous conviendra.»

J'étais sur le point de lui demander son nom lorsque Jordan dirigea son regard vers nous en souriant.

---

1. **Hydroplane**: hydravion.

« On prend du bon temps, maintenant ? s'enquit-elle.

– Oui, ça va mieux. » Je me tournai vers ma nouvelle connaissance. « Je n'ai pas l'habitude de ce genre de soirée. Je n'ai même pas rencontré le maître de maison. J'habite là-bas... » D'un geste de la main, je montrai la haie invisible au loin. « ... et ce Mr Gatsby m'a envoyé son chauffeur avec une invitation. »

Il me dévisagea un instant comme s'il n'était pas sûr d'avoir compris.

« Je suis Gatsby, dit-il soudain.

– Quoi ! m'exclamai-je. Oh... je vous demande pardon.

– Je pensais que vous le saviez, mon vieux. J'ai bien peur d'être un médiocre maître de maison. »

Il eut un sourire de compréhension, où il y avait bien plus que de la compréhension. C'était un de ces sourires rares qui ont le don de vous rassurer à jamais, et qu'il arrive que l'on rencontre quatre ou cinq fois dans une vie. Il se portait – ou semblait se porter – un instant sur le monde extérieur tout entier, puis se concentrait sur vous, sur vous seul, avec un irrésistible préjugé en votre faveur. Il vous comprenait dans la mesure exacte où vous vouliez être compris, croyait en vous comme vous auriez aimé croire en vous-même, et vous assurait qu'il avait exactement de vous le sentiment que vous souhaitiez, au meilleur de vous-même, donner à autrui. À ce moment précis, il s'évanouissait, et j'avais devant moi un jeune rustre[1] élégant, un peu au-dessus de la trentaine, dont le langage recherché et gourmé[2] frisait le ridicule. Avant même qu'il se fût présenté, j'avais été vivement frappé par le soin avec lequel il choisissait ses mots.

À peine Mr Gatsby m'eut-il révélé son identité qu'un majordome accourut pour l'informer qu'il avait Chicago au bout du fil. Il s'excusa d'une légère inclinaison du buste à l'intention de chacun d'entre nous.

---

**1. Rustre** : personne sans éducation, aux manières grossières.
**2. Gourmé** : dénué de naturel.

« Si vous désirez quelque chose, mon vieux, vous n'avez qu'à le demander, dit-il d'un ton insistant. Excusez-moi. Je vous rejoindrai plus tard. »

Dès qu'il fut parti, je me tournai vers Jordan, incapable de ne pas lui faire partager ma surprise. Je m'étais imaginé que Mr Gatsby était un homme d'âge mûr, corpulent, aux joues rubicondes[1].

« Qui est-ce ? demandai-je. Vous le savez ?
– C'est tout simplement un homme qui s'appelle Gatsby.
– Non, je veux dire : d'où vient-il ? Et que fait-il ?
– Alors vous aussi, vous êtes lancé sur le sujet, maintenant ? répondit-elle avec un sourire pâle. Eh bien… Il m'a dit un jour qu'il sortait d'Oxford[2]. »

Je commençais à me former une vague image de son passé, que sa remarque suivante anéantit aussitôt.

« Mais je n'en crois pas un mot.
– Pourquoi ?
– Je ne sais pas, dit-elle avec conviction. C'est simplement que je ne crois pas qu'il y soit jamais allé. »

Quelque chose dans le ton de sa voix me rappelait la remarque de l'autre jeune femme : « Je crois qu'il a tué un homme », et ma curiosité en fut excitée. Si l'on m'avait appris que Gatsby sortait des marécages de Louisiane ou du Lower East Side[3] de New York, j'aurais accueilli la nouvelle sans sourciller. La chose était compréhensible. Mais il était impensable – du moins aux yeux du naïf provincial que j'étais – que des jeunes gens puissent surgir de nulle part comme par magie et s'acheter un palais dans le détroit de Long Island.

« En tout cas, il donne de grandes fêtes », dit Jordan, changeant de sujet avec cette horreur du concret si caractéristique des citadins. « Et j'aime les grandes fêtes. Elles sont si intimes. Dans les soirées où il y a peu de monde, on n'a aucune intimité. »

---

**1.** **Rubicondes** : très rouges.
**2.** **Oxford** : prestigieuse université britannique.
**3.** **Lower East Side** : quartier populaire situé au sud-est de Manhattan, abritant de nombreux immigrants.

**Chapitre 3**

Il y eut un roulement de grosse caisse et la voix du chef d'orchestre retentit soudain au-dessus du bruyant babillage[1] du jardin.

« Mesdames et messieurs, lança-t-il. À la demande de Mr Gatsby, nous allons vous jouer la toute dernière composition de Mr Vladimir Tostoff, qui a suscité un si grand intérêt à Carnegie Hall[2] en mai dernier. Si vous lisez les journaux, vous savez qu'elle a fait sensation. » Il sourit avec une amabilité teintée de condescendance et ajouta : « Et quelle sensation ! », ce qui provoqua un éclat de rire général.

D'une voix robuste, il conclut : « L'œuvre s'intitule *L'histoire du monde racontée par le jazz*, de Vladimir Tostoff. »

La nature de la pièce de Mr Tostoff m'échappa complètement, car au moment où l'orchestre attaquait, mes yeux tombèrent sur Gatsby qui se tenait sur l'escalier de marbre, seul, et observait les groupes l'un après l'autre d'un air approbateur. Sa peau hâlée[3], dépourvue de la moindre ride, rendait son visage séduisant, et sa coupe – il avait le cheveu court – paraissait faire l'objet d'un entretien quotidien. Je ne lui trouvais rien de sinistre. Je me demandais si sa sobriété[4] ne contribuait pas à le distinguer de ses invités, car il me semblait que sa politesse croissait à proportion que la fête devenait plus fraternellement joyeuse. Quand *L'histoire du monde racontée par le jazz* eut pris fin, des jeunes femmes laissaient retomber leur tête sur des épaules d'hommes à la manière câline des chiots, des jeunes femmes jouaient à s'évanouir dans des bras d'hommes, ou même au milieu d'un groupe, sachant bien qu'il se trouverait quelqu'un pour arrêter leur chute ; mais personne ne défaillait dans les bras de Gatsby, nulle tête coiffée à la garçonne ne s'appuyait à son épaule, nul quatuor de chanteurs ne se formait autour de la personne de Gatsby.

« Veuillez m'excuser. »

Le majordome de Gatsby était apparu et se tenait devant nous.

---

**1. Babillage** : bavardage enfantin.
**2. Carnegie Hall** : célèbre salle de concert de Manhattan.
**3. Hâlée** : bronzée.
**4. Sobriété** : absence d'alcoolisme.

« Miss Baker ? s'enquit-il. Pardonnez-moi, mais Mr Gatsby aimerait vous parler en particulier.
– Me parler ? s'exclama-t-elle, surprise.
– Oui, madame. »

Elle se leva lentement, m'adressa un haussement de sourcils étonné et suivit le majordome en direction de la maison. Je notai qu'elle portait sa robe de soirée, toutes ses robes, à vrai dire, comme autant de costumes de sport. Il y avait dans ses mouvements une sorte de désinvolture[1] qui aurait pu faire croire qu'elle avait appris à marcher sur les terrains de golf par ces matinées où l'air est pur et le vent mordant.

J'étais seul et il était près de deux heures du matin. Depuis un moment, des bruits confus, impossibles à identifier, nous parvenaient d'une pièce pourvue de nombreuses fenêtres qui donnaient sur la terrasse. J'échappai à l'étudiant de Jordan, qui était engagé dans une discussion sur un problème d'obstétrique[2] avec deux danseuses de music-hall et me suppliait de me joindre à lui, et j'entrai dans la pièce.

Il y avait foule dans ce vaste salon. L'une des filles en jaune était au piano, et jouait ; près d'elle se tenait une jeune femme rousse de haute taille, qui appartenait à une célèbre troupe de music-hall ; elle chantait. Elle avait absorbé une grande quantité de champagne et, au milieu de sa chanson, elle avait absurdement décidé que tout, dans la vie, était triste, triste… de sorte que non contente de chanter, elle pleurait tout ensemble. Chaque fois que se produisait une pause dans le morceau, elle la remplissait de sanglots et de hoquets, puis reprenait le chant d'une voix de soprano[3] chevrotante. Les larmes coulaient le long de ses joues, non sans rencontrer d'obstacles, cependant, car lorsqu'elles entraient en contact avec le mascara qui perlait sur ses cils, elles prenaient une couleur d'encre et poursuivaient leur chemin en dessinant de lents ruisselets noirs. Un plaisantin suggéra qu'elle chante plutôt la partition qui s'écrivait sur son visage. La

---
1. **Désinvolture** : impertinence.
2. **Obstétrique** : science de l'accouchement.
3. **Soprano** : chanteuse ayant la plus haute des voix de femmes.

remarque lui fit lever les bras au ciel, puis elle s'écroula dans un fauteuil et sombra dans un lourd sommeil éthylique[1].

«Elle s'est disputée avec un homme qui prétend être son mari», expliqua une jeune fille à mon côté.

Je regardai autour de moi. La plupart des femmes encore présentes se disputaient avec des hommes supposés être leur mari. Même le groupe de Jordan, le quatuor d'East Egg, était déchiré par des dissensions. L'un des hommes parlait à une jeune actrice avec une étrange intensité, et son épouse, après avoir essayé de rire de la situation sans cesser d'afficher un air digne et indifférent, perdit toute retenue et se livra à des attaques de flanc: par intervalles, elle surgissait tout contre lui, fulminant comme un diamant jette ses feux, et sifflait à son oreille: «Tu m'avais promis!»

Le peu d'empressement à rentrer chez soi n'était pas l'apanage[2] d'hommes indociles. Le grand vestibule était à présent occupé par deux individus demeurés scandaleusement sobres et par leurs épouses au comble de l'indignation. Les épouses compatissaient, avec une certaine animation dans la voix, à leurs malheurs réciproques.

«Dès qu'il voit que je m'amuse, il veut rentrer.
– Je n'ai jamais vu pareil égoïsme de ma vie.
– Nous sommes toujours les premiers à partir.
– Nous aussi.
– Ce soir, en réalité, nous sommes presque les derniers, dit l'un des hommes d'un air penaud. Cela fait une demi-heure que l'orchestre est parti.»

Ces dames eurent beau clamer d'une seule voix qu'une telle méchanceté était proprement incroyable, la querelle s'acheva en une brève mêlée et les deux épouses furent saisies à bras-le-corps et, malgré leurs ruades, emportées dans la nuit.

Comme j'attendais mon chapeau dans l'entrée, la porte de la bibliothèque s'ouvrit, laissant passer Jordan Baker et Gatsby. Il lui disait

---

1. **Éthylique**: dû à l'alcool.
2. **Apanage**: privilège.

un dernier mot, mais la vivacité de son ton se changea subitement en politesse mondaine quand plusieurs personnes s'approchèrent pour lui dire bonsoir.

Les compagnons de Jordan, sur le perron, lui lançaient des appels impatients, mais elle s'attarda un moment pour me serrer la main.

« Je viens d'apprendre une chose des plus stupéfiantes, chuchota-t-elle. Combien de temps sommes-nous restés là-dedans ?

– Attendez… Je dirais une heure environ.

– C'est… tout simplement stupéfiant, répéta-t-elle, l'air pensif. Mais j'ai juré de ne rien dire et voilà que je chatouille votre curiosité. » Elle me bâilla gracieusement au nez. « Passez donc me voir… Dans l'annuaire… Numéro au nom de Mrs Sigourney Howard… Ma tante… » Elle s'éloignait en continuant de parler ; elle me fit de sa main hâlée un dernier signe d'adieu désinvolte avant de se fondre dans le groupe qui l'attendait à la porte.

Un peu confus d'être resté si longtemps pour ma première apparition, je me joignis aux derniers invités qui faisaient cercle autour de Gatsby. Je voulais lui expliquer que je l'avais cherché au tout début de la soirée et m'excuser de ne pas l'avoir reconnu dans le jardin. « Plus un mot là-dessus, m'ordonna-t-il vivement. Ôtez-vous cela de l'esprit, mon vieux. » Cette formule familière ne comportait pas plus de familiarité que le geste rassurant de la main qui effleura mon épaule. « Et n'oubliez pas que nous faisons un tour en hydroplane demain matin à neuf heures. »

Le majordome, alors, derrière son épaule :

« Philadelphie vous demande au téléphone, Monsieur.

– Bien… dans un instant. Dites que j'arrive tout de suite… Bonne nuit.

– Bonne nuit.

– Bonne nuit. »

Il sourit, et soudain le fait que je fusse parmi les derniers à partir sembla chargé d'une signification particulièrement agréable, comme s'il avait toujours souhaité qu'il en fût ainsi. « Bonne nuit, mon vieux… Bonne nuit. »

Mais tandis que je descendais les marches du perron, je m'aperçus que la soirée n'était pas tout à fait terminée. À moins de vingt mètres de la porte, une dizaine de phares d'automobiles illuminaient un très singulier et tumultueux spectacle. Dans le fossé qui bordait la route, renversé sur le flanc gauche, une roue brutalement arrachée, gisait un coupé[1] flambant neuf qui avait quitté l'allée de Gatsby à peine deux minutes plus tôt. Un mur qui saillait comme une arête expliquait la perte de la roue, qu'une demi-douzaine de *chauffeurs** examinaient avec le plus grand intérêt. Mais comme ils avaient abandonné leurs voitures sur la route, bloquant la circulation, une furieuse et bruyante cacophonie se faisait entendre derrière depuis quelque temps, qui ajoutait à la confusion de la scène, déjà considérable.

Un homme vêtu d'un long cache-poussière[2] s'était extrait de l'épave et se tenait à présent au milieu de la route, promenant de la voiture au pneu et du pneu aux spectateurs un regard mi-ahuri mi-amusé.

« Vous voyez ! expliquait-il. Elle est tombée dans le fossé. »

La chose était pour lui source d'un étonnement sans fin. Je reconnus d'abord cette peu commune capacité d'étonnement, puis l'homme : c'était le visiteur attitré de la bibliothèque de Gatsby.

« Comment est-ce arrivé ? »

Il haussa les épaules.

« Je ne connais absolument rien à la mécanique, dit-il d'un ton sans réplique.

– Mais enfin, comment est-ce arrivé ? Vous êtes rentré dans le mur ?

– Inutile de me le demander », dit Œil-de-hibou, se lavant les mains de toute l'affaire. « Je sais à peine conduire une automobile… en fait, presque pas. C'est arrivé, voilà tout ce que je sais.

– Mais alors, si vous conduisez mal, vous ne devriez pas essayer de conduire la nuit.

---

**1. Coupé** : voiture de sport à deux portes.
**2. Cache-poussière** : long manteau d'homme descendant jusqu'aux chevilles.

« – Mais je n'essayais même pas, expliqua-t-il, scandalisé. Je n'essayais même pas. »

Un silence terrifié tomba sur l'assistance.

« Vous voulez vous suicider ?

– Vous avez de la chance de n'avoir perdu qu'une roue ! Il sait à peine conduire et il n'essayait même pas !

– Vous ne comprenez pas, expliqua le délinquant. Ce n'est pas moi qui conduisais. Il y a un autre homme dans la voiture. »

La stupeur causée par cette déclaration s'exprima par un *Ah-h-h !* prolongé, tandis que la portière du coupé s'entrebâillait lentement. La foule – car il y avait vraiment foule à présent – recula d'instinct, et lorsque la portière fut grande ouverte, il se fit un silence d'outre-tombe. Alors, par degrés, morceau après morceau, un être blême, brinquebalant, sortit de l'épave, explorant timidement le sol de son long escarpin mal assuré.

Aveuglée par l'éclat des phares et troublée par le grondement continu des avertisseurs[1], l'apparition chancela un moment sur place avant d'apercevoir l'homme au cache-poussière.

« Qu'est-ce qui se passe ? demanda-t-il d'une voix calme. On est en panne d'essence ?

– Regardez ! »

Une demi-douzaine de doigts montrèrent la roue amputée. Il la contempla un moment, puis leva les yeux au ciel comme s'il soupçonnait qu'elle en était tombée.

« Elle s'est détachée », expliqua quelqu'un.

Il approuva de la tête.

« Au début, j'ai pas vu qu'on s'était arrêtés. »

Silence. Puis, au terme d'une longue inspiration, redressant les épaules, il fit, d'une voix décidée, la remarque suivante :

« Est-ce que qu... quelqu'un pourrait p... par hasard m'indiquer une p... pompe à essence p... par ici ? »

---

1. **Avertisseurs** : klaxons.

Une dizaine d'hommes au moins, dont certains n'étaient pas en bien meilleur état, lui exposèrent que le châssis et la roue n'étaient plus reliés physiquement l'un à l'autre.

«Faites-la reculer, suggéra-t-il au bout de quelques instants. Mettez-la en marche arrière.

– Mais la roue… *la roue* est partie!»

Il hésita.

«Ça coûte rien d'essayer», dit-il.

Le charivari des avertisseurs avait atteint le point culminant de son crescendo[1]; j'ai fait demi-tour pour rentrer chez moi en coupant à travers la pelouse. À un moment, je me suis retourné. La lune, comme une hostie[2], brillait au-dessus de la maison de Gatsby; elle avait survécu aux rires et au bruit de son jardin encore illuminé, et faisait la nuit aussi belle qu'auparavant. Le vide sembla soudain se déverser des fenêtres et des grandes portes, enfermant dans une solitude totale la silhouette de l'hôte sur son perron, immobile, la main levée pour un cérémonieux au revoir.

Relisant ce qui précède, je m'aperçois que j'ai pu donner l'impression que les incidents de trois soirées, séparées les unes des autres par plusieurs semaines, sont tout ce qui m'a occupé. Ce ne furent, au contraire, que des événements quelconques dans un été généreusement rempli, et c'est seulement beaucoup plus tard que j'y ai pris un intérêt bien plus vif qu'à mes affaires personnelles.

Je travaillais presque tout le temps. Le matin, le soleil de la première heure projetait mon ombre vers l'ouest tandis que je me hâtais par les défilés blancs du sud de Manhattan vers la société d'investissement La Probité[3]. Je connaissais par leur prénom les

---

**1. Crescendo**: mot italien utilisé en musique, augmentation de l'intensité sonore.
**2. Hostie**: rondelle de pain de froment, consacrée au cours de la messe et symbolisant le Corps du Christ.
**3. Société d'investissement la Probité**: société qui détient des actions dans des entreprises. Le mot «probité», nom de cette société inventée par l'auteur, est synonyme d'«honnêteté».

autres employés et courtiers de la société, et je prenais mon déjeuner avec eux dans des restaurants sombres et pleins à craquer : petites saucisses de porc, purée, café. J'ai même eu un début de liaison avec une fille qui habitait à Jersey City[1] et travaillait dans notre service de comptabilité, mais son frère se mit à me regarder de travers, et quand elle est partie en vacances, en juillet, j'ai laissé les choses s'éteindre très tranquillement.

Je dînais habituellement au Yale Club[2] – c'était, pour une raison que je ne saurais expliquer, le moment le plus sinistre de ma journée –, puis je montais à la bibliothèque pour me plonger consciencieusement, pendant une heure, dans l'étude des placements et des valeurs. Il se trouvait souvent quelques bambocheurs[3] dans les lieux, mais comme ils n'entraient jamais dans la bibliothèque, c'était un bon endroit pour travailler. Après quoi, si la nuit était douce, je flânais dans Madison Avenue jusqu'au vieil hôtel Murray Hill, et me dirigeais vers Pennsylvania Station[4] par la 33e Rue.

Je commençais à aimer New York, l'enivrante sensation d'aventure que la nuit vous y donne, le plaisir que procure à l'œil toujours à l'affût le tourbillon ininterrompu des hommes, des femmes et des machines. J'aimais remonter la 5e Avenue, repérer dans la foule des femmes romantiques, imaginer que, quelques instants plus tard, j'allais pénétrer dans leur vie et que personne ne le saurait jamais ou ne m'en ferait reproche. Quelquefois, je les suivais en pensée jusqu'à leur appartement au coin d'une rue impossible à trouver, et elles se retournaient pour me sourire à leur tour avant de disparaître par une porte dans une chaude obscurité. Quand le crépuscule enchanté tombait sur la métropole, j'éprouvais parfois une solitude poignante, et je l'éprouvais chez d'autres – chez de jeunes employés

---

**1. Jersey City** : ville située dans l'État du New Jersey, dans la banlieue de New York.
**2. Yale Club** : club privé réservé aux diplômés de l'université de Yale.
**3. Bambocheurs** : fêtards.
**4. Madison Avenue, hôtel Murray Hill, Pennsylvania Station** : respectivement, rue, hôtel et station de train situés dans Manhattan.

pauvres qui s'attardaient devant des vitrines en attendant l'heure d'aller dîner seuls au restaurant, de jeunes employés à la tombée du jour, gâchant les moments les plus émouvants de la nuit et de la vie.

Et une seconde fois, à huit heures du soir, quand les rues sombres du centre de Manhattan étaient encombrées, sur cinq files, de taxis qui se dirigeaient, le moteur palpitant, vers le quartier des théâtres, je sentais mon cœur se serrer. Des ombres se penchaient l'une vers l'autre au fond des taxis arrêtés un moment, des voix chantaient, des rires fusaient, provoqués par des plaisanteries qu'on n'entendait pas, et le bout rougeoyant des cigarettes soulignait des gestes qu'on ne comprenait pas. M'imaginant que je me hâtais, moi aussi, vers les plaisirs et partageais leur secrète excitation, je leur souhaitais tout le bonheur du monde.

Je perdis de vue Jordan Baker pendant quelque temps, puis la retrouvai au milieu de l'été. Au début, j'étais flatté de sortir avec elle parce que c'était une championne de golf et que tout le monde connaissait son nom. Puis je devins curieux. Je n'étais pas vraiment amoureux d'elle, mais je ressentais pour elle une sorte de tendre intérêt. Le visage las et hautain qu'elle présentait au monde dissimulait quelque chose – la plupart des poses finissent par se révéler être des masques, même si cela n'est pas toujours vrai au commencement –, et je découvris un jour de quoi il s'agissait. Une fois, alors que nous étions à une soirée chez des amis à Warwick[1], elle abandonna sous la pluie, la capote ouverte, une voiture qu'elle avait empruntée, puis raconta un mensonge. Tout à coup, je me suis rappelé l'histoire qui la concernait et que je ne parvenais pas à retrouver le soir où je l'avais rencontrée chez Daisy. Lors de son premier tournoi de golf important, il y eut un esclandre[2] dont l'écho faillit parvenir jusque dans les salles de rédaction : elle aurait, en demi-finale, bougé une balle mal placée. L'affaire ne fut pas loin de prendre les dimensions d'un scandale, puis tout cela se dissipa.

---

**1.** **Warwick** : ville américaine de la banlieue Nord de New York.
**2.** **Esclandre** : scandale.

Un caddie[1] retira ses déclarations et le seul autre témoin admit qu'il avait pu se tromper. L'incident et le nom étaient restés liés dans mon esprit.

Jordan Baker évitait d'instinct les hommes trop malins et perspicaces, et je comprenais maintenant que la raison de cette attitude était qu'elle se sentait plus en sécurité dans un milieu où tout écart par rapport à un code était jugé impensable. Elle était incurablement malhonnête. Comme elle avait la faiblesse de ne pas supporter d'être prise en défaut, j'imagine qu'elle avait entrepris de recourir à des subterfuges dès son plus jeune âge pour ne pas cesser d'offrir au monde ce sourire glacial et insolent, tout en satisfaisant aux besoins d'un corps agile et dur.

La chose me laissait indifférent. On ne condamne jamais très sévèrement la malhonnêteté d'une femme. Je fus désolé pour elle, mais sans excès, puis j'oubliai. C'est au cours de cette même soirée à Warwick que nous avons eu une curieuse conversation sur la manière de conduire une voiture. Cela commença de la manière suivante : elle était passée si près d'un petit groupe d'ouvriers sur la route que notre pare-chocs avait accroché un bouton de la veste d'un des hommes.

« Vous êtes une conductrice exécrable, lui dis-je, indigné. Soyez plus prudente ou bien ne conduisez pas.

– Je suis prudente.

– Absolument pas.

– Eh bien... les autres le sont, dit-elle d'un ton léger.

– Quel est le rapport entre eux et vous ?

– Ils veilleront à ne pas se trouver sur ma route, insista-t-elle. Il faut être deux pour causer un accident.

– Imaginez que vous tombiez sur quelqu'un d'aussi imprudent que vous...

– J'espère que cela n'arrivera jamais, répondit-elle. Je hais les imprudents. C'est pour ça que vous me plaisez. »

---

**1. Caddie** : au golf, personne chargée de porter le sac du joueur et de le conseiller au cours de la partie.

Ses yeux gris fatigués par le soleil regardaient toujours droit devant eux, mais elle avait délibérément modifié la nature de nos relations, et pendant un moment j'ai cru que je l'aimais. Mais je pense lentement, l'esprit encombré de règles personnelles qui agissent comme des freins à mes désirs, et je savais qu'il me fallait d'abord m'extirper une fois pour toutes de l'embrouillamini[1] que j'avais laissé chez moi. J'envoyais une lettre par semaine, que je signais « Affectueusement, Nick », sans pouvoir penser à autre chose qu'à la fine moustache de sueur qui se formait sur la lèvre supérieure de la jeune fille en question, lorsqu'elle jouait au tennis. Il existait néanmoins entre nous une sorte d'accord tacite qu'il importait que je rompe avec tact avant de pouvoir me dire libre.

Chacun de nous s'imagine posséder au moins une des vertus cardinales[2], et voici la mienne : je suis l'une des rares personnes honnêtes que je connaisse.

---

**1. Embrouillamini** : désordre extrême.
**2. Vertus cardinales** : quatre qualités chrétiennes fondamentales (la justice, la prudence, la tempérance et la force).

# Arrêt sur lecture 1

# Pour comprendre l'essentiel

### Trois soirées, trois rencontres

**❶** Le chapitre 1 est essentiellement consacré à la soirée que le narrateur passe chez sa cousine Daisy. Décrivez la femme qu'il y rencontre. Repérez ce qu'elle lui apprend sur le couple Buchanan et expliquez en quoi cette soirée devient gênante pour Nick.

**❷** Dans le chapitre 2, Nick se laisse entraîner par Tom dans une soirée new-yorkaise et fait la connaissance de sa maîtresse Myrtle. Montrez que le portrait de Myrtle est une satire de la classe moyenne : relevez les détails qui prouvent son manque de finesse et son attachement aux apparences. Expliquez ce qui peut choquer dans son histoire et ses propos.

**❸** Dans le chapitre 3, Nick est invité à l'une des réceptions de Gatsby. Caractérisez ce type de soirée en étudiant le luxe des lieux et de la fête. Expliquez ce qui rend la rencontre de Nick avec Gatsby amusante.

### Le mystérieux Gatsby

**❹** Dès les premiers chapitres, un mystère entoure Gatsby. Prouvez-le en étudiant les questions qu'il suscite, les rumeurs qui courent sur lui, et l'étrangeté de sa première apparition à la fin du chapitre 1.

**Arrêt sur lecture 1**

❺ Le narrateur nous propose un portrait éclaté du personnage principal. Dans le chapitre 3, repérez les passages qui décrivent Gatsby et dressez la liste de ses caractéristiques (âge, physique, attitudes, etc.).

❻ Le narrateur se sent étrangement proche de Gatsby. Relevez leurs différences, leurs points communs, et montrez qu'une complicité s'établit entre eux.

## Un tableau de l'Amérique des années 1920

❼ Après la Première Guerre mondiale, une grande partie de la population américaine est avide de divertissements. Montrez que les chapitres 2 et 3 décrivent un monde de plaisirs : relevez les moyens que trouvent les personnages pour s'amuser et les détails qui indiquent la libération des mœurs.

❽ La quête de plaisirs et d'étourdissements frôle parfois la décadence. Caractérisez les fins de soirées des chapitres 2 et 3 et dites ce qu'elles révèlent de la vie des invités.

❾ Les relations entre hommes et femmes sont présentées sous un jour pessimiste. Identifiez dans chaque chapitre de ce début de roman les passages où des couples se déchirent.

---

*Rappelez-vous !*

• La **construction du personnage** de roman s'effectue progressivement au fil des pages. En choisissant un narrateur personnage qui fait la connaissance de Gatsby, Fitzgerald auréole de mystère le héros du roman : comme Nick, le lecteur le découvre peu à peu, au gré des rencontres et des discussions à son sujet.

• Le roman se déroule au cœur des années 1920, **les « Années folles »** : les mœurs semblent se libérer, les femmes gagnent une relative indépendance ; dans les réceptions, les musiques de jazz aux rythmes frénétiques remplacent les musiques classiques ou traditionnelles. Malgré sa prohibition, l'alcool permet d'oublier la Première Guerre mondiale et le vide d'une existence devenue brutalement consumériste.

**Gatsby le magnifique**

# Vers l'oral du Bac

Analyse du chapitre 3, l. 251-321, p. 57-59

## 👉 Expliquer comment, dans cette scène de rencontre, le romancier maintient le mystère autour du personnage principal

## *Conseils pour la lecture à voix haute*

– Adoptez un ton enjoué et rythmé pour lire les deux premiers paragraphes, afin de mettre en évidence l'atmosphère festive de la soirée.
– Ménagez des pauses dans la suite de la lecture du texte : la discussion entre Gatsby et Nick est calme.

## *Analyse du texte*

### ■ *Introduction*

*Gatsby le magnifique*, roman de Francis Scott Fitzgerald paru en 1925, plonge le lecteur dans la frénésie des Années folles. Le personnage principal, Jay Gatsby, est le voisin du narrateur, Nick Carraway. Très fortuné, Gatsby donne régulièrement de grandes fêtes dans sa luxueuse maison. Un jour, le majordome de Gatsby vient porter au narrateur une invitation pour la réception à venir. C'est l'occasion pour Nick de faire la connaissance de son mystérieux voisin, à qui il n'a encore jamais parlé, et sur lequel circulent d'étranges rumeurs. Le texte que nous étudions se situe au cœur du chapitre 3, au moment où la fête bat son plein et où Nick rencontre enfin Gatsby. Nous verrons comment le romancier maintient le mystère autour du personnage principal. Après avoir étudié la surprise provoquée par la rencontre, nous analyserons le portrait du personnage, imprécis et éclaté dans le récit de la scène. Enfin, nous verrons que le lien qui se crée entre Gatsby est Nick est étrange et ambigu.

**Arrêt sur lecture 1**

## ■ *Analyse guidée*

### I. Une rencontre surprenante

**a.** La rencontre de Nick et de Gatsby intervient au cœur de la fête. En analysant la description des deux premiers paragraphes, montrez que la tension monte jusqu'à leur premier contact : commentez le lexique, l'abondance des pluriels, la description poétique de la lumière dans les lignes 264-267.

**b.** La simplicité des propos échangés entre Nick et Gatsby contraste avec le luxe de la fête. Prouvez-le en commentant les sujets de conversation, la banalité ou la familiarité de certains propos.

**c.** Ce n'est qu'après avoir longuement bavardé avec Gatsby que Nick comprend à qui il s'adresse. Observez comment la surprise est ménagée : commentez la façon dont le narrateur désigne Gatsby avant de l'avoir identifié, les éléments qui retardent l'identification, le comique de situation des lignes 292-302.

### II. Un portrait éclaté

**a.** Les informations sur Gatsby sont données au fil de la scène. Repérez dans le texte les passages qui le décrivent et montrez que son portrait physique est flou et incomplet.

**b.** Gatsby est un personnage tout en contrastes. Cherchez les éléments qui permettent d'esquisser son portrait moral, et montrez qu'il apparaît comme un personnage complexe et énigmatique. Commentez l'oxymore de la ligne 314.

**c.** La description de la soirée organisée par Gatsby renseigne le lecteur sur sa situation sociale. Relevez les détails qui mettent en évidence le luxe de la réception (invités, orchestre, vaisselle) et expliquez ce que le dernier paragraphe laisse imaginer sur Gatsby.

### III. Une étrange complicité

**a.** Malgré leur différence de condition, Nick et Gatsby ont des points communs. Trouvez-les, et expliquez comment Gatsby cherche à établir un lien avec Nick.

**b.** Le narrateur est touché par le sourire de Gatsby. Analysez les lignes 303 à 317. En étudiant le jeu des pronoms ainsi que les occurrences des verbes « croire », « comprendre », et l'emploi de l'adjectif « exact », expliquez comment Nick exprime la complicité qui se crée entre lui et Gatsby.

**Gatsby le magnifique**

**c.** Le jugement du narrateur sur Gatsby reste toutefois ambigu. Prouvez-le en étudiant le contraste entre le lexique mélioratif des lignes 303-313 et les termes péjoratifs des lignes 313-315. Cherchez dans ce paragraphe le verbe qui montre que Gatsby reste insaisissable.

### ■ *Conclusion*

Cette première rencontre est aussi surprenante pour le narrateur que pour le lecteur : à première vue, le grand Gatsby dont on a tant parlé à Nick n'est pourtant pas suffisamment extraordinaire pour se démarquer de ses invités. Cependant, il reste profondément mystérieux : le narrateur semble peiner à le décrire, et son jugement reste ambigu, hésitant entre la profonde sympathie et l'agacement. Longtemps le mystère se poursuivra : le lecteur ne découvrira l'histoire de Gatsby que progressivement, au fil des confessions des différents personnages, et de nombreuses zones d'ombre subsisteront sur ses activités.

## Les trois questions de l'examinateur

**Question 1.** Selon vous, pourquoi Gatsby organise-t-il des fêtes ?

**Question 2.** Comment pouvez-vous qualifier la relation de Gatsby et de Nick à ce stade du roman ?

**Question 3.** Observez les images au verso de la couverture et dites quelles caractéristiques des personnages y sont mises en évidence.

## Chapitre 4

Le dimanche matin, tandis que les cloches sonnaient dans les villages de la côte, le beau monde et le demi-monde se montraient de nouveau chez Gatsby, et la fête joyeuse et pétillante reprenait sur ses pelouses.

« C'est un bootlegger[1] », disaient les jeunes femmes, déambulant entre ses cocktails et ses massifs de fleurs. « Il a tué autrefois un homme qui avait découvert qu'il était le neveu de Hindenburg[2] et le cousin germain du diable. Attrape-moi une rose, chéri, et verse-moi une dernière goutte dans cette coupe en cristal. »

J'ai noté un jour, dans les espaces blancs d'un indicateur de chemin de fer[3], les noms des gens qui sont venus chez Gatsby cet été-là. C'est un fascicule périmé, qui se désagrège aux pliures et porte la mention « Horaire valable à dater du 5 juillet 1922 ». Mais je peux encore déchiffrer les noms gris et ils vous donneront, bien mieux que mes généralités, une idée des personnes qui acceptaient l'hospitalité de Gatsby et lui payaient le tribut[4] subtil d'une complète ignorance de ce qu'il était.

D'East Egg, donc, venaient les Chester Becker et les Leech, et un homme nommé Bunsen que j'avais connu à Yale, et le docteur Webster

---

**1. Bootlegger** : trafiquant d'alcool.
**2. Paul von Hindenburg** (1847-1934) : militaire et homme politique allemand, ayant joué un rôle important pendant la Première Guerre mondiale.
**3. Indicateur de chemin de fer** : brochure contenant des renseignements sur les lignes et les horaires des trains.
**4. Tribut** : prix en retour.

Civet qui se noya l'an dernier dans le Maine[1]. Et les Hornbeam, les Willie Voltaire, ainsi que tout un clan du nom de Blackbuck, qui restait toujours groupé dans un coin et levait un museau soupçonneux, comme les chèvres, quand quelqu'un approchait. Et les Ismay, les Chrystie (ou plutôt Hubert Auerbach et la femme de Mr Chrystie) et Edgar Beaver, dont les cheveux devinrent blancs comme du coton un après-midi d'hiver, sans raison apparente, disait-on.

Clarence Endive était lui aussi d'East Egg, si je me souviens bien. Il ne vint qu'une fois, vêtu d'un pantalon de golf blanc, et se battit dans le jardin avec une espèce de vaurien appelé Etty. D'autres venaient d'une partie plus éloignée de l'île : les Cheadle, les O. R. P. Schraeder, les Stonewall Jackson Abrams de Géorgie, les Fishguard, les Ripley Snell. Snell se montra trois jours avant d'entrer au pénitencier ; il était à ce point ivre sur le gravier de l'allée que l'automobile de Mrs Ulysses Swett lui écrasa la main droite. On vit également les Dancie, S. B. Whitebait, qui avait largement passé la soixantaine, Maurice A. Flink, les Hammerhead, et Beluga, l'importateur de tabac, accompagné de ses petites amies.

De West Egg venaient les Pole, les Mulready, Cecil Roebuck, Cecil Schoen et Gulick, sénateur de l'État, ainsi que Newton Orchid, le patron de *Films par Excellence\**, et Eckhaust, et Clyde Cohen, Don S. Schwartze (fils) et Arthur McCarty, tous plus ou moins liés au monde du cinéma. Mais aussi les Catlip, les Bemberg, G. Earl Muldoon, le frère du Muldoon qui étrangla plus tard sa femme. Da Fontano, l'homme d'affaires, vint également, et Ed Legros, James B. Ferret (dit « Tord-Boyaux »), les De Jong et Ernest Lilly – tous ceux-là pour jouer, et quand Ferret s'en allait faire un tour dans le jardin, on savait qu'il s'était fait lessiver[2] et qu'Associated Traction afficherait un cours avantageux le lendemain matin.

Un certain Klipspringer venait si souvent et restait si longtemps qu'on le surnomma « le pensionnaire » ; je ne suis pas sûr qu'il ait eu

---
1. **Maine** : État situé à l'extrémité nord-est des États-Unis.
2. **Lessiver** : ruiner.

un autre domicile. Parmi les gens de théâtre, il y avait Gus Waize et Horace O'Donavan, Lester Myer, George Duckweed, Francis Bull. D'autres aussi étaient de New York : les Chrome, les Backhysson, les Dennicker, Russell Betty, les Corrigan, les Kelleher, les Dewar, les Scully, S. W. Belcher, les Smirke, les jeunes Quinn, aujourd'hui divorcés, Henry L. Palmetto, qui se tua en se jetant sous une rame de métro à Times Square.

Benny McClenahan venait toujours accompagné de quatre jeunes femmes. Ce n'étaient jamais tout à fait les mêmes, pour ce qui était des personnes, mais elles se ressemblaient si fort qu'on croyait immanquablement les avoir déjà vues. J'ai oublié leurs prénoms : Jaqueline, ou peut-être Consuela, ou Gloria, ou Judy, ou June ; quant à leurs noms de famille, c'étaient ou bien les noms mélodieux de fleurs et de mois, ou ceux, plus sévères, des grands capitalistes américains, dont elles avouaient, si on insistait un peu, qu'elles étaient les cousines.

En sus de tous ces gens, j'ai le souvenir que Faustina O'Brien est venue au moins une fois, ainsi que les filles Baedeker, le jeune Brewer, qui avait perdu son nez à la guerre, Mr Albrucksburger et Miss Haag, sa fiancée, et Ardita Fitz-Peters, Mr P. Hewett, qui fut autrefois président de l'Association des anciens combattants américains, et Miss Claudia Hip, en compagnie d'un homme qu'on disait être son chauffeur, et un prince de je ne sais trop quoi, qu'on appelait Duc, et dont j'ai oublié le nom, si je l'ai jamais su.

Tous ces gens sont venus chez Gatsby cet été-là.

Un beau matin vers la fin du mois de juillet, à neuf heures, la somptueuse automobile de Gatsby gravit avec des embardées[1] le chemin rocailleux qui menait à ma porte, et envoya de sa trompe[2] à trois notes une salve[3] musicale. C'était la première fois qu'il me

---
**1. Embardées** : écarts brusques.
**2. Trompe** : klaxon.
**3. Salve** : décharge.

rendait visite, bien que je fusse allé à deux de ses soirées, que je fusse monté dans son hydroplane et que j'eusse, sur ses instances, largement usé de sa plage.

« Bonjour, mon vieux. Comme nous déjeunons ensemble aujourd'hui, j'ai pensé que nous pourrions faire le voyage de même. »

Il se tenait en équilibre sur le marchepied de sa voiture avec cette aisance de mouvement si typiquement américaine, qui vient, je suppose, de ce que nous n'avons pas eu à soulever des fardeaux pendant nos jeunes années, et, plus encore, de la grâce élastique inhérente à nos sports nerveux et intermittents[1]. Cette qualité se laissait toujours deviner dans ses manières cérémonieuses, sous la forme d'une fébrilité permanente. Il n'était jamais parfaitement tranquille : on lui voyait toujours un pied qui tapait contre quelque chose, une main nerveuse qui s'ouvrait et se fermait.

Il vit que je regardais sa voiture avec admiration.

« Elle est jolie, vous ne trouvez pas, mon vieux ? » Il sauta du marchepied pour me permettre de mieux la voir. « Vous ne l'aviez pas encore vue ? »

Je l'avais vue. Tout le monde l'avait vue. Elle était d'un ton crème intense et rutilait de nickel ; sur toute sa monstrueuse longueur, des cartons à chapeaux, paniers de pique-nique et boîtes à outils faisaient une apothéose[2] de boursouflures, et tout un labyrinthe de pare-brise en terrasses reflétaient les feux d'une douzaine de soleils. Nous avons pris place derrière de nombreuses épaisseurs de vitres, dans une sorte de serre de cuir vert, et sommes partis pour la ville.

J'avais dû lui parler cinq ou six fois peut-être durant le mois qui s'était écoulé, et découvert, à ma grande déception, qu'il n'avait pas grand-chose à dire. Si bien que le personnage important et mystérieux de ma première impression s'était effacé peu à peu, et Gatsby n'était plus pour moi qu'un voisin qui possédait une extravagante hostellerie[3].

---
1. **Intermittents** : saccadés.
2. **Apothéose** : élévation.
3. **Hostellerie** : forme archaïque de « hôtellerie », demeure faite pour recevoir.

C'est alors qu'eut lieu ce déconcertant voyage en voiture. Nous n'avions pas encore atteint le village de West Egg, et déjà Gatsby, dédaignant d'achever ses phrases élégantes, tapotait d'un geste indécis le genou de son pantalon caramel.

« Dites, mon vieux », s'écria-t-il avec une soudaineté qui me surprit, « que pensez-vous de moi, au fond ? »

Passablement décontenancé, je commençai par recourir aux esquives et généralités que la question mérite.

« Écoutez… fit-il, m'interrompant. Je vais vous confier deux ou trois choses à mon sujet. Je ne voudrais pas que toutes ces histoires que l'on colporte sur mon compte vous donnent une fausse idée de moi. »

Il était donc au courant des accusations invraisemblables qui pimentaient les conversations dans ses salons.

« Ce que je vais vous dire est la vérité vraie. » De sa main droite, il ordonna à la justice divine de se tenir prête à le punir, le cas échéant. « Je suis né dans une très riche famille du Middle West ; tous sont morts aujourd'hui. J'ai été élevé en Amérique, mais j'ai fait mes études à Oxford, parce que c'est ce qu'ont fait mes aïeux depuis fort longtemps. C'est une tradition familiale. »

Il me lança un regard de côté, et je compris pourquoi Jordan Baker croyait qu'il mentait. Il prononça l'expression « mes études à Oxford » à toute vitesse, comme s'il l'avalait ou qu'elle lui restait en travers de la gorge parce qu'elle l'avait déjà embarrassé auparavant. Une fois ce doute installé, tout ce qu'il avait dit tombait en morceaux, et je me demandai s'il n'y avait pas chez lui, après tout, quelque chose d'un peu sinistre.

« Quelle région du Middle West ? demandai-je négligemment.
– San Francisco.
– Je vois.
– Toute ma famille est morte et j'ai hérité d'une grosse fortune. »

Sa voix était grave, comme si le souvenir de cette soudaine extinction d'un clan continuait à le hanter. Pendant un instant, je l'ai soupçonné de se moquer de moi, mais le regard que je lui jetai alors me convainquit du contraire.

« Ensuite, j'ai vécu comme un jeune rajah[1] dans toutes les capitales d'Europe – Paris, Venise, Rome –, collectionnant les pierres précieuses, surtout les rubis, chassant le gros gibier, faisant un peu de peinture, mais pour moi exclusivement, essayant d'oublier une chose très triste qui m'était arrivée bien des années plus tôt. »

J'eus grand-peine à étouffer un éclat de rire incrédule. Les formules étaient si usées qu'elles n'évoquaient en moi aucune image, sinon celle d'un pantin enturbanné perdant sa sciure par tous les pores alors qu'il chassait un tigre dans le bois de Boulogne.

« Puis vint la guerre, mon vieux. Ce fut pour moi un grand soulagement, et j'ai fait tout ce que je pouvais pour mourir, mais ma vie semblait soumise à un enchantement. Au début, j'ai accepté un grade de capitaine. Dans la forêt d'Argonne[2], j'ai conduit deux détachements d'artilleurs si loin en avant des lignes qu'il y avait un fossé de plus de cinq cents mètres de part et d'autre, où l'infanterie ne pouvait avancer. Nous sommes restés là deux jours et deux nuits, cent trente hommes avec seize fusils-mitrailleurs Lewis, et quand l'infanterie est enfin arrivée, elle a trouvé les insignes de trois divisions allemandes parmi les monceaux de cadavres. J'ai été promu commandant et décoré par tous les gouvernements alliés, même le Monténégro, le petit Monténégro[3] sur la côte adriatique. »

Le petit Monténégro ! Il les soulevait, ces mots, et les saluait de la tête – avec son sourire. Le sourire disait sa compréhension de l'histoire troublée du Monténégro et sa sympathie pour les vaillantes luttes des Monténégrins. Il appréciait pleinement l'enchaînement des circonstances nationales qui avaient suscité ce tribut du tendre petit cœur du Monténégro. La fascination chassa en moi l'incrédulité ; j'avais l'impression de feuilleter très vite une pile de journaux illustrés.

---

**1. Rajah** : prince hindou.
**2. Forêt d'Argonne** : située au Nord de la France en Champagne, elle fut le lieu d'affrontements en 1915 lors de la Première Guerre mondiale.
**3. Monténégro** : pays situé dans les Balkans, bordé par la mer Adriatique, allié de la Russie pendant la Première Guerre mondiale.

Il explora le fond de sa poche et un morceau de métal accroché à un ruban tomba dans la paume de ma main.

« C'est celle du Monténégro. »

À ma grande surprise, l'objet avait un air authentique. *Orderi di Danilo*, disait la légende circulaire, *Montenegro, Nicolas Rex*[1].

« Retournez-la. »

*Commandant Jay Gatsby*, lisait-on, *Pour acte de bravoure extraordinaire.*

« Voici autre chose que je porte toujours sur moi. Un souvenir des années d'Oxford. Elle a été prise dans la cour de Trinity[2]… L'homme à ma gauche est aujourd'hui comte de Doncaster. »

La photographie montrait une demi-douzaine de jeunes gens en blazer qui posaient nonchalamment sous la voûte d'un porche au-delà duquel se voyait une armée de flèches d'église. Gatsby était là, l'air un peu plus jeune, pas beaucoup plus, une batte de cricket à la main.

Ainsi, tout était vrai. Je vis les peaux de tigre, flamboyantes, dans son palais du Grand Canal ; je le vis en train d'ouvrir une cassette de rubis, cherchant dans leurs profonds reflets cramoisis un apaisement aux souffrances de son cœur brisé.

« Je vais vous demander une énorme faveur aujourd'hui », dit-il, remettant ses souvenirs dans sa poche, l'air satisfait ; « c'est pourquoi j'ai pensé qu'il fallait que vous en sachiez un peu plus sur mon compte. Je ne voulais pas que vous pensiez que je suis n'importe qui. Vous comprenez… je me retrouve presque toujours entouré d'inconnus parce que je ne cesse de bouger d'un endroit à l'autre afin d'oublier cette chose triste qui m'est arrivée. » Il hésita. « Vous saurez tout cet après-midi.

– Au déjeuner ?

– Non, cet après-midi. J'ai appris que vous prenez le thé avec Miss Baker.

---

**1. *Orderi di Danilo* […] *Montenegro, Nicolas Rex*** : l'inscription signifie « ordre de Danilo, Monténégro, Roi Nicolas ». L'ordre de Danilo est un ordre dynastique de la maison royale du Monténégro.
**2. Trinity** : l'université d'Oxford est composée de « collèges » où sont répartis les étudiants. Trinity est l'un d'eux.

– Vous voulez dire que vous êtes amoureux de Miss Baker?
– Non, pas du tout, mon vieux. Mais Miss Baker a gentiment accepté de vous parler de cette affaire. »

Je n'avais pas la moindre idée de ce que pouvait être cette «affaire», mais elle suscitait chez moi plus d'embarras que de curiosité. Je n'avais pas invité Jordan à un thé pour discuter avec elle de Mr Jay Gatsby. J'étais persuadé que sa requête serait parfaitement extravagante et, pendant un moment, j'ai regretté d'avoir jamais posé le pied sur cette pelouse où se pressait une telle foule d'invités.

Il ne voulut pas en dire davantage. Ses manières se faisaient de plus en plus guindées à mesure que nous approchions de la ville. Traversant Port Roosevelt[1], nous aperçûmes des cargos cerclés de rouge, puis la voiture fila sur les pavés d'un quartier de taudis bordé de bars des années 1900 aux façades sombres et aux ors ternis, mais encore fréquentés. Puis la vallée des cendres s'ouvrit de part et d'autre, et j'eus au passage la rapide vision de Mrs Wilson s'escrimant à la pompe à essence avec une énergie qui la faisait haleter.

Les pare-chocs déployés comme des ailes, nous brillâmes de tous nos feux pendant la traversée de la moitié d'Astoria[2]. La moitié seulement, car, alors que nous faisions des zigzags entre les piliers du métro aérien, j'entendis les pétarades[3] bien connues d'une moto, et un agent de police furieux surgit à nos côtés.

«D'accord, mon vieux», cria Gatsby. Nous ralentîmes. Il sortit une carte blanche de son portefeuille et l'agita sous les yeux de l'homme.

«Entendu, fit l'agent sans discuter, soulevant sa casquette. Je saurai vous reconnaître la prochaine fois, Mr Gatsby. C'est à moi de m'excuser.»

«Qu'est-ce que c'était? demandai-je. La photo d'Oxford?

---

**1. Port Roosevelt**: il n'existe pas de lieu de ce nom à New York, mais Fitzgerald a peut-être été inspiré par Port Washington, situé sur le rivage nord de Long Island, ou par Roosevelt Island, île située sur l'East River entre Manhattan et le Queens.
**2. Astoria**: l'un des quartiers du Queens, à New York.
**3. Pétarades**: détonations.

– J'ai eu l'occasion, autrefois, de rendre un service au chef de la police, et tous les ans il m'envoie une carte de Noël. »

Puis ce fut le grand pont, le soleil entre les poutrelles[1] qui fait sur les voitures en mouvement des scintillements continus, la ville qui s'élève, sur l'autre rive du fleuve, en masses blanches et en pains de sucre nés d'un rêve et grâce à de l'argent sans odeur. La ville que l'on voit du pont de Queensboro[2] est toujours celle que l'on découvre pour la première fois, celle qui vous promet, ô folie, de vous révéler le mystère et toute la beauté du monde.

Un mort nous doubla dans un corbillard noyé sous les fleurs, suivi de deux voitures aux stores baissés et d'autres véhicules à l'allure moins funèbre pour les amis. Les amis nous dévisageaient ; ils avaient le regard tragique et la lèvre supérieure mince des gens de l'Europe du Sud-Est, et j'étais heureux que la vue de la magnifique voiture de Gatsby pût faire partie de ce jour de congé sinistre. Comme nous traversions Blackwells Island[3], une limousine nous dépassa, conduite par un chauffeur blanc, et dans laquelle étaient installés trois Noirs habillés à la dernière mode, deux hommes et une femme. J'éclatai de rire quand le jaune de leurs prunelles se mit à rouler dans notre direction en signe de hautain défi.

« Tout peut arriver maintenant que nous avons franchi ce pont, pensais-je, absolument tout… »

Tout… même Gatsby, sans qu'il y eût là de quoi s'étonner outre mesure.

Midi et sa bruyante cohue. Je retrouvai Gatsby pour le déjeuner dans une cave bien rafraîchie de la 42ᵉ Rue. Les yeux encore éblouis par la lumière vive du dehors, je le reconnus vaguement dans le vestibule, en conversation avec un homme.

« Mr Carraway, je vous présente mon ami Mr Wolfshiem. »

---

**1. Poutrelles** : charpentes métalliques du pont.
**2. Pont de Queensboro** : pont de New York reliant Manhattan et le Queens, enjambant l'East River.
**3. Blackwells Island** : île située sur l'East River, entre le Queens et Manhattan.

Un Juif de petite taille, au nez épaté, leva sa grosse tête et dirigea vers moi deux impressionnantes touffes de poils qui prospéraient dans ses narines. Au bout d'un moment, je découvris ses yeux minuscules dans la pénombre.

« … alors je l'ai bien regardé… » dit Mr Wolfshiem en me donnant une solide poignée de main, « … et savez-vous ce que j'ai fait ?
– Quoi ? » ai-je demandé poliment.

Mais, de toute évidence, il ne s'adressait pas à moi car il me lâcha la main et pointa sur Gatsby son nez expressif.

« J'ai remis l'argent à Katspaugh et je lui ai dit : "Très bien, Katspaugh, tu lui donnes pas un sou tant qu'il la ferme pas." Il l'a tout de suite fermée. »

Gatsby nous a pris chacun par un bras et entraîné dans la salle de restaurant ; Mr Wolfshiem ravala la phrase qu'il commençait à former et s'abîma[1] dans une rêverie somnambulique.

« Whisky-soda ? » demanda le maître d'hôtel.

« Il est bien, ce restaurant », dit Mr Wolfshiem en admirant les nymphes presbytériennes[2] qui décoraient le plafond. « Mais je préfère celui d'en face ! »

« Whisky-soda, oui », approuva Gatsby, et, se tournant vers Mr Wolfshiem : « Il fait beaucoup trop chaud là-bas.

– Trop chaud, oui, et c'est tout petit, dit Mr Wolfshiem, mais plein de souvenirs.

– De quel endroit s'agit-il ?

– Du vieux Métropole[3].

– Le vieux Métropole… fit Mr Wolfshiem, l'air songeur et la voix sombre. Rempli de visages disparus. Rempli d'amis disparus à jamais. Aussi longtemps que je vivrai, je n'oublierai jamais la nuit où Rosy Rosenthal s'est fait descendre là-bas. On était six à table et Rosy avait

---

**1. S'abîma** : s'enfonça.
**2. Nymphes presbytériennes** : l'expression est ironique : la nymphe est une créature des eaux mythologique, souvent représentée nue. Le narrateur se moque de la représentation trop pudique de la femme sur ce plafond.
**3. Métropole** : hôtel de Manhattan.

beaucoup mangé et bien bu toute la soirée. On était presque au matin quand le garçon s'est approché de lui avec un drôle d'air et lui a dit qu'il y avait quelqu'un qui voulait lui parler dehors. "Bon", qu'il a dit, Rosy, et le voilà qui va se lever, mais je l'ai fait se rasseoir.

« "Ces salauds n'ont qu'à venir ici s'ils veulent te parler, Rosy, mais moi vivant, tu ne bougeras pas de cette pièce."

« Il était quatre heures du matin et si on avait tiré les stores, on aurait vu le jour.

– Est-ce qu'il est sorti ? ai-je demandé, innocemment.

– Évidemment qu'il est sorti… » Le nez de Mr Wolfshiem me lança des éclairs d'indignation. « À la porte, il s'est retourné et m'a dit : "Ne laisse pas le garçon emporter mon café !" Puis il est sorti sur le trottoir et ils lui ont envoyé trois balles dans le ventre et la voiture a filé.

– Quatre d'entre eux sont passés sur la chaise électrique, dis-je, rassemblant mes souvenirs.

– Cinq, avec Becker[1]. » Ses narines se tournèrent vers moi, visiblement intéressées. « Vous recherchez des contacts, si je comprends bien… »

L'enchaînement des deux remarques me laissa pantois. Gatsby répondit à ma place.

« Oh non ! s'exclama-t-il, ce n'est pas lui !

– Vraiment ? »

Mr Wolfshiem paraissait déçu.

« Monsieur est un ami. Je vous avais dit que nous parlerions de cette affaire une autre fois. »

« Je vous demande pardon, dit Mr Wolfshiem. Je me suis trompé de personne. »

Un savoureux hachis arriva et Mr Wolfshiem, oubliant ses émotions fortes du bon vieux Métropole, se mit à manger avec une délicatesse barbare. En même temps, ses yeux faisaient très lentement le tour de

---

**1. Charles Becker** : officier de police condamné à mort avec quatre autres gangsters pour le meurtre de Herman Rosenthal, un bookmaker de Manhattan, à la sortie du Métropole et qui est évoqué lignes 289 et 290, p. 86.

la salle ; et il acheva l'arc de cercle commencé en se retournant pour examiner les gens assis immédiatement derrière lui. Je crois que, si je n'avais pas été là, il aurait glissé un regard furtif sous notre table.

« Entre nous, mon vieux, dit Gatsby, se penchant vers moi, j'ai peur de vous avoir un peu agacé ce matin dans la voiture. »

Le sourire reparut sur ses lèvres, mais cette fois j'ai tenu bon.

« Je n'aime pas les mystères, répondis-je. Et je ne comprends pas pourquoi vous ne me dites pas franchement ce que vous attendez de moi. Pourquoi tout cela doit-il passer par l'intermédiaire de Miss Baker ?

– Oh, il n'y a rien de dissimulé là-dedans, m'assura-t-il. Miss Baker est une grande sportive, vous savez, et elle ne ferait jamais rien d'incorrect. »

Tout à coup, il regarda sa montre, se leva d'un bond et quitta précipitamment la salle, me laissant à table en compagnie de Mr Wolfshiem.

« Il doit donner un coup de téléphone, dit Mr Wolfshiem en le suivant des yeux. Chic type, hein ? Belle allure, et puis c'est un parfait homme du monde.

– Oui.

– Il a étudié à Oxford.

– Oh…

– Oui, à l'université d'Oxford en Angleterre. Vous connaissez ?

– J'en ai entendu parler.

– C'est une des plus célèbres du monde.

– Vous connaissez Gatsby depuis longtemps ? demandai-je.

– Plusieurs années, répondit-il, ravi. J'ai eu le plaisir de sa connaissance après la guerre. Mais il ne m'a fallu qu'une heure de conversation pour comprendre que j'avais découvert quelqu'un de parfaitement éduqué. Je me suis dit : "Voilà le genre d'homme que tu aimerais amener chez toi et présenter à ta mère et à ta sœur." » Il s'arrêta un instant. « Je vois que vous regardez mes boutons de manchette. »

Non, je ne les regardais pas, mais puisqu'il me proposait de le faire… Ils étaient taillés dans un ivoire bizarrement familier.

« Magnifiques spécimens de molaires humaines, m'expliqua-t-il.
– Ça alors ! » Je les examinai. « C'est une idée très intéressante.
– Ouais. »
Il tira d'un coup sec ses manches sous son veston. « Ouais…
Gatsby fait très attention avec les femmes. Il n'oserait même pas poser les yeux sur l'épouse d'un ami. »

Lorsque l'objet de cette confiance instinctive revint s'asseoir à notre table, Mr Wolfshiem avala son café d'un trait et se leva.

« J'ai été enchanté de ce déjeuner, dit-il, mais il faut que je me sauve, jeunes gens, avant d'abuser de votre hospitalité.

– Rien ne presse, Meyer », dit Gatsby sans enthousiasme. Mr Wolfshiem leva la main comme pour une sorte de bénédiction.

« Vous êtes d'une grande courtoisie, mais j'appartiens à une autre génération, déclara-t-il d'un ton cérémonieux. Restez donc ici à parler de sport, de vos jeunes dames et de vos… » Un autre geste de la main fournit un substantif[1] imaginaire. « … Moi, j'ai cinquante ans et je ne vais pas vous imposer ma présence plus longtemps. »

Quand il nous serra la main avant de s'éloigner, son nez tragique fut saisi de tremblements. Je me suis demandé si j'avais dit quelque chose qui eût pu l'offenser.

« Il lui arrive d'être très sentimental, expliqua Gatsby. Aujourd'hui, par exemple, il fait du sentiment. C'est un sacré personnage à New York, un pilier de Broadway.

– Mais que fait-il ? C'est un acteur ?
– Non.
– Un dentiste ?
– Meyer Wolfshiem ? Non, c'est un joueur. » Gatsby hésita un instant, puis ajouta froidement : « Il a truqué la finale du championnat de base-ball en 1919.

– Truqué le championnat de base-ball ? » répétai-je.

J'étais abasourdi. Je me rappelais, bien sûr, que le match avait été truqué, mais si j'avais alors réfléchi à la chose, je me serais

---

1. **Substantif** : nom.

dit qu'elle s'était tout simplement produite, que c'était le dernier maillon d'une chaîne d'événements inévitables. Il ne m'était pas un instant venu à l'esprit qu'un homme seul pût se mettre à jouer avec la bonne foi de cinquante millions de personnes – et ce, avec la détermination d'un cambrioleur qui perce un coffre-fort.

« Comment en est-il venu à faire ça ? ai-je ajouté au bout d'une minute.

– Il a profité d'une occasion, voilà tout.

– Pourquoi n'est-il pas en prison ?

– On ne peut pas le pincer, mon vieux. C'est un malin. »

J'ai insisté pour payer l'addition. Au moment où le serveur me rapportait la monnaie, j'aperçus Tom Buchanan dans la foule, à l'autre bout de la salle.

« Venez avec moi un instant, dis-je ; il faut que j'aille dire bonjour à quelqu'un. »

Quand il nous vit, Tom se leva d'un bond et fit une dizaine de pas dans notre direction.

« Mais où te caches-tu donc ? me demanda-t-il avec fougue. Daisy est furieuse que tu n'appelles pas.

– Mr Gatsby... Mr Buchanan. »

Ils se serrèrent la main rapidement, et sur le visage de Gatsby parut une expression inquiète et embarrassée que je ne lui connaissais pas.

« Alors, comment vas-tu ? me demanda Tom. Comment se fait-il que tu déjeunes si loin de ton bureau ?

– J'ai déjeuné avec Mr Gatsby... »

Je me suis retourné vers Mr Gatsby, mais il n'était plus là.

Un jour d'octobre 1917...

(me raconta Jordan Baker cet après-midi-là, assise avec raideur sur une chaise à dossier droit dans le jardin de l'hôtel Plaza[1] où nous prenions le thé)

---

**1. Hôtel Plaza** : luxueux hôtel new-yorkais situé près de Central Park.

… je me promenais, d'un endroit à un autre, marchant tantôt sur le trottoir, tantôt sur les pelouses. J'étais plus heureuse sur l'herbe parce que je portais des chaussures anglaises avec des semelles garnies de crampons de caoutchouc qui s'enfonçaient bien dans la terre molle. J'avais également une jupe neuve à carreaux que le vent soulevait un peu et chaque fois que cela se produisait, les drapeaux rouge-blanc-bleu dont on avait pavoisé[1] les façades des maisons se tendaient et faisaient un *tss… tss…* de désapprobation.

Le plus grand des drapeaux et la plus grande des pelouses appartenaient à la maison de Daisy Fay. Elle venait d'avoir dix-huit ans ; elle avait deux ans de plus que moi, et c'était de loin la jeune fille la plus courtisée de Louisville. Elle s'habillait en blanc, possédait un petit roadster[2] blanc, et toute la journée le téléphone sonnait chez elle, et de jeunes officiers en émoi stationnés au camp Taylor[3] sollicitaient le privilège de l'accaparer ce soir-là, « au moins pour une heure ! ».

Quand je suis arrivée devant chez elle ce matin-là, j'ai vu son roadster blanc garé le long du trottoir, et Daisy était dans la voiture avec un lieutenant que je n'avais jamais vu auparavant. Ils étaient à ce point absorbés l'un par l'autre qu'elle ne m'aperçut que lorsque je fus à un mètre d'elle.

« Bonjour, Jordan, me lança-t-elle de manière parfaitement inattendue. Viens donc ici. »

J'étais flattée qu'elle veuille me parler, parce que de toutes les filles plus âgées que moi, c'était celle que j'admirais le plus. Elle m'a demandé si j'allais à la Croix-Rouge pour faire des pansements. Oui, j'y allais. Eh bien alors, pouvais-je leur dire qu'il lui était impossible de venir aujourd'hui ? L'officier regardait Daisy, tandis qu'elle me parlait, comme toute jeune fille voudrait un jour ou l'autre être regardée, et parce que l'incident me paraissait romantique, je ne

---

**1. Pavoisé** : garni.
**2. Roadster** : automobile décapotable à deux places.
**3. Camp Taylor** : camp militaire situé près de Louisville. Fitzgerald y a lui-même séjourné.

l'ai jamais oublié. L'officier s'appelait Jay Gatsby et je ne l'ai pas revu pendant plus de quatre ans ; et même après l'avoir retrouvé à Long Island, je ne me suis pas rendu compte que c'était le même homme.

Cela se passait en 1917. L'année suivante, j'avais à mon tour quelques soupirants, et j'ai commencé à participer à des tournois ; je ne voyais donc plus Daisy aussi souvent. Elle fréquentait une bande de garçons un peu plus âgés – quand elle sortait. Des rumeurs extravagantes circulaient sur son compte… Sa mère l'aurait surprise, un soir d'hiver, faisant sa valise pour aller à New York dire adieu à un soldat qui partait pour l'Europe. On empêcha en effet son départ, mais elle n'adressa plus la parole à sa famille pendant plusieurs semaines. Par la suite, elle cessa de s'amuser avec les militaires, se contentant de quelques jeunes gens du cru[1] que leurs pieds plats ou leur myopie avaient rendus inaptes au service.

Quand vint l'automne, elle était redevenue gaie, aussi gaie qu'autrefois. Elle fit ses débuts dans le monde après l'Armistice, et en février tout laissait croire qu'elle était fiancée à un jeune homme de La Nouvelle-Orléans[2]. En juin, elle épousa Tom Buchanan de Chicago, avec une pompe et un apparat[3] que Louisville n'avait jamais connus. Il arriva avec une centaine d'invités dans quatre wagons de chemin de fer spéciaux et loua un étage entier de l'hôtel Seelbach[4], et la veille du mariage il lui donna un collier de perles estimé à trois cent cinquante mille dollars.

J'étais demoiselle d'honneur. Je suis entrée dans sa chambre une demi-heure avant le dîner de noces et je l'ai trouvée étendue sur son lit, aussi jolie qu'une nuit de juin, dans sa robe à fleurs… et saoule, saoule comme une grive[5]. Elle tenait une bouteille de sauternes[6] dans une main et une lettre dans l'autre.

---

1. **Du cru** : de la région.
2. **La Nouvelle-Orléans** : ville américaine située dans l'État de Louisiane.
3. **Une pompe et un apparat** : une cérémonie et un luxe.
4. **Hôtel Seelbach** : hôtel de luxe de Louisville.
5. **Saoule comme une grive** : complètement saoule.
6. **Sauternes** : vin blanc sucré.

« Fé… *hic!*… félicite-moi, marmonna-t-elle. J'avais ja… jamais bu de ma vie, mais… comme c'est bon !

– Qu'y a-t-il, Daisy ? »

J'étais terrifiée, je peux vous l'avouer ; je n'avais encore jamais vu une jeune femme dans cet état.

« Tiens, ma ch… chérie… » Elle fouilla dans une corbeille qu'elle avait avec elle sur le lit et en retira le collier de perles. « Rapporte ça en bas et rends-le à qui que… celui qui… auquel ça ap… appartient, et dis-leur à tous que Daisy a ch… changé… *hic!*… d'avis. Dis que Daisy a ch… changé… *hic!*… d'avis ! »

Elle s'est mise à pleurer ; elle pleurait sans pouvoir s'arrêter. Je suis sortie en courant et j'ai trouvé la femme de chambre de sa mère ; nous avons fermé la porte à clef et nous avons plongé Daisy dans un bain froid. Elle ne voulait pas lâcher la lettre. Elle l'avait prise avec elle dans la baignoire et la pressait si fort qu'elle en fit une boulette humide, et elle ne me laissa la poser sur le porte-savon qu'en la voyant partir en morceaux comme de la neige.

Mais elle n'a plus dit un seul mot. Nous lui avons fait respirer des sels[1], nous lui avons mis de la glace sur le front et nous l'avons rhabillée, et une demi-heure plus tard, quand nous avons quitté la chambre, le collier de perles était à son cou et l'incident oublié. Le lendemain à cinq heures, elle épousa Tom Buchanan sans le plus petit tressaillement et partit pour une croisière de trois mois dans les mers du Sud.

Je les ai retrouvés à Santa Barbara[2] à leur retour, et j'ai pensé que je n'avais jamais vu une femme aussi éprise de son mari. S'il sortait de la pièce un instant, elle jetait autour d'elle des regards inquiets et demandait : « Où est passé Tom ? », et elle avait un air complètement absent jusqu'à ce qu'elle le revoie franchir le seuil de la porte. Elle aimait rester assise sur le sable pendant des heures,

---

**1. Sels** : sels d'ammonium et de carbonate que l'on faisait respirer aux personnes évanouies pour les ranimer.
**2. Santa Barbara** : ville située sur la côte californienne, près de Los Angeles.

la tête de Tom sur ses genoux, passant les doigts sur ses paupières et le regardant avec un insondable bonheur. Ils formaient un tableau touchant, tous les deux ; un tableau qui faisait rire, mais d'un rire discret, fasciné. On était en août. Huit jours après mon départ de Santa Barbara, Tom, une nuit, emboutit une charrette sur la route de Ventura[1] ; une roue avant de sa voiture fut arrachée. Le nom de la fille qui l'accompagnait fut mentionné dans les journaux également, car elle eut le bras cassé ; c'était l'une des femmes de chambre de l'hôtel Santa Barbara.

Au mois d'avril suivant, Daisy eut sa petite fille et ils allèrent passer un an en France. Je les ai vus une fois au printemps à Cannes, et plus tard à Deauville, puis ils sont rentrés à Chicago avec l'intention de s'y installer. Daisy avait beaucoup d'amis à Chicago, comme vous le savez. Ils fréquentaient une bande de bons vivants, tous jeunes, riches et dissolus[2], mais elle conserva une réputation sans tache aucune. Peut-être parce qu'elle ne boit pas. Ne pas boire est un grand avantage quand on vit parmi des gens qui boivent sec. On peut tenir sa langue et, en outre, choisir de se livrer à un petit écart de conduite à l'heure où tous les autres sont si aveuglés qu'ils ne voient rien ou ne se soucient plus de rien. Peut-être Daisy n'a-t-elle jamais vraiment voulu rencontrer l'amour… et pourtant, il y a dans sa voix quelque chose…

Bon… Il y a six semaines de cela, elle a entendu prononcer le nom de Gatsby pour la première fois depuis des années. C'était quand je vous ai demandé – vous vous en souvenez ? – si vous connaissiez Gatsby à West Egg. Après votre départ, elle est entrée dans ma chambre, m'a réveillée et a demandé : « Qui est ce Gatsby ? » Et quand je l'ai eu décrit – j'étais à moitié endormie –, elle a dit, de la voix la plus étrange qui fût, que ce devait être l'homme qu'elle avait connu. C'est à ce moment seulement que j'ai fait le rapprochement entre ce Gatsby et l'officier de la décapotable blanche.

---

**1. La route de Ventura** : route qui relie Los Angeles à Santa Barbara.
**2. Dissolus** : débauchés.

Lorsque Jordan Baker acheva son récit, cela faisait une demi-heure que nous avions quitté le Plaza et que nous nous promenions en fiacre à travers Central Park. Le soleil s'était couché derrière les hauts immeubles résidentiels des vedettes de cinéma qui habitent au-delà de la 50ᵉ Rue Ouest, et les voix claires d'enfants formant sur l'herbe comme un chœur de grillons s'élevaient dans la chaleur du crépuscule :

> *I'm the Sheik of Araby,*
> *Your love belongs to me.*
> *At night, when you're asleep,*
> *Into your tent I'll creep*[1]…

« Étrange coïncidence, dis-je.
— Mais ce n'est pas du tout une coïncidence.
— Comment cela ?
— Gatsby a acheté cette maison afin de se trouver juste en face de Daisy, de l'autre côté de la baie. »

Ainsi, ce n'était pas seulement aux étoiles qu'il aspirait en cette nuit de juin. L'homme avait surgi devant moi, vivant, soudain expulsé de la matrice[2] de sa splendeur sans objet.

« Il veut savoir, continua Jordan, si vous seriez prêt à inviter Daisy chez vous un après-midi prochain, et à l'autoriser à se joindre ensuite à vous. »

La modestie de la requête m'ébranla. Il avait attendu cinq ans et acheté un petit château où il dispensait la lumière des étoiles à des phalènes de l'espèce la plus commune, dans le seul but de « se joindre » à un inconnu dans son jardin, « un après-midi prochain » ?

« Fallait-il vraiment que je sache tout cela avant qu'il me demande un service aussi insignifiant ?

---

**1.** Couplet d'une chanson populaire américaine de 1921 : « Je suis le Sheik d'Arabie, / Ton amour m'appartient. / La nuit, quand tu seras endormie, / Je me glisserai sous ta tente… »
**2. Expulsé de la matrice** : né.

– Il a peur. Il attend depuis si longtemps. Il pensait que vous pourriez vous en offusquer. Comme vous voyez, c'est un caractère coriace sous tout ce vernis. »

Quelque chose me tracassait.

« Pourquoi ne vous a-t-il pas demandé à vous d'organiser cette rencontre ?

– Il veut qu'elle voie sa maison, expliqua-t-elle. Et la vôtre est juste à côté.

– Oh !

– Je crois qu'il espérait vaguement qu'elle finirait par apparaître un soir, dans l'une ou l'autre de ses fêtes, poursuivit Jordan, mais ça ne s'est jamais produit. Alors, il s'est mis à demander aux gens, comme en passant, s'ils la connaissaient, et je suis la première qu'il a trouvée. C'est le soir où il m'a fait chercher dans la foule des danseurs... et si vous saviez les tours et les détours qu'il a faits pour arriver là où il voulait... J'ai tout de suite proposé un déjeuner à New York, bien sûr – et j'ai cru qu'il allait devenir fou.

« "Je ne veux rien faire d'inconvenant !" ne cessait-il de répéter. "Je veux la revoir à côté de chez moi."

« Quand je lui ai dit que vous étiez un intime de Tom, il a d'abord voulu tout laisser tomber. Il ne sait pas grand-chose de Tom, bien qu'il dise avoir lu un journal de Chicago pendant des années dans l'unique espoir d'y apercevoir un jour le nom de Daisy. »

L'obscurité était tombée à présent, et comme nous plongions sous un petit pont, j'ai passé un bras autour de l'épaule dorée de Jordan ; je l'ai attirée contre moi et invitée à dîner. Tout à coup, j'avais cessé de penser à Daisy et à Gatsby, pour ne plus m'intéresser qu'à cette personne impeccable, âpre, limitée, qui avait pour fonds de commerce[1] un scepticisme méthodique et se renversait sans façon à l'intérieur du cercle que mon bras dessinait autour d'elle. Une formule se mit à battre à mes oreilles avec une sorte de vigueur lancinante : « On est soit chasseur, soit gibier, actif ou fatigué ; c'est l'un ou l'autre. »

---

**1. Avait pour fonds de commerce** : fonctionnait avec.

« Et Daisy devrait bien avoir quelque chose dans sa vie, murmura Jordan.

– Est-ce qu'elle veut rencontrer Gatsby ?

– Elle ne doit pas savoir. Gatsby ne veut pas qu'elle sache. Vous êtes simplement censé l'inviter pour le thé. »

Nous avons longé une barrière d'arbres sombres, puis la façade de la 59ᵉ Rue, bloc de lumière pâle et délicate, répandit son éclat sur le parc. À la différence de Gatsby et de Tom Buchanan, je n'avais pas de fille dont le visage désincarné flottât le long de corniches noires et d'enseignes aveuglantes ; voilà pourquoi j'ai serré plus fort dans l'étau de mes bras celle qui était à mes côtés. Comme un sourire blême et méprisant passait sur sa bouche, je l'ai attirée tout contre moi, cette fois jusqu'à mes lèvres.

## Chapitre 5

Lorsque je suis rentré à West Egg cette nuit-là, j'ai cru un instant que ma maison brûlait. Deux heures du matin, et toute l'extrémité de la péninsule, comme embrasée, jetait une lumière irréelle sur les buissons et faisait sur les fils télégraphiques du bord de la route de longs et minces scintillements. Au sortir d'un virage, je vis que c'était la maison de Gatsby, illuminée de la tour au cellier[1].

J'ai d'abord cru qu'il s'agissait d'une de ses soirées, d'un raout[2] débridé qui s'était transformé en une partie de colin-maillard[3] ou en un jeu de cache-cache, la maison ayant été tout entière ouverte aux joueurs. Mais il n'y avait pas le moindre bruit. Rien que le vent dans les arbres qui agitait les fils télégraphiques, éteignait et rallumait les lumières comme si la maison clignait des yeux dans l'obscurité. Tandis que mon taxi s'éloignait en gémissant, je vis Gatsby traverser sa pelouse et venir à ma rencontre.

« Votre propriété ressemble à un pavillon de l'Exposition universelle, dis-je.

– Vraiment ? » Il se tourna vers sa maison et la regarda d'un air distrait. « J'étais allé jeter un coup d'œil dans certaines chambres. Allons à Coney Island[4], mon vieux. Dans ma voiture.

---

**1. Cellier** : cave.
**2. Raout** : grande réception.
**3. Colin-maillard** : jeu où l'un des joueurs, les yeux bandés, doit attraper quelqu'un et l'identifier afin que ce dernier prenne sa place.
**4. Coney Island** : péninsule située au sud de Brooklyn, dotée d'une plage donnant sur l'Océan Atlantique et de parcs d'attractions.

– Il est trop tard.

– Alors, si nous piquions une tête dans la piscine ? Je ne m'en suis pas servi de tout l'été.

– Il faut que j'aille me coucher.

– Très bien. »

Il attendait, m'observait avec une impatience qu'il avait du mal à dissimuler.

« Miss Baker m'a parlé, dis-je au bout d'un moment. J'appellerai Daisy demain pour l'inviter à venir prendre le thé chez moi.

– Oh, parfait, fit-il négligemment. Je ne veux pas que cela vous dérange le moins du monde.

– Quel jour vous conviendrait ?

– Quel est celui qui vous conviendrait à vous ? corrigea-t-il très vite. Je ne veux pas que cela vous dérange le moins du monde, comprenez-vous.

– Que diriez-vous d'après-demain ? »

Il réfléchit un instant. Puis, comme embarrassé :

« Il faut que je fasse couper le gazon. »

Nous regardâmes tous deux le gazon. Une ligne bien nette séparait le bord de ma pelouse hirsute de son parterre plus sombre et impeccablement entretenu. Je me demandais s'il ne voulait pas parler de mon gazon à moi.

« Et… il y a aussi une autre petite chose », dit-il d'une voix incertaine, et il hésita.

« Vous aimeriez peut-être reporter cette invitation de quelques jours ? demandai-je.

– Oh non, il ne s'agit pas de cela. Du moins… » Il chercha en tâtonnant quelques débuts de phrase. « C'est que… je pensais… Écoutez, mon vieux. Vous ne gagnez pas beaucoup d'argent, n'est-ce pas ?

– Non, pas beaucoup. »

Ma réponse parut le rassurer, et il poursuivit avec plus de confiance.

« C'est bien ce que je pensais, si vous voulez me pardonner ma… Voyez-vous, j'ai une petite affaire, une sorte d'à-côté, vous comprenez... Et j'ai pensé que si vous ne gagnez pas beaucoup... Vous vendez des titres, n'est-ce pas, mon vieux ?

– J'essaie.

– Eh bien, la chose pourrait vous intéresser. Cela ne vous prendrait pas beaucoup de votre temps et pourrait vous rapporter un joli paquet d'argent. La chose est... disons... assez confidentielle. »

Je me rends compte, aujourd'hui, qu'en d'autres circonstances cette conversation aurait pu constituer un tournant majeur dans ma vie. Mais comme l'offre m'était faite, de façon si candide[1] et grossière, en échange d'un service que j'allais rendre, je n'avais pas d'autre choix que de lui opposer sans délai une fin de non-recevoir[2].

« J'ai autant de travail que je peux en faire, dis-je. Je vous suis très reconnaissant, mais je ne pourrais pas en accepter davantage.

– Vous n'auriez aucune espèce de relation avec Wolfshiem. » De toute évidence, il s'imaginait que je reculais devant la perspective du « contact » évoquée pendant le déjeuner, mais je l'assurai qu'il se trompait. Il attendit encore un instant, dans l'espoir que j'entamerais une conversation, mais j'étais trop absorbé pour réagir à son invite ; à contrecœur, il rentra chez lui.

La soirée m'avait rendu heureux et léger, et je crois que sitôt franchi le seuil de ma porte, j'ai sombré dans un profond sommeil. J'ignore donc si Gatsby est allé à Coney Island ou s'il a continué longtemps à « jeter un coup d'œil dans les chambres », tandis que sa maison flamboyait tapageusement. Le lendemain, j'ai appelé Daisy du bureau pour l'inviter à prendre le thé.

« Viens sans Tom, dis-je, sur le ton du conseil.

– Quoi ?

– Viens sans Tom.

– Qui est *Tom* ? » demanda-t-elle innocemment.

Le jour convenu, il pleuvait à verse[3]. À onze heures, un homme en imperméable qui traînait une tondeuse à gazon frappa à ma porte

---

1. **Candide** : naïve.
2. **Fin de non-recevoir** : refus.
3. **À verse** : abondamment.

et m'expliqua que Mr Gatsby l'avait envoyé tondre ma pelouse. Cela me rappela que j'avais oublié de dire à ma Finlandaise de revenir. J'ai donc pris le volant pour aller la chercher au village de West Egg dans un fouillis de ruelles détrempées et blanchies à la chaux, et acheter en même temps quelques tasses, des citrons et des fleurs.

Les fleurs étaient superflues, car à deux heures une véritable serre est arrivée de chez Gatsby, accompagnée d'innombrables récipients pour recevoir cette végétation. Une heure plus tard, la porte de devant s'ouvrait nerveusement et Gatsby faisait irruption en costume de flanelle blanc, chemise argent et cravate d'or. Il était pâle, et il avait sous les yeux les cernes sombres de l'insomnie.

« Est-ce que tout va bien ? demanda-t-il aussitôt.
– La pelouse a belle mine, si c'est de cela que vous voulez parler.
– Quelle pelouse ? demanda-t-il, éberlué. Ah, oui, la pelouse du jardin… »

Il y jeta un coup d'œil par la fenêtre, mais à en juger par son expression, je ne crois pas qu'il ait vu quoi que ce soit.

« Oui, elle a belle allure, dit-il de manière assez imprécise. L'un des journaux annonçait que la pluie cesserait sans doute vers quatre heures. Il me semble que c'était *Le Journal*. Avez-vous tout ce qu'il faut pour le… le thé ? »

Je le conduisis à l'office où il jeta à la Finlandaise un regard quelque peu réprobateur. Nous avons examiné ensemble les douze tartes au citron achetées à l'épicerie fine.

« Est-ce que cela ira ? demandai-je.
– Bien sûr, bien sûr ! Elles sont magnifiques ! » Et il ajouta d'une voix caverneuse : « … mon vieux. »

Vers trois heures et demie, la pluie se transforma en un brouillard humide et froid où l'on voyait flotter parfois des gouttelettes délicates comme de la rosée. Gatsby, d'un œil absent, parcourait un exemplaire de l'*Économie* de Clay[1], sursautant chaque fois que le

---

**1. L'*Économie* de Clay** : *Economics : An Introduction for the General Reader* est un livre d'Henry Clay publié en 1918.

pas de la Finlandaise ébranlait le sol de la cuisine, et lançant de temps à autre des regards scrutateurs en direction des fenêtres embuées, comme si une série d'événements invisibles mais alarmants se déroulaient au-dehors. Finalement, il se leva et m'informa d'une voix mal assurée qu'il rentrait chez lui.

« Mais pourquoi ?
– Personne ne viendra plus. Il est trop tard ! »

Il regarda sa montre comme si une affaire urgente requérait sa présence ailleurs. « Je ne peux pas attendre toute la journée.
– Ne soyez pas ridicule ; il n'est que quatre heures moins deux. »

Il se rassit, la mine pitoyable, comme si je l'avais poussé, et au même instant se fit entendre le bruit d'une automobile qui s'engageait dans mon chemin. Nous bondîmes l'un et l'autre et, passablement tendu moi-même, je sortis dans le jardin.

Sous les lilas dépouillés dégouttant de pluie, une longue torpédo[1] montait l'allée. Elle s'arrêta. Daisy, le visage incliné sous un tricorne[2] couleur lavande, me regardait, un sourire éclatant et radieux aux lèvres.

« Est-ce donc vraiment là que tu vis, mon très cher ? »

Le murmure grisant de sa voix agissait comme un puissant tonique sous la pluie. Je dus en suivre un instant, à l'ouïe, la mélodie qui montait et descendait, avant de saisir aucun mot. Une petite mèche de cheveux mouillés balafrait sa joue comme un trait de peinture bleue, et sa main ruisselait de gouttelettes scintillantes quand je la pris pour l'aider à sortir de la voiture.

« Es-tu donc amoureux de moi ? me chuchota-t-elle à l'oreille. Sinon, pourquoi fallait-il que je vienne seule ?
– C'est le secret de Château-Rackrent[3]. Dis à ton chauffeur d'aller passer une heure loin d'ici. »

---

**1.** **Torpédo** : automobile décapotable.
**2.** **Tricorne** : chapeau à trois pointes.
**3.** **Le secret de Château-Rackrent** : allusion à un roman romantique de 1801 de Maria Edgeworth (1767-1849).

« Revenez dans une heure, Ferdie. » Puis, d'une voix basse et grave : « Il s'appelle Ferdie.

– L'essence a-t-elle un effet sur son nez ?

– Je ne crois pas, dit-elle en toute innocence. Pourquoi ? »

Nous entrâmes. À mon immense surprise, le salon était désert.

« Ça alors, c'est drôle ! m'écriai-je.

– Qu'est-ce qui est drôle ? »

Des coups légers mais cérémonieux frappés à la porte d'entrée lui firent tourner la tête. Je la quittai pour aller ouvrir. Gatsby, pâle comme la mort, les mains enfoncées tels des poids de plomb dans les poches de sa veste, se tenait dans une flaque d'eau et me regardait droit dans les yeux d'un air tragique.

Les mains toujours au fond de ses poches, il passa devant moi d'une allure digne, fit un brusque demi-tour comme s'il marchait sur une corde raide, et disparut dans le salon. Non, ce n'était absolument pas drôle. Comme je sentais mon cœur battre à grand fracas, j'ai fermé la porte sur la pluie qui redoublait.

Pendant une demi-minute, rien ne fut dit. Puis du salon me parvinrent une sorte de murmure étouffé et l'amorce d'un rire, suivi de la voix de Daisy, au timbre clair et artificiel.

« Je suis absolument ravie de vous revoir, vraiment. »

Un silence ; il dura horriblement. Comme je n'avais rien à faire dans l'entrée, je les ai rejoints dans le salon.

Gatsby, qui avait toujours les mains dans les poches, était appuyé contre le manteau[1] de la cheminée, dans une pose qui s'appliquait à suggérer un parfait détachement, voire l'ennui. Sa tête, rejetée très loin en arrière, reposait contre le cadran d'une pendule de cheminée hors d'usage, et, dans cette position, son regard affolé tombait sur Daisy assise sur le bord d'une chaise à dossier droit, terrifiée mais gracieuse.

« Nous nous sommes déjà rencontrés », murmura Gatsby. Ses yeux s'attardèrent un instant sur moi et ses lèvres s'écartèrent comme

---

**1. Manteau** : partie de la cheminée située au-dessus du foyer.

s'il s'efforçait à un rire inabouti. Par chance, la pendule choisit ce moment pour s'incliner périlleusement sous la pression de sa tête ; sur quoi il se retourna, l'attrapa de ses doigts tremblants et la remit en place. Puis il s'assit et demeura rigide, un coude posé sur le bras du canapé, le menton dans la main.

« Je suis désolé pour la pendule », dit-il.

Quant à moi, j'avais à présent le visage comme rougi par un soleil tropical. Je ne pouvais me saisir d'aucune des mille banalités que j'avais en tête.

« C'est une vieille pendule », déclarai-je sottement.

Je pense que nous avons cru un instant tous les trois qu'elle s'était brisée en petits morceaux sur le sol.

« Cela fait bien des années que nous ne nous sommes plus vus », dit Daisy d'une voix aussi neutre qu'il lui était possible.

« Cinq ans en novembre. »

Le caractère automatique de la réponse de Gatsby nous paralysa tous pendant une minute au moins. J'avais réussi à les mettre debout en leur proposant, toutes mes ressources épuisées, de m'aider à préparer le thé dans la cuisine, lorsque ma démoniaque Finlandaise l'apporta sur un plateau.

Dans la confusion bienvenue des tasses et des gâteaux, une sorte de savoir-vivre concret s'installa. Gatsby se fit ombre et, tandis que nous bavardions, Daisy et moi, son regard allait méthodiquement de l'un à l'autre, anxieux et triste. Cependant, comme le calme n'était pas une fin en soi, je profitai de la première occasion pour m'excuser et me lever.

« Où allez-vous ? interrogea Gatsby, aussitôt inquiet.

– Je reviens.

– Il faut que je vous parle avant que vous ne partiez. »

Il me suivit dans la cuisine, en proie à une grande agitation, ferma la porte et chuchota : « Mon Dieu ! » d'un ton lamentable.

« Qu'est-ce qui se passe ?

– J'ai fait une erreur terrible », dit-il en secouant la tête de droite à gauche, « une erreur terrible... terrible.

– Vous êtes embarrassé, c'est tout. » Et j'eus l'heureuse idée d'ajouter : « Daisy est embarrassée, elle aussi.

– Elle est embarrassée ? répéta-t-il, incrédule.

– Tout autant que vous.

– Ne parlez pas si fort.

– Vous vous conduisez comme un enfant, m'écriai-je à bout de patience. Et en plus, grossièrement. Daisy est restée toute seule au salon. »

Il leva la main pour me faire taire, me lança un regard de reproche inoubliable et, ouvrant la porte avec précaution, regagna l'autre pièce.

Je sortis par-derrière – exactement comme Gatsby lorsqu'il avait fait le tour de la maison une demi-heure plus tôt pour calmer ses nerfs – et courus me réfugier sous un arbre noir immense, noueux, dont le feuillage épais protégeait de la pluie comme un tissu. De nouveau il pleuvait à verse, et ma pelouse accidentée, bien tondue par le jardinier de Gatsby, était constellée de petites mares boueuses et de marécages préhistoriques. Il n'y avait rien de particulier à regarder depuis ce poste d'observation sinon l'énorme maison de Gatsby, et je l'ai donc contemplée pendant une demi-heure, comme Kant le clocher de son église[1]. C'était un brasseur[2] qui l'avait fait construire dix ans plus tôt, au début de la vogue des styles dits d'époque, et l'on racontait qu'il avait accepté de payer les impôts de toutes les maisonnettes des environs pendant cinq ans, si leurs propriétaires consentaient à faire recouvrir leurs toits de chaume. Peut-être est-ce la résistance qu'on lui opposa qui anéantit en lui l'ardeur de son désir de fonder une dynastie : il déclina aussitôt après. Ses enfants vendirent la maison alors que la couronne mortuaire était encore suspendue à la porte. Les Américains, disposés, voire empressés à être des serfs, ont toujours obstinément refusé d'être des paysans[3].

---

**1. Emmanuel Kant** (1724-1804) : philosophe allemand qui, dit-on, regardait fixement le clocher d'une église lorsqu'il était plongé dans ses pensées.
**2. Brasseur** : fabricant de bière.
**3. Paysan** : contrairement au serf, le paysan est libre et cultive ses propres terres.

Au bout d'une demi-heure, le soleil revint, et l'automobile de l'épicier acheva sa course dans l'allée de Gatsby avec la matière première du dîner de ses domestiques. Lui, j'en étais sûr, n'avalerait pas une bouchée. Une femme de chambre entreprit d'ouvrir les fenêtres des étages supérieurs de sa maison, se montrant brièvement derrière chacune d'elles, et, penchée à une large baie centrale, cracha d'un air méditatif dans le jardin. Le moment était venu de rentrer. Tant qu'il avait plu, l'ondée m'avait semblé être le murmure de leurs voix, qui montait et s'enflait un peu, de temps à autre, sous les bouffées d'émotion. Mais quand le silence tomba de nouveau, j'eus l'impression qu'il s'était également abattu à l'intérieur de la maison.

J'entrai, après avoir fait dans la cuisine tous les bruits possibles – sans aller cependant jusqu'à renverser le fourneau –, mais je ne crois pas qu'ils entendirent quoi que ce soit. Ils étaient assis aux deux extrémités du canapé et se regardaient comme si une question venait de leur être posée, ou allait leur être posée, et toute trace d'embarras avait disparu. Le visage de Daisy était barbouillé de larmes et, quand je suis entré, elle s'est levée d'un bond et s'est mise à l'essuyer avec son mouchoir devant une glace. Mais un changement s'était opéré chez Gatsby, qui était tout simplement stupéfiant. Il rayonnait, au sens littéral du terme ; sans dire un seul mot ni faire le moindre geste d'exultation, il irradiait un bien-être nouveau qui emplissait la petite pièce.

« Tiens, bonjour, mon vieux », dit-il comme s'il ne m'avait pas vu depuis des années. Je crus un instant qu'il allait venir me serrer la main.

« La pluie a cessé.

– Vraiment ? » Quand il a compris ce que je disais, et que le soleil faisait dans la pièce des clochettes scintillantes, il a souri comme le bonhomme des prévisions météorologiques, comme le saint patron extatique[1] du retour de la lumière, et a répété la nouvelle à Daisy. « Que pensez-vous de cela ? La pluie a cessé.

---

1. **Saint patron extatique** : saint protecteur émerveillé.

– Je suis contente, Jay. » Sa gorge, pleine d'une beauté douloureuse et affligée, n'exprimait plus qu'une joie inattendue.

« J'aimerais que Daisy et vous veniez chez moi, dit-il. Je voudrais lui montrer la maison.

– Êtes-vous certain de vouloir que je vienne ?

– Absolument, mon vieux. »

Daisy monta à l'étage pour se rafraîchir – je songeai avec humiliation à mes serviettes de bain, mais trop tard –, tandis que Gatsby et moi attendions sur la pelouse.

« Ma maison a belle allure, vous ne trouvez pas ? demanda-t-il. Regardez comme toute la façade reçoit la lumière. »

Je reconnus qu'elle était splendide.

« Oui. » Il la contempla longuement, promenant son regard sur chaque porte cintrée, chaque tourelle carrée. « Il m'a fallu exactement trois ans pour gagner l'argent qui m'a permis de l'acheter.

– Je croyais que votre fortune provenait d'un héritage.

– C'est vrai, mon vieux, répondit-il machinalement, mais j'en ai perdu la majeure partie dans la grande panique... la panique de la guerre. »

Je pense qu'il ne savait plus très bien ce qu'il disait, car quand je lui ai demandé en quoi consistaient ses affaires, il a répondu : « Cela ne regarde que moi », avant de se rendre compte que cette réponse n'était guère convenable.

« Oh... je me suis occupé de différentes choses, se reprit-il. J'ai travaillé dans les produits pharmaceutiques, puis dans le pétrole. Mais tout ça, c'est fini. »

Il me regardait avec une attention accrue.

« Voulez-vous dire que vous avez réfléchi à la proposition que je vous ai faite l'autre soir ? »

Avant que j'aie pu répondre, Daisy sortit de la maison et, sur sa robe, deux rangs de boutons de cuivre scintillèrent au soleil.

« C'est *ça*, cette énorme maison là-bas ? s'écria-t-elle, le doigt tendu.

– Elle vous plaît ?

– Beaucoup, mais je me demande comment vous faites pour y vivre tout seul.

– Je m'arrange pour qu'elle soit toujours pleine de gens intéressants, nuit et jour. Des gens qui font des choses intéressantes. Des gens célèbres. »

Au lieu de prendre le raccourci le long du détroit, nous avons marché jusqu'à la route et sommes entrés par la grande grille sur l'arrière. Daisy, avec des murmures enchanteurs, admirait tel ou tel aspect de la silhouette féodale découpée sur le ciel, admirait les jardins, l'odeur pétillante des jonquilles, l'odeur mousseuse des fleurs d'aubépine et de prunier, et l'odeur pâle et dorée du chèvrefeuille chinois. Il était étrange de parvenir sur le perron de marbre sans voir entrer et sortir de belles robes du soir froufroutantes, ni entendre autre chose que le chant des oiseaux dans les arbres.

Et à l'intérieur, comme nous traversions des salles de musique Marie-Antoinette[1] et des salons Restauration[2], il me semblait y avoir des invités cachés derrière chaque canapé et chaque table, et auxquels on aurait donné ordre de retenir leur respiration jusqu'à ce que nous ayons quitté la pièce. Quand Gatsby ferma la porte de la «Bibliothèque de Merton College[3]», j'aurais juré avoir entendu l'homme aux yeux de hibou éclater d'un rire de fantôme.

Nous sommes montés à l'étage. Gatsby nous mena à travers des chambres à coucher d'époque tapissées de soie rose et lavande, agrémentées de fleurs fraîchement cueillies, à travers des cabinets de toilette, des salles de billard, des salles de bains avec des baignoires encastrées, nous fit entrer par mégarde dans une pièce où un homme hirsute, en pyjama, se livrait au sol à des exercices de gymnastique pour le foie. C'était Mr Klipspringer, le «pensionnaire». Je l'avais vu le matin même errer sur la plage, l'air affamé.

---

**1. Marie-Antoinette**: du style de l'époque du règne de Marie-Antoinette, reine de France de 1774 à 1792.
**2. Restauration**: du style de l'époque de la restauration de la monarchie en France, de 1814 à 1830.
**3. Merton College**: l'université d'Oxford est composée de «collèges» où sont répartis les étudiants. Merton est l'un d'eux.

Enfin, nous sommes arrivés dans l'appartement privé de Gatsby, une chambre à coucher avec salle de bains et un bureau de style Adam[1], où nous nous sommes assis pour boire un verre d'une chartreuse[2] qu'il a sortie d'un placard.

340 Pas un instant il ne cessa de regarder Daisy, et je pense qu'il réévaluait tous les objets de sa maison selon la qualité de la réaction qu'il pouvait lire dans ces yeux adorés. Parfois, aussi, il contemplait ses possessions d'un œil égaré, comme si la présence de Daisy, merveilleuse, indiscutable, leur ôtait toute réalité. Une fois, il faillit
345 rouler en bas d'un escalier.

Sa chambre à coucher était la pièce la plus sobre de toutes, à ce détail près que la table de toilette était garnie d'un nécessaire en or massif dépoli[3]. Daisy se saisit de la brosse à cheveux avec volupté et lissa ses cheveux ; Gatsby s'assit alors et, s'abritant les yeux de la
350 main, partit à rire.

« C'est la chose la plus drôle, mon vieux… dit-il, hilare. Je ne peux pas… quand j'essaie de… »

À l'évidence, il était passé par deux états et entrait maintenant dans un troisième. Après l'embarras et la joie irraisonnée, il se
355 consumait dans l'enchantement de la présence de Daisy. L'idée l'habitait depuis si longtemps, il l'avait si complètement rêvée de bout en bout, il avait attendu les dents serrées, pour ainsi dire, à un niveau d'intensité inconcevable. À présent, par contrecoup, il était devenu inerte[4] comme un ressort de pendule qu'on a forcé.

360 Ayant très vite recouvré ses esprits, il ouvrit pour nous deux imposantes penderies où il amassait quantité de costumes, robes de chambre, cravates, et ses chemises empilées comme des briques par piles de douze.

---

**1. Style Adam**: style des frères Adam, Robert (1728-1792) et James (1732-1794), deux architectes décorateurs écossais.
**2. Chartreuse**: liqueur à base de plantes et d'herbes produite par des moines dans le massif de la Chartreuse dans les Alpes.
**3. Dépoli**: qui a perdu son éclat.
**4. Inerte**: immobile.

**Chapitre 5**

« J'ai quelqu'un en Angleterre qui achète mes vêtements. Il m'envoie ce qu'il a sélectionné à chaque début de saison, au printemps et à l'automne. »

Il sortit du placard une pile de chemises et se mit à les jeter devant nous, l'une après l'autre, des chemises de batiste[1], de soie épaisse, de flanelle fine, qui perdaient leurs plis en tombant sur la table qu'elles couvraient d'un fouillis multicolore. Tandis que nous regardions, admiratifs, il en apporta d'autres et le tas moelleux et opulent continua de s'élever... chemises à rayures, à volutes et à carreaux dans les tons corail, vert pomme, lavande, orange pâle, ornées de son monogramme[2] indigo. Soudain, avec un gémissement forcé, Daisy enfouit sa tête dans les chemises et éclata en sanglots violents.

« Ces chemises sont si belles », dit-elle en hoquetant, la voix assourdie par les plis épais. « Cela me rend triste parce que je n'ai jamais vu... jamais vu de si belles chemises. »

Après la maison, nous devions voir le jardin, la piscine, l'hydroplane, les fleurs d'été, mais derrière la fenêtre de Gatsby la pluie se remit à tomber, si bien que nous sommes restés dans la chambre, en rang, à contempler la surface fripée du détroit.

« Sans cette brume, nous verrions votre maison de l'autre côté de la baie, dit Gatsby. Il y a toujours une lumière verte qui brûle la nuit à la pointe de votre jetée. »

Daisy, tout à coup, glissa son bras sous le sien, mais il semblait absorbé par ce qu'il venait de dire. Peut-être avait-il compris que la signification prodigieuse de cette lumière venait de s'évanouir à jamais. Comparée à la distance considérable qui l'avait séparé de Daisy, la lumière lui avait semblé très proche de la jeune femme, proche à la toucher presque. Aussi proche qu'une étoile peut l'être de la lune. À présent, c'était de nouveau une lumière verte

---

**1.** **Batiste** : fine toile de lin.
**2.** **Monogramme** : ornement constitué des initiales d'une personne.

sur une jetée. Sa collection d'objets enchantés avait diminué d'une unité.

Je me suis mis à marcher dans la chambre, examinant une chose ou une autre aux contours mal définis dans la pénombre. Mon regard fut attiré par une photographie de grand format, accrochée au mur au-dessus de son bureau, qui montrait un homme d'un certain âge en tenue de yachtman[1].

« Qui est-ce ?
– Ça ? C'est Mr Dan Cody, mon vieux. »
Le nom ne m'était pas totalement inconnu.
« Il est mort, aujourd'hui. C'était mon meilleur ami, autrefois. »
Il y avait une petite photo de Gatsby, également en tenue de yachtman, sur la table de travail – Gatsby, la tête rejetée en arrière avec un air de défi –, prise, apparemment, quand il devait avoir environ dix-huit ans.

« Je l'adore ! s'écria Daisy. Le toupet[2] ! Vous ne m'avez jamais dit que vous aviez un toupet… ni que vous aviez un yacht.
– Regardez ça, enchaîna Gatsby. Toute une série de coupures de presse qui vous concernent. »
Ils les étudièrent, debout l'un contre l'autre. J'allais demander à voir les rubis quand le téléphone sonna, et Gatsby décrocha le récepteur.

« Oui… Non, je ne peux pas parler maintenant… Pas maintenant, mon vieux… J'ai dit une *petite* ville… Il doit quand même savoir ce qu'est une petite ville… Je ne vois pas en quoi il peut nous être utile s'il pense que Detroit[3] est une petite ville… »
Il raccrocha.
« Venez voir… vite, vite ! » s'écria Daisy à la fenêtre.
La pluie tombait toujours, mais dans une déchirure du ciel noir, à l'ouest, une vague mousseuse de nuages rose et or passait au-dessus des eaux.

---

**1. Yachtman** : personne navigant sur un yacht, bateau de plaisance à voile ou à moteur.
**2. Toupet** : touffe de cheveux sur le sommet du front.
**3. Detroit** : ville américaine située dans l'État du Michigan.

« Regardez », murmura-t-elle, et peu après : « J'aimerais tant attraper un de ces nuages roses et vous mettre dedans, puis vous pousser au loin. »

À ce moment, j'ai essayé de partir, mais ils ne voulaient rien savoir ; peut-être ma présence leur donnait-elle la sensation d'une plus complète intimité.

« Je sais ce que nous allons faire, dit Gatsby. Nous allons demander à Klipspringer de jouer du piano. »

Il sortit de la pièce, appela « Ewing ! » et revint quelques minutes plus tard accompagné d'un jeune homme aux gestes embarrassés, l'air un peu défraîchi[1], avec des lunettes d'écaille et de rares cheveux blonds. Il était maintenant vêtu avec décence – une chemise de sport ouverte au cou, des chaussures de tennis et un pantalon de toile d'une teinte indécise.

« Est-ce que nous avons interrompu votre gymnastique ? demanda courtoisement Daisy.

– Je dormais, s'écria Mr Klipspringer, se contorsionnant de gêne. Ou plutôt je m'étais endormi, puis je me suis levé…

– Klipspringer joue du piano, l'interrompit Gatsby. Pas vrai, mon vieux ?

– Je ne joue pas bien. Je ne… je ne joue presque jamais. Je manque complètement d'entr…

– Nous allons descendre », coupa Gatsby. Il donna une chiquenaude[2] sur un bouton électrique. Les fenêtres grises disparurent et la maison s'embrasa soudain.

Dans le salon de musique, Gatsby alluma une lampe solitaire à côté du piano. Il tendit à la cigarette de Daisy une allumette tremblante, et s'assit à côté d'elle sur un canapé à l'autre extrémité de la pièce, où il n'y avait d'autre lumière que celle du vestibule qui faisait jouer des reflets sur le parquet.

---

**1. Défraîchi** : ici, fatigué.
**2. Chiquenaude** : petit coup de doigt.

Quand Klipspringer eut exécuté *The Love Nest*[1], il se retourna sur son tabouret et chercha Gatsby dans l'obscurité, d'un regard accablé.

« Vous voyez, je suis complètement rouillé. Je vous ai dit que je ne pourrais pas jouer. Je suis complètement…

– Ne parlez pas tant, mon vieux, commanda Gatsby. Jouez ! »

> *In the morning*
> *In the evening,*
> *Ain't we got fun*[2]…

Dehors le vent menait grand bruit et l'on entendait, tel un murmure liquide, un léger roulement de tonnerre au-dessus du détroit. Toutes les lumières de West Egg étaient allumées à présent ; les trains électriques de New York filaient sous la pluie, ramenant chez eux leur cargaison d'habitants des banlieues. C'était l'heure où se produit chez l'homme une profonde métamorphose, et l'atmosphère était chargée d'excitation.

> *One thing's sure and nothing's surer*
> *The rich get richer and the poor get… children.*
> *In the meantime,*
> *In between time*[3]…

Alors que je m'approchais pour leur dire au revoir, je vis la stupéfaction se peindre une nouvelle fois sur le visage de Gatsby, comme s'il avait été saisi d'une sorte de doute sur la qualité de son bonheur présent. Presque cinq ans ! Il avait dû y avoir des moments,

---

**1.** ***The Love Nest*** : chanson de Louis A. Hirsch et Otto Harbach, provenant d'une comédie musicale de Broadway intitulée *Mary* (1920).
**2.** Extrait de la chanson *Ain't We Got Fun* de Richard Whiting, tirée d'une comédie musicale de Brodway intitulée *Satires of 1920* (1920) : « Le matin, / Le soir, / N'est-ce pas qu'on s'amuse… ».
**3.** Extrait de la chanson *Ain't We Got Fun* : « Une chose est sûre, et rien n'est plus sûr / Le riche devient plus riche, et le pauvre devient… un enfant. / Pendant ce temps, / Entre-temps… ».

même cet après-midi-là, où Daisy ne s'était pas montrée tout à fait à la hauteur de ses rêves, non par sa faute à elle, mais en raison de la colossale vitalité de son illusion à lui, qui l'avait dépassée, avait tout dépassé. Il s'y était abandonné avec la passion d'un créateur, ne cessant de l'augmenter, lui ajoutant toutes les plumes brillantes que le hasard mettait à sa portée. Nul feu, nulle glace ne rivalisera jamais en intensité avec la foule des chimères qui se pressent dans un cœur d'homme.

Tandis que je l'observais, il fit un effort visible pour se ressaisir quelque peu. Il saisit la main de Daisy, et quand elle lui murmura quelque chose à l'oreille, il se tourna vers elle, submergé par l'émotion. Je crois que c'était cette voix qui le subjuguait plus que tout avec ses inflexions fiévreuses et changeantes, parce que nul rêve ne pouvait en imaginer de plus belle : cette voix était un chant immortel.

Ils m'avaient oublié, mais Daisy leva les yeux et me tendit la main ; Gatsby ne me connaissait plus. Je les ai regardés une fois encore, et ils m'ont rendu mon regard, de très loin, possédés par l'intensité de ce qu'ils vivaient. Je suis sorti de la pièce ; j'ai descendu l'escalier de marbre et je suis parti sous la pluie, les laissant seuls.

## Chapitre 6

Vers cette époque, un jeune et ambitieux reporter de New York se présenta un matin à la porte de Gatsby et lui demanda s'il avait quelque chose à dire.

« Quelque chose à dire... à quel sujet ? interrogea Gatsby poliment.
– Eh bien... une déclaration à faire. »

Il s'avéra, après cinq minutes d'un échange confus, que l'homme avait entendu mentionner le nom de Gatsby dans sa salle de rédaction, à propos d'une affaire qu'il ne voulait pas révéler ou dont il ne comprenait pas bien les tenants et les aboutissants. C'était son jour de congé, et un louable esprit d'initiative l'avait poussé à « aller voir ».

C'était un coup tiré au jugé[1], et pourtant l'instinct du reporter ne le trompait pas. La notoriété de Gatsby, répandue par les centaines de personnes qui, ayant accepté son hospitalité, étaient devenues de ce fait des sources autorisées[2] sur son passé, n'avait cessé de croître tout l'été, au point que l'homme était à deux doigts d'acquérir le statut de sujet d'actualité. Des légendes contemporaines s'attachaient à lui – comme, par exemple, le pipe-line souterrain du Canada[3] –, et il courait une rumeur tenace selon laquelle il n'habitait pas dans une maison, mais dans un bateau maquillé en maison qui cabotait[4]

---

**1. Un coup tiré au jugé**: une action entreprise sur une intuition.
**2. Autorisées**: reconnues comme fiables, faisant autorité.
**3. Le pipe-line souterrain du Canada**: pendant la Prohibition, une rumeur circulait au sujet d'une canalisation permettant de faire venir de l'alcool aux États-Unis depuis le Canada.
**4. Cabotait**: naviguait.

secrètement sur la côte de Long Island. Quant à savoir pourquoi ces inventions étaient un motif de satisfaction pour James Gatz (originaire du Dakota du Nord), la chose n'est pas facile à dire.

James Gatz : tel était son vrai nom, ou du moins son nom selon l'état civil. Il l'avait changé à l'âge de dix-sept ans, au moment qui marqua le début de sa carrière, le jour où il vit le yacht de Dan Cody jeter l'ancre dans le plus traître des bas-fonds du lac Supérieur[1]. C'était encore James Gatz qui traînait sur la plage, cet après-midi-là, en chandail vert déchiré et pantalon de toile, mais c'était déjà Jay Gatsby qui emprunta un canot et fit rame jusqu'au *Tuolomee*[2] pour informer Cody qu'un coup de vent pourrait bien le surprendre et le briser en une demi-heure.

Je soupçonne que, dès cette époque, il tenait le nom tout prêt. Ses parents étaient des fermiers indolents[3] qui menaient une existence médiocre ; son imagination n'avait jamais accepté qu'ils pussent être ses géniteurs. S'il faut dire la vérité, Jay Gatsby, de West Egg, Long Island, naquit de la conception platonicienne[4] qu'il avait de lui-même. Il était fils de Dieu – expression qui ne signifie peut-être rien d'autre que cela – et il lui incombait de s'occuper des affaires de Son Père, de servir une beauté immense, vulgaire, clinquante. Aussi inventa-t-il la seule sorte de Jay Gatsby qu'un garçon de dix-sept ans était susceptible d'inventer, et il demeura fidèle à cette conception jusqu'à la fin.

Depuis plus d'un an, il parcourait la rive méridionale du lac Supérieur, ramassant des palourdes, pêchant le saumon, se livrant à toute activité qui pouvait lui procurer le gîte et le couvert. Son corps brun, en s'endurcissant, supportait naturellement le rythme tonique des travaux acharnés et des journées nonchalantes. Il connut les femmes de bonne heure, et comme elles le gâtaient, il se mit à

---

**1. Le lac Supérieur** : le plus grand lac d'Amérique du Nord, situé sur la frontière entre les États-Unis et le Canada.
**2.** *Tuolomee* : nom du yacht de Dan Cody.
**3. Indolents** : paresseux.
**4. Conception platonicienne** : idée abstraite, image spirituelle.

les mépriser – les jeunes vierges parce qu'elles étaient ignorantes, les autres parce qu'elles réagissaient de manière hystérique à des choses que son insurmontable égoïsme lui faisait considérer comme allant de soi.

Mais son cœur était la proie d'émotions violentes, continues. Les visions les plus bizarres, les plus extravagantes le hantaient la nuit dans son lit. Tout un univers de fastes[1] indicibles se dévidait dans son cerveau, tandis que sur la table de toilette le réveil égrenait son tic-tac et que la lune trempait d'une lumière humide ses vêtements jetés pêle-mêle sur le sol. Chaque nuit il ajoutait au tableau de ses chimères, jusqu'au moment où le sommeil refermait son étreinte oublieuse sur une scène aux couleurs éclatantes. Ces rêveries servirent un temps d'exutoire[2] à son imagination; elles constituaient une preuve satisfaisante de l'irréalité du réel, et l'assuraient que le monde était un rocher solidement posé sur une aile de fée.

L'intuition de sa gloire future l'avait conduit, quelques mois plus tôt, dans la petite université luthérienne[3] de St-Olaf, dans le sud du Minnesota[4]. Il y resta deux semaines, consterné par la farouche indifférence de l'établissement aux roulements de tambour de sa destinée, à la destinée elle-même, et n'éprouvant que mépris pour le travail de portier qui devait payer ses études. Les circonstances le ramenèrent sur les rives du lac Supérieur, et il était toujours à la recherche d'un travail le jour où le yacht de Dan Cody mouilla dans les bas-fonds, pas très loin de la côte.

Cody avait cinquante ans à cette époque; c'était le pur produit des mines d'argent du Nevada[5], du Yukon[6], de toutes les ruées vers les métaux depuis 1875. Les spéculations[7] sur le cuivre du

---

1. **Fastes**: luxe.
2. **Exutoire**: remède.
3. **Luthérienne**: protestante.
4. **Minnesota**: État situé au nord des États-Unis, bordé par la frontière canadienne et le lac Supérieur.
5. **Nevada**: État situé à l'ouest de la Californie.
6. **Yukon**: territoire situé au nord-est du Canada.
7. **Spéculations**: ici, opérations financières.

Montana[1] qui le rendirent plusieurs fois millionnaire furent réalisées en un temps où il était physiquement robuste, mais au bord du gâtisme[2] ; ce que soupçonnant[3], un nombre incalculable de femmes essayèrent de le séparer de son argent. Les manœuvres peu ragoûtantes[4] par lesquelles la journaliste Ella Kaye joua auprès du vieil homme affaibli le rôle de Mme de Maintenon[5] et l'envoya vivre en mer sur un yacht étaient le bien commun[6] des milieux de la presse à scandale en 1902. Il croisait depuis cinq ans sur des côtes plus qu'accueillantes lorsqu'il prit pour James Gatz, dans Little Girl Bay[7], le visage du destin.

Pour le jeune Gatz, appuyé sur ses avirons et les yeux levés vers la rambarde du pont, ce yacht représentait toute la beauté et la splendeur du monde. J'imagine qu'il sourit à Cody ; il avait sans doute compris que les gens l'aimaient quand il souriait. Toujours est-il que Cody lui posa quelques questions (dont l'une suscita le nom flambant neuf) et découvrit que le garçon avait l'esprit vif et une ambition effrénée. Quelques jours plus tard, il l'emmena à Duluth[8] et lui acheta une veste bleu marine, six paires de pantalons en toile blanche et une casquette de yachtman. Et quand le *Tuolomee* appareilla pour les Antilles et la côte de Californie, Gatsby était à bord.

Il était attaché à la personne de Cody, sans fonction précisément définie. Tant qu'il l'accompagna, il fut tour à tour steward[9], second, capitaine, secrétaire et même geôlier, car le Dan Cody qui n'avait pas bu savait de quelles prodigalités était capable le Dan Cody qui avait trop bu, et il se protégeait de ces contingences[10] en faisant

---

1. **Montana** : État situé au nord-ouest des États-Unis.
2. **Gâtisme** : idiotie.
3. **Ce que soupçonnant** : en soupçonnant cela.
4. **Ragoûtantes** : agréables, engageantes.
5. **Mme de Maintenon** (1635-1719) : seconde épouse de Louis XIV, sur lequel elle avait une influence considérable.
6. **Bien commun** : sujet favori.
7. **Little Girl Bay** : baie située en Ontario, au Canada.
8. **Duluth** : port du Minnesota donnant sur le lac Supérieur.
9. **Steward** : garçon de service sur un navire.
10. **Contingences** : problèmes éventuels.

de plus en plus largement confiance à Gatsby. L'accord entre eux dura cinq ans, et pendant ce temps le bateau fit trois fois le tour du continent. Il aurait pu durer indéfiniment si, un soir, à Boston[1], Ella Kaye n'était montée à bord et si, une semaine plus tard, Dan Cody n'avait mis fin pour toujours à son hospitalité.

Je me souviens du portrait de lui que j'ai vu dans la chambre à coucher de Gatsby : un homme grisonnant au teint fleuri, au visage dur et vide, le type du pionnier débauché qui, à un certain moment de l'histoire américaine, ramena sur la côte Est la violence et la sauvagerie des lupanars[2] et des tripots[3] de l'Ouest. C'est à Cody, indirectement, que Gatsby devait de boire si peu. Parfois, au cours de soirées animées, des femmes lui frottaient les cheveux de champagne ; pour sa part, il prit l'habitude de ne pas toucher à l'alcool.

Et c'est de Cody qu'il hérita – un legs de vingt-cinq mille dollars. Il n'en vit jamais le premier sou. Il ne comprit pas l'expédient[4] juridique qu'on utilisa contre lui, mais ce qui restait des millions alla entièrement à Ella Kaye. Lui se retrouvait avec une éducation parfaitement adaptée ; la silhouette floue de Jay Gatsby s'était étoffée et commençait à prendre la consistance d'un homme.

C'est bien plus tard qu'il m'a raconté tout cela, mais je le mentionne ici dans l'intention de faire un sort à ces premières rumeurs extravagantes qui couraient sur ses origines et ne contenaient pas une once de vérité. De plus, il me fit ces confidences à une époque où j'étais moi-même en pleine confusion, prêt à tout croire et à ne rien croire à son sujet. Aussi, je profite de cette courte pause durant laquelle Gatsby reprend son souffle, si je puis dire, pour dissiper cet ensemble d'idées fausses.

Ce fut aussi un moment de pause dans l'histoire de nos relations. Pendant plusieurs semaines, je n'eus plus l'occasion de le voir ni

---

**1. Boston** : ville située dans l'État du Massachusetts, au nord-est des États-Unis.
**2. Lupanars** : lieux de prostitution.
**3. Tripots** : maisons de jeu.
**4. Expédient** : procédé.

d'entendre sa voix au téléphone – je passais le plus clair de mon temps à courir avec Jordan de-ci de-là à New York et à me concilier les bonnes grâces de sa très vieille tante –, jusqu'à ce qu'un dimanche après-midi je décide de me rendre chez lui. Je n'étais pas là depuis plus de deux minutes que quelqu'un arriva avec Tom Buchanan pour prendre un verre. Je fus stupéfait, bien sûr, mais ce qui était vraiment surprenant, c'était que la chose ne se fût pas produite plus tôt.

Ils étaient trois, qui faisaient une promenade à cheval : Tom, un dénommé Sloane et une jolie femme en tenue d'amazone[1] marron, qui connaissait la maison.

« Je suis ravi de vous voir, dit Gatsby, debout sur son perron. Je suis ravi que vous soyez passés. »

Comme s'ils s'en souciaient !

« Venez vous asseoir. Prenez une cigarette ou un cigare. » Il fit rapidement le tour de la pièce, appuyant sur des boutons de sonnette. « Je vous fais servir des boissons dans un petit instant. »

Il était profondément affecté par la présence de Tom. Mais il aurait, de toute façon, été mal à l'aise tant qu'il ne leur aurait pas servi à boire, comprenant obscurément que c'était l'unique raison de leur visite. Mr Sloane ne désirait rien. Une limonade ? Non, merci. Un peu de champagne ? Non, rien du tout, merci… Je suis désolé…

« Vous avez fait une bonne promenade ?

– Les routes sont très bonnes par ici.

– J'imagine que les automobiles…

– Ouais. »

Poussé par une force irrésistible, Gatsby se tourna vers Tom, qui avait accepté de lui être présenté comme un inconnu.

« Il me semble que nous nous sommes déjà rencontrés quelque part, Mr Buchanan.

– Ah ! oui », fit Tom, poli avec rudesse, mais qui, de toute évidence, n'avait gardé aucun souvenir de cette rencontre. « Mais oui, en effet… Je me souviens très bien.

---

**1. Amazone** : cavalière.

– Il y a quinze jours environ.
– Tout à fait. Vous étiez avec Nick.
– Je connais votre femme, continua Gatsby, presque agressivement.
– Ah bon ? »
Tom se tourna vers moi.
« Tu habites par ici, Nick ?
– Juste à côté.
– Ah bon ? »

Mr Sloane ne prit pas part à la conversation, mais resta affalé dans son fauteuil, l'air hautain ; la femme ne parla pas davantage jusqu'au moment où, après deux whisky-sodas, sans crier gare, elle manifesta quelque chaleur.

« Nous viendrons tous à votre prochaine soirée, Mr Gatsby, proposa-t-elle. Qu'en dites-vous ?
– Mais certainement. Je serai ravi de vous recevoir.
– Très aimable », dit Mr Sloane, sans la moindre expression de gratitude.

« Bon... Faudrait rentrer...
– Rien ne presse », plaida Gatsby. Il s'était ressaisi et voulait observer Tom de plus près. « Pourquoi ne pas... oui, pourquoi ne resteriez-vous pas pour le dîner ? Je ne serais pas surpris que quelques autres personnes nous arrivent de New York.
– C'est vous qui allez venir dîner chez moi, dit la dame avec enthousiasme. Vous deux. »

L'invitation s'étendait à moi. Mr Sloane se leva.

« Allons, venez », dit-il – mais il ne s'adressait qu'à elle.

« Je suis sérieuse, insista-t-elle. Cela me ferait grand plaisir de vous avoir chez moi. J'ai toute la place qu'il faut. »

Gatsby m'interrogea du regard. Il voulait accepter l'invitation et n'avait pas compris que Mr Sloane en avait décidé autrement.

« Je crains de ne pouvoir me joindre à vous, dis-je.
– Eh bien, venez, vous », s'obstina-t-elle, se concentrant sur Gatsby.

Mr Sloane murmura quelque chose tout contre son oreille.

« Nous ne serons pas en retard si nous nous mettons en route tout de suite, fit-elle d'une voix forte.

— Je n'ai pas de cheval, dit Gatsby. Je montais quand j'étais à l'armée, mais je n'ai jamais acheté de cheval. Je vais devoir vous suivre en voiture. Excusez-moi un instant. »

Le reste du groupe gagna la terrasse, où Sloane et la dame se lancèrent dans un aparté d'une grande véhémence[1].

« Bon Dieu, je crois que cet individu vient avec nous, dit Tom. Il n'a donc pas compris qu'elle ne veut pas de lui ?

— Elle dit le contraire.

— Elle donne un grand dîner et il n'y connaîtra pas âme qui vive. » Il fronça les sourcils. « Je me demande où il a bien pu faire la connaissance de Daisy. Grand Dieu, j'ai peut-être des idées vieillottes, mais les femmes, de nos jours, traînent un peu trop à droite et à gauche pour mon goût. Et elles rencontrent de drôles de loustics[2]. »

Soudain, Mr Sloane et la dame descendirent les marches du perron et montèrent en selle.

« Allons, dit Mr Sloane à Tom. Nous sommes en retard ; il nous faut y aller. » Et à mon intention : « Dites-lui que nous n'avons pas pu attendre, voulez-vous ? »

Tom et moi nous serrâmes la main ; avec les autres j'échangeai un signe de tête glacial, et les cavaliers s'éloignèrent au trot dans l'allée, disparaissant sous la frondaison[3] d'août au moment où Gatsby, un chapeau et un pardessus léger à la main, passait le seuil de la porte.

Savoir que Daisy sortait seule devait tourmenter Tom, car le samedi suivant il vint avec elle à la fête de Gatsby. Est-ce sa présence qui rendit l'atmosphère de cette soirée singulièrement oppressante ? Elle contraste, dans mon souvenir, avec les autres fêtes que Gatsby

---

1. **Véhémence** : emportement, violence.
2. **Loustics** : ici, hommes au comportement étrange (péjoratif).
3. **Frondaison** : feuillage.

**Chapitre 6**

donna cet été-là. C'étaient les mêmes invités, ou du moins le même genre d'invités, les mêmes flots de champagne, le même tourbillon bruyant et multicolore, mais je sentais dans l'air quelque chose de déplaisant, une dureté palpable qui n'avait jamais été là. Ou alors, j'avais peut-être simplement fini par m'y habituer, fini par accepter West Egg comme un monde en soi, possédant ses propres règles et ses personnages importants, ne le cédant à aucun autre parce qu'il n'avait pas conscience qu'il pût en être autrement, et je le revoyais ce soir-là à travers le regard de Daisy. Il est invariablement désolant de regarder avec des yeux neufs des choses dont l'observation a épuisé nos propres capacités d'adaptation.

Ils arrivèrent à la nuit tombante, et tandis que nous nous promenions au hasard parmi cette foule effervescente, Daisy faisait avec les inflexions de sa voix mille tours de magie.

« C'est fou comme tout cela m'excite, murmura-t-elle. Si tu veux m'embrasser à un moment ou à un autre de la soirée, Nick, fais-le-moi savoir, et je serai ravie de te donner satisfaction. Tu n'auras qu'à mentionner mon nom. Ou à présenter ton permis de séjour. Je distribue des per...

– Regardez autour de vous, suggéra Gatsby.

– Je regarde autour de moi. Je passe une soirée mer...

– Vous devriez apercevoir les visages de pas mal de gens dont vous avez entendu parler. »

Tom promena sur la foule un regard arrogant.

« Nous ne sortons pas beaucoup, dit-il. En fait, j'étais justement en train de me dire que je ne connais pas un chat.

– Vous connaissez peut-être cette personne. » Gatsby désigna une créature splendide, plus orchidée que femme, qui trônait en majesté sous un prunier aux fleurs blanches. Tom et Daisy gardèrent les yeux fixés sur elle un long moment, avec ce sentiment d'irréalité absolue que l'on éprouve quand on reconnaît une célébrité du cinéma qui n'était jusqu'alors qu'un fantôme.

« Elle est ravissante, dit Daisy.

– L'homme penché sur son épaule est son metteur en scène. »

Il les présenta cérémonieusement à tous les groupes :
« Mrs Buchanan… et Mr Buchanan… » Et après un instant d'hésitation, il ajoutait : « … le joueur de polo ».

« Oh non, protesta Tom aussitôt. Pas moi. »

Mais il était évident que la formule plaisait à Gatsby, car Tom resta « le joueur de polo » pour le reste de la soirée.

« Je n'ai jamais rencontré tant de gens célèbres ! s'exclama Daisy. J'ai bien aimé cet homme… Comment s'appelait-il ?… Celui qui a ce nez bleu… »

Gatsby donna son nom, et ajouta que c'était un producteur de second plan.

« Peu importe, je l'ai bien aimé quand même.

– J'aimerais autant ne pas être le joueur de polo, dit Tom d'un ton aimable. Je préférerais regarder tous ces gens célèbres de façon… de façon anonyme. »

Daisy et Gatsby dansèrent. Je me souviens avoir été surpris par son fox-trot[1] gracieux et suranné[2]. Je ne l'avais jamais vu danser auparavant. Puis ils firent un petit tour jusque chez moi, et restèrent assis sur les marches du perron pendant une demi-heure, tandis qu'à la demande de Daisy, je jouais les sentinelles dans le jardin.

« Au cas où il y aurait un incendie ou une inondation, expliqua-t-elle, ou une quelconque manifestation de Dieu. »

Tom sortit de son anonymat au moment où nous nous installions pour le souper.

« Est-ce que ça ne te dérange pas que j'aille manger avec ces gens là-bas ? dit-il. Il y a un type qui raconte des choses hilarantes.

– Vas-y, répondit Daisy avec bonne humeur. Et si tu veux noter des adresses, tiens… voilà mon petit stylo en or. »… Quelques instants plus tard, elle tourna la tête et me dit que la fille était « ordinaire mais jolie », et je compris qu'en dehors de la demi-heure qu'elle avait passée seule avec Gatsby, elle ne prenait aucun plaisir à la soirée.

---
**1. Fox-trot** : danse de couple à deux temps.
**2. Suranné** : démodé.

**Chapitre 6**

Nous étions à une table particulièrement éméchée. C'était ma faute. Gatsby avait été appelé au téléphone, et j'avais passé de bons moments avec ces gens-là deux semaines plus tôt. Mais ce qui m'avait amusé alors pourrissait aujourd'hui dans cette atmosphère.

« Comment vous sentez-vous, Miss Baedeker ? »

La jeune femme à qui s'adressait cette question s'évertuait – vainement – à se pelotonner contre mon épaule. Ma demande la fit se redresser et ouvrir les yeux.

« Quoi ? »

Une femme imposante et léthargique[1], qui avait supplié Daisy de jouer au golf avec elle le lendemain au club de l'endroit, se fit l'avocat de Miss Baedeker :

« Oh, elle va très bien maintenant. Quand elle a bu cinq ou six cocktails, elle se met toujours à hurler comme ça. Je n'arrête pas de lui dire qu'elle ne devrait plus y toucher.

– Mais je n'y touche plus, assura l'accusée d'une voix caverneuse[2].

– Nous vous avons entendue crier ; aussi j'ai dit au docteur Civet ici présent : "Il y a quelqu'un qui a besoin de vos services, docteur."

– Je suis sûr qu'elle vous en est reconnaissante », dit un autre ami, d'un ton où l'on ne sentait aucune gratitude. « Mais vous avez complètement trempé sa robe en lui plongeant la tête dans la piscine.

– Ce que je déteste le plus, c'est qu'on me plonge la tête dans une piscine, marmonna Miss Baedeker. On a failli me noyer une fois dans le New Jersey[3].

– Vous devriez donc ne plus y toucher, contre-attaqua le docteur Civet.

– Parlez donc pour vous ! cria Miss Baedeker avec violence. Votre main tremble. Jamais je ne vous laisserais m'opérer ! »

Voilà comment se déroulait la soirée. L'une des toutes dernières choses dont je me souvienne est de m'être trouvé aux côtés de

---

**1. Léthargique** : endormie.
**2. Caverneuse** : grave et profonde.
**3. New Jersey** : État situé au nord-est des États-Unis, au sud de l'État de New York, bordé par l'Océan Atlantique.

Daisy, à contempler le metteur en scène de cinéma et sa vedette. Ils étaient toujours sous le prunier en fleur et leurs visages n'étaient séparés l'un de l'autre que par un mince et pâle rayon de lune. Je me suis fait la réflexion qu'il avait passé toute la soirée ainsi courbé à se rapprocher d'elle lentement, et au moment même où je le regardais, je le vis s'incliner d'un ultime degré et poser sur sa joue un baiser.

« Je l'aime vraiment beaucoup, dit Daisy. Je la trouve ravissante. »

Mais les autres la choquaient, et sans discussion possible, parce qu'il ne s'agissait pas d'une pose mais d'une émotion. Elle était horrifiée par West Egg, cet « endroit » sans équivalent engendré par Broadway dans un village de pêcheurs de Long Island; horrifiée par cette vigueur crue qui s'irritait des vieux euphémismes[1] et par le destin un peu trop envahissant qui entassait ce troupeau humain sur un raccourci – du néant au néant. Elle voyait quelque chose d'épouvantable dans la simplicité même qu'elle n'était pas capable de comprendre.

Je suis resté assis avec eux sur le perron pendant qu'ils attendaient leur voiture. Il faisait sombre devant la maison; seule la porte éclairée projetait trois mètres carrés de lumière dans le petit matin doux et noir. Parfois une ombre bougeait derrière le store d'un cabinet de toilette à l'étage, puis cédait la place à une autre, en une procession infinie d'ombres qui se mettaient du rouge et de la poudre devant un miroir invisible.

« Au fait, qui est exactement ce Gatsby? interrogea Tom brusquement. Un gros bootlegger?

– Où as-tu entendu dire cela? demandai-je.

– Je ne l'ai pas entendu dire. Je le suppose. Beaucoup de ces nouveaux riches ne sont que de gros bootleggers, tu sais.

– Pas Gatsby », fis-je sèchement.

Il resta silencieux un moment. Les graviers de l'allée crissaient sous ses pieds.

---

**1. Euphémismes**: formules d'atténuation.

« En tout cas, il a dû se donner bien du mal pour rassembler toute cette ménagerie. »

Une bouffée de vent agita la brume grise du col de fourrure de Daisy.

« Au moins, ils sont plus intéressants que les gens que nous connaissons, dit-elle en se forçant un peu.

– Tu n'avais pas l'air de t'y intéresser beaucoup.

– Tu te trompes. »

Tom éclata de rire et se tourna vers moi.

« Tu as remarqué la tête de Daisy quand cette fille lui a demandé de la mettre sous une douche froide ? »

Daisy se mit à chantonner sur la musique d'une voix murmurante, rauque, rythmée, sollicitant de chaque mot un sens qu'il n'avait pas auparavant et qu'il n'aurait jamais plus. Quand la mélodie montait, sa voix, en la suivant, se brisait doucement comme font les voix de contralto, et à chaque changement, un peu de sa chaude magie humaine se répandait dans l'air.

« Il y a des quantités de gens qui viennent sans avoir été invités, dit-elle soudain. Cette fille n'avait pas été invitée. Ils s'introduisent de force chez lui et il est trop poli pour protester.

– J'aimerais quand même savoir qui il est et ce qu'il fait, insista Tom. Et je crois bien que je vais mettre un point d'honneur à le découvrir.

– Je peux te le dire tout de suite, répondit-elle. Il a eu des drugstores[1], il en a eu beaucoup, qu'il a lui-même ouverts. »

La limousine tant attendue apparut dans l'allée.

« Bonne nuit, Nick », dit Daisy.

Son regard me quitta pour chercher le haut éclairé du perron, d'où s'échappaient, par la porte ouverte, les accents mélancoliques d'une jolie petite valse de l'année, *Three o'Clock in the Morning*[2].

---

**1.** Pendant la prohibition, les drugstores pouvaient vendre de l'alcool légalement sur ordonnance, et en vendaient parfois illégalement.
**2.** ***Three o'Clock in the Morning*** : berceuse populaire qui a le même rythme que celui d'une valse.

La soirée de Gatsby comportait après tout, du fait de son caractère informel, des possibilités romantiques totalement absentes de son monde à elle. Qu'y avait-il, là, dans cette mélodie, qui paraissait la rappeler à l'intérieur ? Qu'allait-il se passer maintenant, durant ces heures vagues, inimaginables ? Une invitée parfaitement inattendue allait arriver, peut-être, une personne unique, exceptionnelle, un pur objet d'émerveillement, une jeune femme absolument rayonnante, qui, lançant un regard neuf à Gatsby, effacerait en un instant de rencontre magique ces cinq années d'inébranlable dévotion[1].

Je suis resté tard cette nuit-là. Gatsby m'ayant demandé d'attendre qu'il fût libre, je me suis promené dans le jardin jusqu'à ce que l'inévitable bande des amateurs de bains fût remontée au pas de course, frissonnante et surexcitée, de la plage noire, et que toutes les lumières se fussent éteintes dans les chambres d'amis à l'étage. Quand il descendit enfin les marches du perron, la peau tannée de son visage était plus tirée qu'à l'ordinaire et ses yeux brillaient de fatigue.

« Elle n'a pas aimé, fit-il aussitôt.
– Bien sûr que si.
– Elle n'a pas aimé, insista-t-il. Elle ne s'est pas amusée. »
Il se tut, et je devinai en lui un indicible accablement.
« Je me sens si loin d'elle, dit-il. Il est difficile de lui faire comprendre.
– Vous parlez de la fête ?
– La fête ? » D'un claquement de doigts, il écarta toutes les soirées qu'il avait organisées. « Ce ne sont pas les fêtes qui importent, mon vieux. »
Ce qu'il voulait de Daisy – rien d'autre ne l'eût satisfait –, c'était qu'elle aille trouver Tom et lui dise : « Je ne t'ai jamais aimé. » Une fois qu'elle aurait effacé quatre années avec cette simple phrase, ils pourraient décider des mesures pratiques à prendre. L'une d'elles

---

1. **Dévotion** : dévouement religieux.

consistait, quand elle aurait recouvré sa liberté, à retourner à Louisville où ils se marieraient, le couple quittant la maison de Daisy comme si l'on était revenu cinq ans en arrière.

« Et elle ne comprend pas, dit-il, le désespoir au cœur. Elle comprenait pourtant, autrefois. On restait assis, des heures durant… »

Il s'interrompit et se mit à arpenter une allée tristement jonchée de pelures de fruits, de faveurs[1] abandonnées, de fleurs écrasées.

« Je ne lui en demanderais pas trop, risquai-je. On ne peut pas revivre le passé.

– Pas revivre le passé ? s'écria-t-il, incrédule. Mais si, bien sûr qu'on le peut ! »

Il promena autour de lui un regard éperdu, comme si le passé se cachait là, dans l'ombre de sa maison, mais pas tout à fait à sa portée.

« Je vais tout arranger pour que les choses soient exactement comme avant », dit-il, avec un hochement de tête résolu. « Elle verra. »

Il parla beaucoup du passé, et je crus comprendre qu'il voulait retrouver quelque chose, une certaine idée de lui-même peut-être, qui s'était mêlé à son amour pour Daisy. Sa vie, depuis lors, n'avait été que désordre et confusion, mais s'il pouvait au moins revenir à un certain point de départ et refaire tout le chemin lentement, il pourrait alors découvrir ce qu'était cette chose…

… Un soir d'automne, cinq ans plus tôt, ils marchaient dans la rue à l'époque où les feuilles tombent, et ils arrivèrent à un endroit où il n'y avait pas d'arbres et où le clair de lune blanchissait le trottoir. Ils s'arrêtèrent et se tournèrent l'un vers l'autre. C'était une nuit fraîche, traversée de cette mystérieuse fébrilité qui vient aux équinoxes, deux fois par an. Les lumières paisibles des maisons se répandaient dans la nuit avec un bourdonnement, et il y avait parmi les étoiles tout un remue-ménage. Du coin de l'œil, Gatsby vit que les blocs de pierre des trottoirs formaient en réalité une échelle, qui s'élevait jusqu'à un endroit secret au-dessus des arbres. Il pourrait

---

**1. Faveurs**: rubans.

y monter, s'il montait seul, et une fois là-haut sucer le sein de la vie, avaler à pleine gorge le lait incomparable de l'enchantement.

Son cœur battait de plus en plus vite à mesure que le blanc visage de Daisy se rapprochait du sien. Il savait que lorsqu'il aurait embrassé cette jeune fille et uni pour toujours à cette haleine périssable ses visions à lui, ses indicibles visions, son esprit cesserait de s'ébattre[1] comme l'esprit de Dieu. Aussi attendit-il, écoutant un moment encore vibrer le diapason[2] dont on venait de frapper une étoile. Puis il l'embrassa. Au contact de ses lèvres, elle s'épanouit comme une fleur, et l'incarnation fut accomplie.

Il y avait dans ce qu'il disait, et même dans son épouvantable sentimentalité, un je-ne-sais-quoi qui provoquait chez moi une vague réminiscence[3] – un rythme insaisissable, un fragment de paroles perdues que j'avais entendues bien des années plus tôt. Pendant un instant, une phrase essaya de se former dans ma bouche et mes lèvres s'entrouvrirent comme celles d'un muet. On aurait dit que sur elles cherchait à s'exprimer une force, bien plus qu'un souffle de surprise ; mais aucun son ne s'en échappa, et ce qui avait été tout près de me revenir en mémoire est demeuré incommunicable à jamais.

---

**1. S'ébattre** : ici, vagabonder.
**2. Diapason** : instrument formé d'une fourche de métal à deux branches qui donne le *la* quand on la fait vibrer en la frappant. On s'en sert pour accorder les instruments de musique.
**3. Réminiscence** : souvenir lointain, jusqu'alors oublié.

# Arrêt sur lecture 2

# Pour comprendre l'essentiel

### Le passé de Gatsby

❶ Des éléments du passé de Gatsby sont racontés par trois narrateurs différents dans les chapitres 4 à 6. Après les avoir identifiés, confrontez les trois récits : dressez une liste de ce qu'on apprend dans chacun d'eux, et repérez les mensonges du personnage principal.

❷ Malgré ces trois récits, Gatsby demeure mystérieux. Prouvez-le en expliquant comment les confessions au sujet de sa vie sont indirectes ou retardées, et en étudiant la présence de personnages énigmatiques dans son entourage. Identifiez les hypothèses que le lecteur peut faire au sujet de ses activités professionnelles.

❸ Gatsby a un service à demander à Nick. Expliquez quel est ce service. Montrez que cette demande permet à Nick de donner du sens aux étonnantes attitudes de son voisin.

### Une histoire d'amour manquée

❹ Dans le chapitre 4, Jordan Baker raconte l'histoire d'amour manquée de Gatsby et de Daisy. Relevez dans son récit les détails qui prouvent l'intensité de leurs sentiments. Expliquez ce qui a séparé les deux amants.

**Gatsby le magnifique**

❺ Après des années de séparation, Daisy et Gatsby sont réunis dans le chapitre 5. Montrez que ces retrouvailles sont difficiles : analysez la gêne des amants, leur hésitation entre joie et tristesse. Expliquez pourquoi la présence de Nick semble leur être nécessaire.

❻ Tom Buchanan reste un obstacle entre Daisy et Gatsby. Prouvez-le en analysant son comportement dans le chapitre 6.

## La poursuite d'un rêve

❼ Gatsby vit dans un rêve depuis qu'il a perdu Daisy. Dans les chapitres 5 et 6, relevez les actions ou les propos du personnage qui prouvent qu'il idéalise la jeune femme et croit encore à leur amour.

❽ Nick semble lucide sur les illusions de Gatsby. Repérez les passages qui expriment son jugement à ce sujet.

❾ Daisy découvre la maison de Gatsby dans le chapitre 5. Étudiez le luxe des lieux, et montrez que cette maison est pour Gatsby le moyen de séduire de nouveau la jeune femme.

> *Rappelez-vous !*
>
> • **Les récits encadrés** se multiplient dans le roman pour faire découvrir au lecteur la vie de Gatsby : au cœur du récit principal, les personnages prennent la parole pour raconter une partie de son passé.
>
> • Gatsby et Daisy vivent **une histoire d'amour manquée** : séparés dans leur jeunesse par leur différence de condition sociale, ils ont idéalisé leur amour, et leurs retrouvailles sont difficiles car elles les confrontent à la réalité. En faisant fortune, Gatsby a cherché à réparer le passé. Mais d'autres obstacles le séparent désormais de son rêve.

Arrêt sur lecture 2

# Vers l'oral du Bac

Analyse du chapitre 5, l. 149-221, p. 104-106

## 👉 Montrer que cette rencontre est une nouvelle déception dans l'histoire de Daisy et Gatsby

## *Conseils pour la lecture à voix haute*

– Afin de faire ressentir la gêne qui s'installe entre les personnages, ménagez des pauses dans votre lecture des passages narratifs.
– Pour chaque prise de parole des personnages, veillez à respecter les indications d'intonation données par le texte.

## *Analyse du texte*

### ▮ *Introduction*

Après une longue conversation avec Jordan Baker, Nick a découvert une partie du passé de son mystérieux voisin. Gatsby et Daisy, la cousine de Nick, se sont aimés dans leur jeunesse. Mais la guerre et la situation modeste de Gatsby les ont séparés. Daisy a épousé Tom Buchanan, non sans regrets. Nick comprend maintenant pourquoi Gatsby lui témoigne de l'intérêt : il souhaite qu'il organise pour lui une rencontre avec Daisy. La scène que nous allons étudier se situe au chapitre 5 : Nick a invité sa cousine pour le thé, sans lui annoncer la présence de Gatsby. Mais les retrouvailles entre les deux amants sont difficiles et le malaise s'installe entre les personnages. Nous verrons donc dans quelle mesure cette rencontre constitue une nouvelle déception dans l'histoire de Gatsby et Daisy, en étudiant tout d'abord le caractère comique et pathétique de la scène, puis en expliquant pourquoi ces retrouvailles sont manquées.

**Gatsby le magnifique**

### ■ *Analyse guidée*

#### I. Une scène comique et pathétique

**a.** Les maladresses des personnages rendent la scène comique. Identifiez le comique de gestes, de situation et de caractère. Expliquez en quoi l'emploi de ce registre est inattendu.

**b.** Un malaise s'installe entre Daisy, Nick et Gatsby. Relevez et commentez les expressions qui traduisent leur gêne. En observant les répliques des personnages et leurs verbes introducteurs, montrez que la communication s'effectue difficilement.

**c.** Gatsby le magnifique est ici pathétique. Prouvez-le en commentant le lexique et les comparaisons ou métaphores qui mettent en évidence sa souffrance. Commentez l'expression du trouble et du regret dans les lignes 207 à 210.

#### II. Des retrouvailles manquées

**a.** Bien que Gatsby et Daisy se connaissent intimement, ils dissimulent leurs émotions. Relevez les détails qui prouvent qu'ils cherchent à sauver les apparences.

**b.** Gatsby et Daisy, enfin face à face, ne parviennent pas à se retrouver véritablement. Relevez les passages qui prouvent que la présence de Nick semble leur être nécessaire. Montrez que Daisy et Gatsby apparaissent comme des pantins rigides, et que rien dans leurs gestes ni dans leurs propos ne témoigne finalement d'une volonté de rapprochement.

**c.** Le temps qui a séparé les personnages continue à peser sur eux. Prouvez-le en commentant la dimension symbolique de l'épisode de la pendule (lignes 170-181), ainsi que l'échange des lignes 189-193.

### ■ *Conclusion*

Gatsby, qui, depuis cinq ans, rêve de retrouver Daisy, avait probablement idéalisé ces retrouvailles. Mais l'embarras et les maladresses se dressent entre les personnages, qui ne parviennent pas à se réunir véritablement. Le poids du passé les sépare toujours, à l'image de cette grande pendule que Gatsby manque de faire tomber entre eux. Le poids des conventions sociales les éloigne également : chacun cherche à sauver les apparences, et à donner à cette entrevue des allures de rencontre mondaine.

**Arrêt sur lecture 2**

Ainsi, les retrouvailles marquent une nouvelle déception dans l'histoire de Gatsby et Daisy. Toutefois, les deux amants parviendront à renouer des liens en visitant la maison de Gatsby, véritable temple dédié à leur amour.

## *Les trois questions de l'examinateur*

**Question 1.** Qu'est-ce qui séparera les amants dans la suite du roman ?

**Question 2.** Selon vous, Daisy est-elle véritablement amoureuse de Gatsby ? Justifiez votre réponse en vous appuyant sur des passages précis du roman.

**Question 3.** Connaissez-vous d'autres romans qui racontent des histoires d'amour manquées ?

## Chapitre 7

La curiosité que suscitait Gatsby était à son comble lorsque certain samedi soir les lumières de sa maison refusèrent de s'allumer, et sa carrière de Trimalchion[1] s'acheva aussi mystérieusement qu'elle avait commencé.

C'est peu à peu seulement que je me suis rendu compte que les automobiles qui s'engageaient avec confiance dans son allée ne s'arrêtaient qu'une minute avant de repartir en faisant grise mine. Pensant qu'il était peut-être souffrant, j'allai aux nouvelles. Un majordome à la face patibulaire[2], qui m'était inconnu, me jeta un bref regard soupçonneux par la porte.

« Est-ce que Mr Gatsby est malade ?

– Quoi ? Non. » Il ajouta, après un silence dilatoire[3], « Monsieur » à contrecœur.

« Comme je ne le vois plus depuis un moment, je m'inquiétais un peu. Dites-lui que Mr Carraway est passé.

– Qui ça ? demanda-t-il grossièrement.

– Carraway.

– Carraway. Bien, j'lui dirai. »

Et il me claqua la porte au nez.

Ma Finlandaise m'apprit que Gatsby avait renvoyé tous ses domestiques la semaine précédente, et les avait remplacés par une

---

**1. Trimalchion** : personnage du *Satiricon*, roman attribué à l'écrivain latin Pétrone (20 ?-66 ap. J.-C.), Trimalchion impressionne ses convives par un festin luxueux. Fitzgerald a envisagé de faire de ce nom de personnage le titre du roman.
**2. Patibulaire** : qui inspire la méfiance.
**3. Dilatoire** : cherchant à gagner du temps.

demi-douzaine d'autres qui n'allaient jamais au village de West Egg pour se laisser acheter par les fournisseurs, mais faisaient leurs commandes – en petites quantités – par téléphone. Le commis de l'épicier racontait que la cuisine ressemblait à une porcherie, et l'opinion prévalait au village que les nouveaux domestiques n'en étaient absolument pas.

Le lendemain, Gatsby m'appela au téléphone.

« Vous partez ? ai-je demandé.

– Non, mon vieux.

– On m'a dit que vous avez renvoyé tous vos domestiques.

– Je voulais des gens qui ne colporteraient pas de cancans. Daisy vient assez souvent me voir… l'après-midi. »

Ainsi, tout le caravansérail[1] s'était effondré comme un château de cartes sous le regard désapprobateur de la jeune femme.

« Ce sont des gens que Wolfshiem voulait aider. Ils sont tous frères et sœurs. Ils tenaient un petit hôtel autrefois.

– Je vois. »

Il me téléphonait à la demande de Daisy. Est-ce que je pouvais aller déjeuner chez elle demain ? Miss Baker serait là. Une demi-heure plus tard, Daisy me téléphona elle-même et parut soulagée d'apprendre que je venais. Quelque chose se tramait. Et pourtant, je ne pouvais croire qu'ils choisiraient cette occasion pour faire une scène – et tout particulièrement celle, plutôt pénible, dont Gatsby m'avait tracé les grandes lignes dans le jardin.

Le lendemain fut une journée torride, presque la dernière de l'été, à coup sûr la plus chaude. Quand mon train déboucha du tunnel dans l'éclat du jour, seules les sirènes stridentes de la National Biscuit Company[2] déchiraient le silence brûlant de midi. Les banquettes paillées du compartiment approchaient du point de combustion ; pendant un moment, ma voisine avait transpiré

---

**1. Caravansérail** : lieu accueillant un grand nombre de voyageurs, d'étrangers.
**2. National Biscuit Company** : grande boulangerie située dans le Queens, appartenant à un groupe industriel américain du même nom.

délicatement dans son chemisier blanc, puis, lorsque son journal devint humide sous ses doigts, elle se laissa glisser sans résistance dans la fournaise en poussant un cri de désolation. Son sac à main
55 tomba à terre avec un bruit sec.

« Seigneur ! » fit-elle, haletante.

Un effort me fut nécessaire pour me pencher et ramasser le sac ; je le lui rendis, le tenant à bout de bras par un coin, pour bien montrer que je n'avais aucune intention coupable – mais tous les
60 voyageurs autour de moi, y compris ma voisine, ne m'en jetaient pas moins des regards soupçonneux.

« Chaud ! » disait le contrôleur aux visages de connaissance. « Quel temps !... Chaud !... Chaud !... Chaud !... C'est assez chaud pour vous ? Vous croyez ? Vraiment ?... »
65 Ma carte d'abonnement me revint avec la tache noire qu'y avaient laissée ses doigts. Comment imaginer que quiconque, par une telle chaleur, pût se soucier de savoir à qui appartenaient les lèvres brûlantes qu'il embrassait, le front qui trempait, sur son cœur, la poche de son pyjama ?

70 ... Le faible souffle d'air qui traversait le vestibule de la maison des Buchanan nous apporta, à Gatsby et à moi qui attendions à la porte, le bruit de la sonnerie du téléphone.

« Le corps de Monsieur ! » tonnait le majordome dans l'appareil. « Je regrette, *Madame\**, mais nous ne pouvons vous le fournir... Il
75 est bien trop chaud pour qu'on le touche ce midi ! »

En réalité, il disait : « Oui... Oui... Je vais voir. »

Il posa le récepteur et vint vers nous, le visage légèrement luisant, pour prendre nos panamas[1] raides.

« *Madame\** vous attend dans le salon ! » cria-t-il en indiquant,
80 bien inutilement, la direction. Par cette canicule, tout geste superflu était un affront aux réserves d'énergie de l'homme ordinaire.

La pièce, bien ombragée par des stores, était sombre et fraîche. Daisy et Jordan étaient étendues sur un énorme canapé, pareilles

---

**1. Panamas** : chapeaux d'été pour homme, faits de paille tressée.

à des idoles d'argent, pesant de tout leur poids sur leurs robes blanches pour les protéger de la brise chantante des ventilateurs.

« Impossible de bouger », dirent-elles d'une seule voix.

Les doigts de Jordan, poudrés de blanc par-dessus le hâle, s'attardèrent un instant dans les miens.

« Et Mr Thomas Buchanan, le sportif ? » demandai-je.

Au même moment, j'entendis sa voix rauque, bourrue, assourdie, qui parlait au téléphone dans le vestibule.

Gatsby se tenait au centre du tapis cramoisi et regardait tout autour de lui, fasciné. Daisy l'observait ; elle partit à rire de son rire tendre, si excitant, et un minuscule nuage de poudre s'éleva de sa poitrine.

« Le bruit court que c'est la maîtresse de Tom qui est au téléphone », chuchota Jordan.

Nous ne disions mot. Dans le vestibule, la voix de Tom, sous la contrariété, monta d'un cran. « Très bien... dans ce cas, je ne vous vends plus la voiture... Je n'ai absolument aucune obligation envers vous... Et je ne supporterai pas une seconde de plus que vous m'importuniez avec cette histoire à l'heure du déjeuner ! »

« Il s'adresse au mur, dit Daisy d'un ton sarcastique.

– Non, pas du tout, l'assurai-je. C'est une véritable affaire. Il se trouve que je suis au courant. »

Tom poussa la porte d'un coup brutal, en obstrua un instant le rectangle de son corps épais, et s'élança dans la pièce.

« Mr Gatsby ! » Il tendit sa main large et plate avec une antipathie bien dissimulée. « Je suis ravi de vous voir, monsieur... Nick...

– Va nous chercher des boissons bien fraîches », cria Daisy.

Dès qu'il eut de nouveau quitté le salon, elle se leva, s'approcha de Gatsby, attira son visage contre le sien et l'embrassa sur la bouche.

« Tu sais que je t'aime, murmura-t-elle.

– Tu oublies qu'il y a une dame ici », dit Jordan. Daisy promena autour d'elle un regard dubitatif.

« Embrasse Nick, toi aussi.

– Comme tu es vulgaire, ma pauvre fille !

– Je m'en contrefiche ! » s'écria Daisy, et elle se mit à faire des claquettes sur le foyer de briques de la cheminée. Puis elle se souvint de la chaleur et se rassit sur le canapé, l'air coupable, au moment où une nurse à la tenue fraîchement repassée entrait dans la pièce, conduisant une petite fille.

« Mon trésor adoré », roucoula Daisy à mi-voix, en tendant les bras. « Viens donc voir ta maman qui t'aime tant. »

Lâchée par la nurse, la fillette traversa la pièce en courant et vint se blottir timidement dans la robe de sa mère.

« Mon trésor adoré ! Est-ce que ta maman a mis de la poudre sur ces jolis petits cheveux blondinets ? Allons, relève-toi, maintenant, et va dire un gentil bonjour. »

Gatsby et moi nous penchâmes l'un après l'autre pour prendre la petite main réticente. Après quoi, il ne cessa de considérer la fillette avec étonnement. Je pense qu'il n'avait pas vraiment cru à son existence jusque-là.

« On m'a habillée avant le déjeuner, dit l'enfant en se tournant avec fougue vers Daisy.

– C'est parce que ta maman voulait te montrer. » Son visage se pencha sur l'unique ride du petit cou blanc. « Ma merveille… ma petite merveille absolue.

– Oui, admit l'enfant calmement. Tante Jordan a une robe blanche, elle aussi.

– Comment trouves-tu les amis de maman ? » Daisy lui fit faire demi-tour afin qu'elle se retrouve face à Gatsby. « Est-ce que tu penses qu'ils sont beaux ?

– Où est papa ? »

« Elle ne ressemble pas à son père, expliqua Daisy. C'est à moi qu'elle ressemble. Elle a mes cheveux et la forme de mon visage. »

Daisy s'enfonça dans le canapé. La nurse fit un pas en avant et tendit la main

« Viens, Pammy. »

« Au revoir, ma chérie. »

Jetant par-dessus son épaule un regard lourd de déplaisir, l'enfant, disciplinée, se cramponna à la main de sa nurse et fut entraînée hors de la pièce au moment précis où Tom revenait, précédé de quatre gin-fizz dans lesquels cliquetaient des glaçons.

Gatsby prit son verre.

155 « Ils ont l'air bien frais », dit-il, manifestement tendu.

Nous bûmes à longues gorgées avides.

« J'ai lu quelque part que le Soleil se réchauffe un peu plus chaque année, dit Tom d'un ton jovial. Il paraît que dans peu de temps la Terre s'abîmera dans le Soleil... non, attendez... c'est exactement
160 le contraire, le Soleil se refroidit un peu plus chaque année.

« Sortons, proposa-t-il à Gatsby. J'aimerais que vous puissiez voir la propriété. »

Je les ai accompagnés sur la terrasse. Sur l'eau verte du détroit, stagnante dans la chaleur, une petite voile se traînait doucement
165 vers la fraîcheur du large. Gatsby la suivit un moment des yeux, puis montra de la main l'autre côté de la baie.

« Je suis juste en face de vous.

– En effet. »

Nos yeux se promenèrent sur les parterres de roses, la pelouse
170 brûlante, les algues que les jours de canicule avaient rejetées comme des déchets sur la côte. Les ailes blanches du bateau glissaient avec lenteur sur le bleu plus frais de la ligne d'horizon. Au-delà s'étendaient l'océan au bord dentelé et la cohorte[1] des îles bienheureuses.

175 « Ça, c'est du sport, dit Tom en hochant la tête. J'aimerais être là-bas avec lui pendant une petite heure. »

Nous avons pris le déjeuner dans la salle à manger, protégée elle aussi de la chaleur par des stores ; il y avait, dans la bière glacée que nous buvions, une gaieté nerveuse.

180 « Qu'allons-nous faire de nous cet après-midi, et demain, et les trente prochaines années ? s'écria Daisy.

– Ne sois pas morbide, dit Jordan. La vie recommence en automne, quand l'air devient vif.

---

1. **Cohorte** : légion.

« – Mais il fait si chaud, s'obstinait Daisy au bord des larmes, et tout est embrouillé. Si on allait tous en ville ? »

Sa voix se démenait dans la chaleur, se cognait à elle, façonnait cette matière privée de sens.

« J'ai entendu dire qu'on avait transformé une écurie en garage, disait Tom à Gatsby, mais je suis le premier homme qui ait transformé un garage en écurie.

– Qui veut aller en ville ? » demanda Daisy avec insistance. Le regard de Gatsby flotta dans sa direction. « Ah ! lança-t-elle, vous ne semblez pas souffrir de la chaleur. »

Leurs yeux se rencontrèrent et ils se regardèrent longuement ; ils étaient seuls au monde. À grand-peine, elle abaissa les yeux sur la table.

« Vous ne semblez jamais souffrir de la chaleur », répéta-t-elle.

Elle venait de lui dire qu'elle l'aimait, et Tom Buchanan le vit. Il était stupéfait. Sa bouche s'ouvrit légèrement et il regarda Gatsby, puis Daisy, comme s'il reconnaissait en elle une personne qu'il aurait connue longtemps auparavant.

« Vous ressemblez à l'homme de la réclame... poursuivit-elle innocemment. Vous savez, l'homme de cette réclame...

– D'accord, fit Tom, lui coupant brutalement la parole. Je suis tout à fait disposé à faire un tour en ville. Venez... nous allons tous en ville. »

Il se leva ; son regard passait de Gatsby à sa femme en jetant des éclairs. Personne ne bougea.

« Allons, venez ! » La colère commençait à percer. « Mais enfin, qu'est-ce qui se passe ? Si nous devons aller en ville, mettons-nous en route. »

Sa main, que l'effort pour se dominer faisait trembler, porta à ses lèvres le reste de son verre de bière. La voix de Daisy nous tira de nos sièges et nous poussa dehors, sur le gravier en feu de l'allée.

« Alors on part tout de suite ? protesta-t-elle. Comme ça ? Sans laisser à personne le temps de fumer une cigarette ?

– On a tous fumé pendant le déjeuner.

– Allez, amusons-nous un peu, le supplia-t-elle. Il fait trop chaud pour se chamailler. »

Il ne répondit pas.

« Fais comme tu veux, dit-elle. Viens, Jordan. »

Les deux femmes montèrent se préparer tandis que nous restions tous les trois à remuer les cailloux brûlants du bout des pieds. Un croissant de lune argenté se dessinait dans le ciel à l'ouest. Gatsby ouvrit la bouche pour parler, puis se ravisa, mais Tom avait déjà fait demi-tour et lui faisait face, guettant la suite.

« Pardon ?

– Vos écuries sont ici ? demanda Gatsby avec effort.

– À moins de cinq cents mètres, sur la route.

– Ah oui… »

Silence.

« Je ne vois pas l'intérêt d'aller en ville, lança Tom avec violence. Les femmes se mettent de ces idées en tête…

– Est-ce qu'on emporte quelque chose à boire ? cria Daisy d'une fenêtre de l'étage.

– Je vais chercher du whisky », répondit Tom. Et il rentra dans la maison.

Gatsby se tourna vers moi, gourmé[1].

« Je ne peux rien dire sous son toit, mon vieux.

– La voix de Daisy manque de discrétion, fis-je remarquer. C'est une voix… » J'hésitais.

« Sa voix est pleine d'argent », dit-il soudain.

C'était cela, précisément. Je ne l'avais jamais compris jusque-là. Une voix où l'on n'entend que l'argent… Là résidait le charme inépuisable de ses inflexions, ce tintement, ce frémissement de cymbales… Dans la plus haute tour de son blanc palais, la fille du roi, la princesse d'or…

Tom sortit de la maison avec une bouteille emmaillotée dans une

---

1. **Gourmé** : ici, raide.

serviette, suivi de Daisy et de Jordan coiffées de petits chapeaux ajustés en tissu couleur de métal et portant sous le bras des capes légères.

« Voulez-vous tous monter dans ma voiture ? » proposa Gatsby.

Il toucha le cuir vert du siège, qui était brûlant. « J'aurais dû la laisser à l'ombre. »

« Vous avez une boîte de vitesses classique ?

– Oui.

– Alors, prenez mon coupé et laissez-moi le volant de votre voiture. »

La proposition déplut à Gatsby.

« J'ai peur qu'il ne reste plus beaucoup d'essence, objecta-t-il.

– Il y en a plus qu'il n'en faut », dit Tom avec fougue. Il regarda la jauge. « Et si j'en manque, je pourrai toujours m'arrêter dans un drugstore. On trouve tout ce qu'on veut, de nos jours, dans les drugstores. »

Un silence succéda à cette remarque apparemment hors de saison. Daisy regarda Tom en fronçant les sourcils, et une expression indéfinissable passa sur le visage de Gatsby, tout à la fois parfaitement étrangère et vaguement reconnaissable, comme quelque chose qu'on m'aurait décrit avec des mots sans que je l'eusse jamais vu.

« Viens, Daisy », dit Tom, la poussant de la main vers la voiture de Gatsby. « Je t'emmène dans cette roulotte de cirque. »

Il ouvrit la portière, mais elle s'échappa hors du cercle de son bras.

« Prends Nick et Jordan. Nous te suivrons dans le coupé. »

Elle rejoignit Gatsby, effleurant son veston de la main. Nous avons pris place, Jordan, Tom et moi, sur le siège avant de la voiture ; Tom a fait quelques essais avec le levier de vitesses, nouveau pour lui, puis il a démarré en trombe dans la chaleur étouffante, laissant les autres très loin derrière.

« Vous avez vu ? demanda Tom.

– Vu quoi ? »

Il me décocha un regard acéré, comprenant que Jordan et moi devions savoir depuis le début.

« Vous me prenez pour une sorte de demeuré, c'est ça ? risqua-t-il. J'en suis peut-être un, mais je possède comme un don de seconde vue, parfois, qui me dicte ce que je dois faire. Vous n'y croyez peut-être pas, mais la science... »

Il s'arrêta. Les contingences immédiates le rattrapaient pour l'éloigner du bord du gouffre spéculatif[1].

« J'ai fait une petite enquête sur cet individu, poursuivit-il. Je l'aurais poussée bien plus loin si j'avais su...

– Vous voulez dire que vous avez consulté un médium ? s'enquit Jordan, comiquement.

– Quoi ? » Ébahi, les yeux écarquillés, il nous regarda rire. « Un médium ?

– Au sujet de Gatsby.

– Au sujet de Gatsby ! Non, pas du tout. J'ai dit que j'avais fait une petite enquête sur son passé.

– Et vous avez découvert qu'il a fait ses études à Oxford, dit Jordan, avec obligeance[2].

– Fait ses études à Oxford ! »

Il refusait d'y croire.

« À d'autres ! Lui, avec son costume rose !

– Il n'empêche qu'il a étudié à Oxford.

– Oxford au Nouveau-Mexique[3], fit Tom avec un grognement de mépris, ou dans un endroit de ce genre.

– Écoutez, Tom, fit Jordan en se fâchant, pourquoi un homme aussi snob que vous l'a-t-il invité à déjeuner ?

– C'est Daisy qui l'a invité ; elle l'a connu avant notre mariage, Dieu sait où ! »

L'effet de la bière se dissipait, nous étions maintenant nerveux et, conscients de l'être, nous avons roulé quelque temps en silence. Mais au moment où les yeux à demi effacés du Dr T. J. Eckleburg sont apparus au loin sur la route, je me suis souvenu de la mise en garde de Gatsby concernant l'essence.

---

1. **Spéculatif** : des suppositions.
2. **Obligeance** : tact.
3. **Nouveau-Mexique** : État du sud-ouest des États-Unis.

« Nous en avons assez pour aller en ville, dit Tom.

— Mais il y a justement un garage ici, protesta Jordan. Je ne veux pas tomber en panne par cette chaleur tropicale. »

Tom actionna les deux freins d'un geste rageur, et la voiture, après un dérapage, s'immobilisa brusquement dans un nuage de poussière sous l'enseigne de Wilson. Au bout d'un moment, le propriétaire émergea de l'intérieur de son établissement et fixa sur la voiture un œil dépourvu de toute expression.

« Donnez-nous de l'essence ! lança Tom avec rudesse. Pourquoi croyez-vous que nous nous sommes arrêtés ? Pour admirer le paysage ?

— Je suis malade, dit Wilson sans bouger. J'ai été malade toute la journée.

— Qu'est-ce qui vous arrive ?

— Au bout du rouleau.

— Bon, alors… Est-ce qu'il va falloir que je me serve moi-même ? demanda Tom. Vous aviez l'air en bonne forme au téléphone. »

Wilson quitta avec effort l'ombre et l'appui de la porte, et, soufflant comme un phoque, dévissa le bouchon du réservoir. Au soleil, son visage était vert.

« Je ne voulais pas interrompre votre déjeuner, dit-il. Mais j'ai un cruel besoin d'argent et je me demandais ce que vous alliez faire de votre vieille voiture.

— Vous aimez celle-là ? demanda Tom. Je l'ai achetée la semaine dernière.

— Elle est jolie, en jaune comme ça, dit Wilson en s'évertuant à la pompe.

— Vous voulez me l'acheter ?

— C'est pas vraiment dans l'ordre des choses possibles, répondit Wilson en esquissant un sourire. Non, mais je pourrais gagner un peu d'argent sur l'autre.

— Pourquoi avez-vous besoin d'argent tout à coup ?

— Ça fait trop longtemps que je suis ici. Je veux partir. Ma femme et moi, on veut aller dans l'Ouest.

– Votre femme, partir ! s'exclama Tom, stupéfait.

– Ça fait dix ans qu'elle en parle. » Il s'appuya un moment contre la pompe à essence, se protégeant les yeux du soleil. « Maintenant, elle partira, qu'elle le veuille ou non. Je l'emmène loin d'ici. »

Le coupé nous dépassa comme une flèche dans un tourbillon de poussière, et une main s'agita vers nous en un bref salut.

« Qu'est-ce que je vous dois ? demanda Tom d'une voix dure.

– Je me suis rendu compte de quelque chose de bizarre ces deux derniers jours, fit observer Wilson. C'est pour ça que je veux partir. C'est pour ça que je vous ai dérangé avec la voiture.

– Qu'est-ce que je vous dois ?

– Un dollar vingt. »

La chaleur implacable commençait à m'embrouiller les idées ; j'ai passé un moment désagréable avant de comprendre que ses soupçons ne s'étaient pas encore portés sur Tom. Il avait découvert que Myrtle menait une sorte de vie à elle, dans un autre monde, et le choc de cette révélation l'avait rendu physiquement malade. Je l'observai, puis mon regard se fixa sur Tom, qui avait fait une découverte symétrique moins d'une heure plus tôt, et il m'apparut que ce qui sépare le plus profondément les hommes n'est pas à chercher dans l'intelligence ou la race ; c'est la différence qui met d'un côté les malades et de l'autre les bien portants. Wilson était si malade qu'il avait l'air d'un coupable auquel on n'a pas envie de pardonner, comme s'il venait d'engrosser une pauvre fille.

« Vous aurez la voiture, dit Tom. Je vous la ferai amener demain après-midi. »

Cette localité était toujours vaguement inquiétante, même dans la pleine lumière de l'après-midi, et à cet instant j'ai tourné la tête comme si j'avais senti quelque chose, une mise en garde, derrière moi. Au-dessus des collines de cendres, les yeux géants du Dr T. J. Eckleburg continuaient à assurer leur veille, mais je me rendis compte, au bout d'un moment, que d'autres yeux nous observaient avec une intensité particulière, à moins de dix mètres de là.

À l'une des fenêtres au-dessus du garage, les rideaux légèrement écartés laissaient voir Myrtle Wilson, les yeux rivés sur la voiture. Elle était si absorbée qu'elle n'avait pas conscience qu'on la regardait, et les émotions se succédaient sur son visage comme apparaissent lentement les détails du cliché au cours de son développement. Son expression m'était étrangement familière ; c'était une expression que j'avais souvent vue sur des visages de femmes, mais sur celui de Myrtle Wilson elle semblait sans objet et inexplicable, jusqu'au moment où j'ai compris que ses yeux, exorbités de peur et de jalousie, étaient fixés non pas sur Tom, mais sur Jordan Baker, qu'elle prenait pour sa femme.

Il n'y a pas de plus grand désarroi que celui d'un esprit simple, et tandis que nous nous éloignions, Tom éprouvait les douleurs lacérantes de la panique. Sa femme et sa maîtresse qui, une heure plus tôt, étaient encore inviolées, en lieu sûr, échappaient subitement à son contrôle. L'instinct le poussait à appuyer sur l'accélérateur avec la double intention de rattraper Daisy et de laisser Wilson loin derrière lui, et nous avons filé vers Astoria à quatre-vingts kilomètres à l'heure jusqu'au moment où, dans l'entrelacs des poutrelles du métro aérien, nous avons aperçu le coupé bleu qui roulait à une allure tranquille.

« Il fait frais dans les grands cinémas autour de la 50$^e$ Rue, suggéra Jordan. J'adore New York les après-midi d'été quand tout le monde est parti. Il y a dans l'atmosphère quelque chose de très sensuel… d'un peu trop mûr, comme si toutes sortes de drôles de fruits allaient vous tomber dans les mains. »

Le mot « sensuel » eut pour effet d'aggraver l'inquiétude de Tom, mais avant qu'il ait pu imaginer une objection, le coupé s'arrêta et Daisy nous fit signe de nous ranger à ses côtés.

« Où va-t-on ? lança-t-elle.

– Si on allait au cinéma ?

– Il fait si chaud, gémit-elle. Allez-y, vous. Nous, nous allons faire un tour en voiture et on vous retrouvera après. » Un certain effort lui fut nécessaire pour recouvrer un peu d'humour : « Nous vous retrouverons au coin d'une rue. Je serai l'homme avec deux cigarettes aux lèvres.

– On ne peut pas discuter de ça ici », dit Tom avec impatience, tandis qu'un camion derrière nous lançait des sifflets de malédiction. « Suivez-moi jusqu'au sud de Central Park devant l'entrée du Plaza. »

À plusieurs reprises, il tourna la tête pour voir s'ils étaient bien derrière et, quand la circulation les retardait, il ralentissait jusqu'à ce qu'ils réapparaissent. Je crois qu'il craignait qu'ils ne s'élancent dans une rue latérale et sortent de sa vie à jamais.

Mais il n'en fut pas ainsi. Et nous prîmes tous la décision, moins facile à expliquer, de louer le salon d'une suite à l'hôtel Plaza.

Le détail de l'interminable et tumultueuse discussion au terme de laquelle nous nous sommes retrouvés parqués dans cette pièce m'échappe aujourd'hui, bien que j'aie gardé le souvenir de sensations physiques précises : durant le débat, mes caleçons n'arrêtaient pas de grimper autour de mes jambes comme un serpent mouillé et, à certains moments, des gouttes de sueur glacée couraient en chapelet[1] dans mon dos. L'idée avait son origine dans la proposition que fit Daisy de louer cinq salles de bains afin de prendre un bain froid ; puis la suggestion revêtit une forme plus tangible : « un endroit où siroter un mint-julep[2] ». Chacun de nous répéta cent fois que c'était « une idée démente » ; tout le monde parlait en même temps au garçon de la réception totalement décontenancé, et chacun pensait ou feignait de penser que nous étions drôles...

Il régnait dans la pièce, qui était grande, une chaleur étouffante, et bien qu'il fût déjà quatre heures, les fenêtres, quand on les ouvrit, ne laissèrent entrer que des souffles d'air brûlant venus des bosquets de Central Park. Daisy alla se planter devant le miroir et, nous tournant le dos, se recoiffa.

---

**1. Chapelet** : objet de dévotion constitué de grains enfilés que l'on peut faire glisser entre ses doigts tout en récitant des prières.
**2. Mint-julep** : cocktail alcoolisé à base de bourbon, de menthe, de sucre et d'eau.

**Chapitre 7**

« Elle est chic, cette suite », murmura Jordan d'un ton pénétré ; et tout le monde éclata de rire.

« Ouvrez une autre fenêtre, ordonna Daisy sans se retourner.

– Il n'y en a pas d'autre.

– Alors, téléphonez à la réception et faites apporter une hache…

– Le mieux avec cette chaleur, c'est de ne pas y penser, dit Tom avec impatience. Tu la rends dix fois pire en te plaignant sans cesse. »

Il déroula la serviette, en sortit la bouteille de whisky, qu'il posa sur la table.

« Pourquoi ne la laissez-vous pas tranquille, mon vieux ? interrogea Gatsby. C'est vous qui avez voulu venir en ville. »

Il y eut un moment de silence. L'annuaire du téléphone se détacha de son crochet et s'écrasa sur le sol. Jordan murmura : « Oh, excusez-moi ! », mais cette fois personne n'a ri.

« Je vais le ramasser, proposai-je.

– Je l'ai. » Gatsby examina l'attache rompue, marmonna un « Hum ! » d'intérêt et jeta le volume sur une chaise.

« C'est l'une de vos expressions favorites, hein ? dit Tom sèchement.

– Laquelle ?

– Cette formule, *Mon vieux*… Où l'avez-vous pêchée ?

– Tom, écoute-moi bien, dit Daisy en se retournant, si tu as l'intention de faire des remarques personnelles, je ne resterai pas ici une minute de plus. Appelle plutôt la réception et demande qu'on nous apporte de la glace pour les boissons. »

Au moment où Tom prenait le récepteur, la chaleur comprimée explosa en une gerbe sonore, et les accords solennels de la *Marche nuptiale* de Mendelssohn[1] montèrent de la salle de bal jusqu'à nous.

« Comment imaginer qu'on puisse se marier par une chaleur pareille ! s'exclama Jordan d'une voix lugubre.

---

**1. Felix Mendelssohn** (1809-1847) : compositeur romantique allemand. La *Marche nuptiale* est une musique composée pour accompagner l'entrée des époux dans le lieu où se déroule la cérémonie de mariage.

– Et pourtant… moi, je me suis mariée en plein mois de juin, se rappela Daisy. Louisville en juin ! Quelqu'un s'est trouvé mal. Qui était-ce déjà, Tom ?

– Biloxi, répondit-il, laconiquement.

– Un certain Biloxi, surnommé Blocks, qui vendait des sacs en box[1]… je vous jure que c'est vrai… et il était originaire de Biloxi dans le Tennessee.

– On l'a transporté chez nous, compléta Jordan, parce que nous habitions à deux pas de l'église. Et il est resté trois semaines, jusqu'à ce que papa lui dise qu'il fallait partir. Et le lendemain de son départ, papa est mort. » Au bout d'un moment, elle ajouta, comme si elle avait pu donner l'impression d'avoir été irrespectueuse : « C'était une simple coïncidence. »

« J'ai connu autrefois un Bill Biloxi de Memphis[2], fis-je remarquer.

– C'était son cousin. Quand il est parti, je connaissais toute l'histoire de sa famille. Il m'a donné un club de golf en aluminium dont je me sers toujours. »

La musique avait cessé lorsque la cérémonie commença, et maintenant de longues acclamations montaient jusqu'à notre fenêtre, ponctuées de vivats et suivies, pour finir, d'une explosion de jazz lorsque le bal commença.

« On se fait vieux, dit Daisy. Si on était jeunes, on se lèverait et on danserait.

– Souviens-toi de Biloxi, lui lança Jordan sur le ton de l'avertissement. Où l'avez-vous connu, Tom ?

– Biloxi ? » Il avait quelque difficulté à se concentrer. « Je ne le connaissais pas. C'était un ami de Daisy.

– Pas du tout, protesta Daisy. C'était la première fois que je le voyais. Il est arrivé dans la voiture des invités.

– En tout cas, il a dit qu'il te connaissait. Il a dit qu'il avait grandi

---

**1. Box** : cuir de veau tanné. Comme l'auteur dans le texte original, le traducteur joue sur les sonorités dans cet ensemble de répliques.
**2. Memphis** : ville américaine située dans l'État du Tennessee, au sud-ouest des États-Unis.

à Louisville. Asa Bird l'a amené à la dernière minute en demandant s'il y avait encore de la place pour lui. »

Jordan sourit.

« Il essayait sans doute de rentrer chez lui sans bourse délier[1]. Il m'a raconté qu'il était président de votre promotion à Yale. »

Nous nous sommes regardés, Tom et moi, interdits.

« Biloxi ?

– D'abord, nous n'avions pas de président… »

Gatsby frappait le sol à petits coups de pied secs et nerveux ; Tom tourna soudain les yeux vers lui.

« À propos, Mr Gatsby, j'ai cru comprendre que vous êtes un ancien d'Oxford.

– Pas exactement.

– Mais si, j'ai cru comprendre que vous êtes allé à Oxford.

– Oui… j'y suis allé, en effet. »

Silence. Puis Tom, sur un ton incrédule et insultant :

« Vous deviez y être à l'époque où Biloxi allait à New Haven. »

Nouveau silence. Un garçon frappa à la porte et entra, apportant de la menthe écrasée et de la glace, mais le silence ne fut rompu ni par son « Merci » ni par le bruit feutré de la porte que l'on refermait. Ce détail considérable allait être enfin élucidé.

« Je vous ai dit que j'y suis allé, dit Gatsby.

– J'ai bien entendu, mais j'aimerais savoir quand.

– C'était en 1919. Je n'y suis resté que cinq mois. C'est la raison pour laquelle je ne saurais m'attribuer la qualité d'ancien étudiant d'Oxford. »

Tom promena son regard autour de lui, pour voir si son propre scepticisme s'inscrivait également sur nos visages. Mais nous avions tous les yeux fixés sur Gatsby.

« C'était une opportunité qui était offerte à certains officiers après l'Armistice, poursuivit-il. Nous pouvions aller dans l'université de notre choix en Angleterre ou en France. »

---

1. **Sans bourse délier** : sans rien payer.

J'avais envie de me lever et de lui donner une tape amicale sur l'épaule. J'avais retrouvé, comme cela m'était déjà arrivé, une confiance absolue en lui.

Daisy se leva, un pâle sourire aux lèvres, et se dirigea vers la table.

« Ouvre le whisky, Tom, et je vais vous préparer le mint-julep. Et tu te sentiras peut-être un peu moins stupide… Regardez cette menthe !

– Attends un instant, dit Tom d'une voix cassante. J'aimerais poser à Mr Gatsby encore une question.

– Je vous en prie, fit Gatsby poliment.

– Qu'est-ce que c'est que cette zizanie que vous essayez de semer dans mon ménage ? »

Ils avançaient enfin à visage découvert, et Gatsby était satisfait.

« Il ne sème pas la zizanie. » Le regard de Daisy allait désespérément de l'un à l'autre. « C'est toi qui sèmes la zizanie. Je t'en prie, garde ton sang-froid.

– Mon sang-froid ! répéta Tom, incrédule. Je suppose qu'il est du dernier cri de rester assis et de laisser Mr Personne, originaire de Nulle Part, faire la cour à sa femme. Eh bien, si c'est la mode, ne comptez pas sur moi… De nos jours, on commence par dénigrer la vie de famille et les institutions familiales, et le lendemain on jette tout par-dessus bord et on donne sa bénédiction aux mariages entre Blancs et Noirs. »

Échauffé par son discours véhément et amphigourique[1], il se voyait seul debout, dressé sur l'ultime rempart de la civilisation.

« Nous sommes tous blancs ici, murmura Jordan.

– Je sais que je ne suis pas aimé des uns et des autres. Je ne donne pas de soirées monstres. Je suppose que pour se faire des amis, dans le monde moderne, il faut transformer sa maison en porcherie. »

Si exaspéré que je fusse – nous l'étions tous –, j'avais du mal à m'empêcher de rire chaque fois qu'il ouvrait la bouche. La métamorphose du libertin en sermonneur[2] était complète.

---

**1. Amphigourique** : embrouillé.
**2.** Le libertin est un homme qui se caractérise par sa liberté sexuelle. Le sermonneur à l'inverse prône le respect de la morale religieuse.

« Moi aussi, j'ai quelque chose à vous dire, mon vieux… » commença Gatsby. Mais Daisy devina son intention.

« Non, par pitié ! intervint-elle, totalement désemparée. Par pitié, rentrons tous à la maison. Pourquoi ne pas rentrer tous ?

– C'est une bonne idée. » Je me suis levé. « Viens, Tom. Plus personne n'a envie de boire.

– Moi, j'ai envie de savoir ce que Mr Gatsby tient à me dire.

– Votre femme ne vous aime pas, dit Gatsby, d'une voix tranquille. Elle ne vous a jamais aimé. C'est moi qu'elle aime.

– Vous êtes vraiment cinglé ! » s'écria Tom, machinalement.

Gatsby bondit sur ses pieds, dans un état de fiévreuse agitation.

« Elle ne vous a jamais aimé, vous entendez ? cria-t-il. Elle ne vous a épousé que parce que j'étais pauvre et qu'elle en avait assez de m'attendre. Ça a été une terrible erreur, mais dans son cœur elle n'a jamais aimé que moi ! »

À ce moment, Jordan et moi tentâmes de nous éclipser, mais Tom et Gatsby, rivalisant de fermeté, insistèrent pour que nous restions, comme si aucun d'eux n'avait rien eu à cacher et qu'ils tinssent pour un privilège d'éprouver leurs émois par procuration[1].

« Assieds-toi, Daisy. » La voix de Tom cherchait, sans les trouver, des inflexions paternelles. « Qu'est-ce qui s'est passé entre vous ? Je veux tout savoir.

– Je vous ai dit ce qui s'est passé, dit Gatsby. Ce qui se passe depuis cinq ans – sans que vous le sachiez. »

Tom se tourna vivement vers Daisy.

« Tu fréquentes cet individu depuis cinq ans ?

– Elle ne me *fréquente* pas, dit Gatsby. Non, nous ne pouvions pas nous rencontrer. Mais nous n'avons pas cessé de nous aimer pendant tout ce temps, mon vieux, sans que vous le sachiez. Je riais parfois » (mais il n'y avait pas la moindre gaieté dans ses yeux) « en pensant que vous n'en saviez rien.

---

**1. Éprouver leurs émois par procuration**: éprouver leurs émotions par l'intermédiaire d'autres personnes.

— Oh, c'est donc tout ? » Tom tapota les bouts de ses doigts épais les uns contre les autres, à la manière d'un homme d'Église, et se renfonça dans son fauteuil.

Il explosa.

« Vous êtes cinglé ! Je ne peux pas parler de ce qui s'est passé il y a cinq ans parce que je ne connaissais pas encore Daisy, et je veux bien être pendu si je comprends comment vous avez fait pour vous approcher d'elle, à moins de livrer les commandes d'épicerie par la porte de service. Mais tout le reste n'est que mensonge, sacré nom ! Daisy m'aimait quand elle m'a épousé et elle m'aime toujours.

— Non, dit Gatsby en secouant la tête.

— C'est pourtant le cas. Le problème, c'est qu'il lui arrive de se mettre des idées sottes dans la cervelle et elle ne sait plus ce qu'elle fait. » Il hocha la tête à la manière d'un vieux sage. « Et qui plus est, moi aussi j'aime Daisy. Je fais quelquefois la bringue[1] et me conduis comme un imbécile, mais je reviens toujours, et dans mon cœur je ne cesse pas de l'aimer.

— Tu es révoltant », dit Daisy. Elle se tourna vers moi et sa voix, baissant d'une octave, emplit la pièce d'un mépris qui donnait le frisson. « Sais-tu pourquoi nous avons quitté Chicago ? Je m'étonne qu'on ne t'ait pas encore servi le récit de cette petite bringue. »

Gatsby alla se mettre à ses côtés.

« Daisy, tout cela est terminé maintenant, dit-il avec gravité. Cela n'a plus d'importance. Il suffit que tu lui dises la vérité… que tu ne l'as jamais aimé… et tout sera effacé à jamais. »

Elle le regarda d'un regard qui ne voyait rien. « Mais… comment pourrais-je l'aimer, lui… comment… ?

— Tu ne l'as jamais aimé. »

Elle hésitait. Ses yeux se posèrent sur Jordan et sur moi comme si elle nous appelait à l'aide et comprenait enfin ce qu'elle faisait – et comme si elle n'avait jamais eu, à aucun moment, la moindre

---

1. **Bringue** : fête (familier).

intention de faire quoi que ce fût. Mais c'était fait, à présent. Il était trop lard.

« Je ne l'ai jamais aimé, dit-elle, avec une réticence manifeste.
— Pas même à Kapiolani[1] ? demanda Tom soudain.
— Non. »

De la salle de bal à l'étage au-dessous montaient, avec les bouffées d'air brûlant, des accords assourdis et suffocants.

« Pas même le jour où je t'ai portée quand nous sommes redescendus du Punch Bowl[2], pour que tu ne mouilles pas tes chaussures ? » Il avait dans la voix des accents tendres et voilés[3]. « … Daisy ?
— Non, je t'en prie. » Le ton était glacial, mais toute rancœur en avait disparu. Elle regarda Gatsby. « Voilà, Jay… » dit-elle, et elle essaya d'allumer une cigarette, mais sa main tremblait. Elle jeta brusquement la cigarette et l'allumette encore enflammée sur le tapis.

« Ah ! tu en demandes trop ! cria-t-elle à l'adresse de Gatsby. Oui, c'est toi que j'aime maintenant… Est-ce que cela ne suffit pas ? Je ne peux pas empêcher ce qui s'est passé. » Elle éclata en sanglots, incapable de se retenir. « Je l'ai aimé autrefois, mais je t'aimais toi aussi. »

Gatsby écarquilla les yeux, puis les ferma.

« Tu m'aimais… *moi aussi* ? répéta-t-il.
— Même ça, c'est un mensonge, dit Tom avec férocité. Elle ne savait pas que vous étiez vivant. Allons… Il y a entre Daisy et moi des choses que vous ne connaîtrez jamais, des choses que ni elle ni moi ne pourrons jamais oublier. »

Les mots étaient comme autant de morsures dans la chair de Gatsby.

« Je veux parler à Daisy en tête à tête, insista-t-il. Elle est très énervée maintenant…
— Même en tête à tête, je ne pourrai pas dire que je n'ai jamais aimé Tom, avoua-t-elle sur un ton pitoyable. Ce ne serait pas vrai.

---

1. **Kapiolani** : parc situé à Hawaï.
2. **Punch Bowl** : montagne hawaïenne.
3. **Voilés** : assourdis.

– Bien sûr que non », approuva Tom.

Elle se tourna vers son mari.

« Comme si ça avait la moindre importance pour toi, dit-elle.

– Bien sûr que ça a de l'importance. Dorénavant, je m'occuperai beaucoup mieux de toi.

– Vous ne comprenez pas, dit Gatsby, que la panique commençait à gagner. Vous n'allez plus avoir à vous occuper d'elle.

– Ah bon ? » Tom ouvrit de grands yeux et éclata de rire. Il pouvait se permettre de conserver son sang-froid désormais. « Et pourquoi donc ?

– Daisy va vous quitter.

– Absurde.

– C'est pourtant vrai, dit-elle avec un effort évident.

– Elle ne me quittera pas ! » Les paroles de Tom pesaient soudain contre Gatsby. « Sûrement pas pour un vulgaire escroc qui devrait voler l'anneau qu'il lui mettra au doigt.

– Je n'en supporterai pas davantage, s'écria Daisy. Partons, je vous en prie !

– Et d'ailleurs, qui êtes-vous au juste ? explosa Tom. Vous faites partie de la bande qui gravite autour de Meyer Wolfshiem. Cela, je le sais. J'ai commencé une petite enquête sur vos affaires, et je la poursuivrai dès demain.

– À votre aise, mon vieux, dit Gatsby, sans ciller.

– J'ai découvert ce qu'étaient vos… drugstores. » Il se tourna vers nous ; il parlait rapidement. « Ce Wolfshiem et lui ont acheté une quantité de drugstores loin des grandes artères, ici et à Chicago, et vendaient de l'alcool de grain sous le comptoir[1]. C'est une de ses petites combines. Je l'ai pris pour un bootlegger la première fois que je l'ai vu et je n'étais pas loin de la vérité.

– Et alors ? demanda Gatsby poliment. Il me semble que votre ami Walter Chase n'a pas hésité à mettre sa fierté dans sa poche pour entrer dans l'affaire.

---

1. **Sous le comptoir** : clandestinement.

— Et puis vous l'avez laissé tomber, c'est bien ça ? Il a croupi en prison pendant un mois dans le New Jersey. Bon Dieu ! Vous devriez entendre Walter parler de vous !

— Il était complètement fauché quand il est venu nous voir. Il était trop heureux de se faire un peu d'argent, mon vieux.

— Cessez de m'appeler *Mon vieux* ! » s'écria Tom. Gatsby ne dit rien. « Walter aurait pu vous faire coincer aussi pour infraction à la législation sur les jeux, mais Wolfshiem lui a fichu une telle peur qu'il est resté muet. »

Cette expression étrange et pourtant reconnaissable était reparue sur le visage de Gatsby.

« Le petit commerce des drugstores, c'était de l'argent de poche, continua Tom lentement, mais vous préparez maintenant quelque chose dont Walter n'ose pas me parler. »

J'ai lancé un coup d'œil à Daisy qui regardait, terrifiée, un point entre Gatsby et son mari, puis à Jordan qui avait entrepris de faire tenir en équilibre sur la pointe de son menton un objet invisible et absorbant. Puis je me suis tourné vers Gatsby, et l'expression que je lui vis me stupéfia. Il avait l'air – je dis ceci avec tout le mépris possible des rumeurs qui couraient sur son compte dans son jardin – d'avoir « tué un homme ». Pendant un instant, seule cette formule invraisemblable pouvait décrire avec justesse les traits de son visage.

Puis l'expression s'évanouit, et il se mit à parler à Daisy avec animation, niant tout, défendant son honneur contre des accusations qui n'avaient pas été portées. Mais à chaque mot, elle se retirait davantage en elle-même, si bien qu'il renonça, et seul son rêve détruit continuait à se débattre tandis que l'après-midi finissait, s'efforçait de toucher ce qui n'était plus tangible, luttait encore et encore, lamentablement, sans perdre espoir, pour rejoindre, à l'autre bout de la pièce, la voix perdue.

La voix implora de nouveau que l'on parte.

« Tom, je t'en prie ! Je ne peux plus supporter cela. »

La peur dans ses yeux disait que quels qu'eussent été ses intentions et son courage, tout cela avait bel et bien sombré.

« Rentrez donc à la maison tous les deux, Daisy, dit Tom. Dans la voiture de Mr Gatsby. »

Elle regarda Tom, avec inquiétude cette fois, mais il insista, magnanime[1] et méprisant.

« Vas-y. Il ne t'importunera pas. Il a compris, je pense, que son présomptueux petit flirt est terminé. »

Ils disparurent, sans un mot ; volatilisés ; insignifiants et, tels des fantômes, inaccessibles à tout, même à notre pitié.

Au bout d'un moment, Tom se leva et commença à envelopper dans la serviette la bouteille de whisky que nous n'avions pas ouverte.

« Qui en veut ? Jordan ?… Nick ? »

Je restai silencieux.

« Nick ? demanda-t-il à nouveau.

– Quoi ?

– Tu en veux ?

– Non… Je viens de me rappeler que c'est aujourd'hui mon anniversaire. »

J'avais trente ans. Devant moi s'étendait la route solennelle et menaçante d'une nouvelle décennie.

Il était sept heures du soir quand nous sommes montés dans le coupé avec lui et repartis pour Long Island. Tom parlait sans cesse, jubilait, riait, mais sa voix nous était aussi lointaine, à Jordan et à moi, que la clameur étrangère des trottoirs ou le vacarme du métro aérien. La sympathie humaine a ses limites, et nous étions heureux de laisser leurs querelles tragiques s'éteindre peu à peu avec les lumières de la ville derrière nous. Trente ans… L'assurance d'une décennie de solitude, une liste d'amis célibataires qui irait diminuant, un catalogue d'enthousiasmes qui irait s'appauvrissant, des cheveux s'éclaircissant… Mais il y avait Jordan, à côté de moi, qui, contrairement à Daisy, était trop avisée pour transporter des rêves bien oubliés d'une époque à la suivante. Au moment où nous avons franchi le pont ténébreux, son visage blême est tombé

---

1. **Magnanime** : indulgent (envers un ennemi vaincu).

paresseusement sur mon épaule, et le formidable carillon de la trentaine s'est évanoui sous la pression rassurante de sa main.

C'est ainsi que nous roulions vers la mort, dans la fraîcheur du jour finissant.

Michaelis, le jeune Grec qui tenait le café devant les collines de cendres, fut le principal témoin dans l'enquête. Il avait fait la sieste au plus fort de la chaleur, jusqu'après cinq heures, puis il avait marché jusqu'au garage et avait trouvé George Wilson malade dans son bureau – vraiment malade, aussi pâle que ses cheveux clairs, et parcouru de frissons. Michaelis lui conseilla d'aller se mettre au lit, mais Wilson refusa, disant qu'il perdrait des affaires s'il ne restait pas au garage. Tandis que son voisin s'efforçait de le convaincre, un furieux tapage éclata au-dessus de leurs têtes.

« C'est ma femme que j'ai mise sous clef, expliqua Wilson calmement. Elle va y rester jusqu'à après-demain, et à ce moment-là on partira loin d'ici. »

Michaelis fut surpris. Ils étaient voisins depuis quatre ans et Wilson ne lui avait jamais semblé capable, ni de près ni de loin, de tenir un discours pareil. En général, c'était un de ces hommes complètement usés ; quand il ne travaillait pas, il restait assis sur une chaise et, du seuil de sa porte, il regardait passer les gens et les voitures sur la route. Quand on lui adressait la parole, il riait invariablement d'un rire agréable et sans éclat. Il était non pas son propre maître, mais le domestique de sa femme.

Naturellement, Michaelis essaya de savoir ce qui s'était passé, mais Wilson refusait de rien dire. Au contraire, il se mit à lancer à son visiteur des regards bizarres, soupçonneux, et à lui demander ce qu'il avait fait tel jour à telle heure... Alors que ledit visiteur commençait à se sentir mal à l'aise, des ouvriers passèrent devant la porte, se dirigeant vers son restaurant, et Michaelis saisit cette occasion pour s'éclipser, avec l'intention de revenir plus tard. Mais il ne revint pas. Il supposait qu'il avait oublié, voilà tout. Quand il ressortit, un peu après sept heures, il se rappela la conversation parce qu'il entendit la voix de Mrs Wilson au rez-de-chaussée du garage, qui criait et sermonnait :

« Frappe-moi ! hurlait-elle. Jette-moi par terre et frappe, sale petit trouillard ! »

Un instant plus tard, elle s'élançait au-dehors dans le crépuscule, en agitant les mains et en poussant des hurlements ; avant qu'il ait pu quitter le seuil de sa porte, tout était terminé.

« L'automobile de la mort », comme l'appelèrent les journaux, ne s'arrêta pas ; elle surgit de la nuit qui tombait, hésita tragiquement un instant et disparut au tournant suivant. Michaelis n'était même pas certain de sa couleur ; il déclara au premier agent de police qu'elle était vert clair. L'autre voiture, celle qui roulait vers New York, s'arrêta une centaine de mètres plus loin, et son conducteur revint en courant vers Myrtle Wilson, brutalement fauchée, dont le sang noir et épais se mêlait à la poussière de la route où elle était agenouillée.

Michaelis et cet homme furent les premiers sur les lieux, mais lorsqu'ils eurent arraché son chemisier encore humide de transpiration, ils virent que son sein gauche pendait comme un rabat et qu'il était inutile de chercher à écouter le cœur en dessous. La bouche était grande ouverte et légèrement déchirée aux commissures, comme si elle s'était un peu étranglée en rendant, avec le dernier soupir, la prodigieuse vitalité emmagasinée en elle depuis si longtemps.

Nous étions encore à quelque distance lorsque nous avons vu les trois ou quatre automobiles et un attroupement.

« Un accident ! dit Tom. C'est bien. Wilson va enfin pouvoir travailler. »

Il ralentit, mais n'avait pas encore l'intention de s'arrêter ; cependant, quand nous fûmes plus près, les visages silencieux et graves des gens massés à la porte du garage lui firent instinctivement actionner les freins.

« On va jeter un coup d'œil, dit-il d'une voix incertaine, rien qu'un coup d'œil. »

Je distinguai alors pour la première fois une plainte sourde, ininterrompue, qui venait de l'intérieur du garage, une plainte qui, alors que nous étions descendus du coupé et avancions vers la porte, prenait la forme d'une suite de trois mots : *Oh mon Dieu !* répétés encore et encore dans un gémissement haletant.

« Il se passe quelque chose de grave ici », dit Tom, devenu nerveux.

Il se dressa sur la pointe des pieds pour essayer d'apercevoir par-dessus le cercle des têtes l'intérieur du garage qui n'était éclairé que par une lumière jaune oscillant au plafond dans son panier métallique. Puis de sa gorge sortit un son rauque et, bousculant violemment les badauds de ses bras puissants, il se fraya un chemin.

Le cercle se referma sur lui avec un murmure de réprobation générale ; pendant une minute, je ne pus rien voir. Puis de nouveaux arrivants provoquèrent une bousculade, et Jordan et moi nous retrouvâmes soudain au cœur de la foule.

Le corps de Myrtle Wilson enveloppé dans une couverture, puis dans une autre, comme si elle souffrait d'un refroidissement dans cette nuit torride, reposait sur un établi, contre le mur, et Tom, qui nous tournait le dos, était penché sur elle et ne bougeait pas. Il y avait à côté de lui un motocycliste de la police qui inscrivait des noms sur un petit carnet, en transpirant et en corrigeant beaucoup. Je ne parvins pas à découvrir tout de suite l'origine de la plainte aiguë dont le garage vide répercutait bruyamment les échos ; puis je vis Wilson, debout sur le seuil surélevé de son bureau, qui se balançait d'avant en arrière en se retenant des deux mains au chambranle[1] de la porte. Un homme lui parlait à voix basse, et essayait de temps en temps de poser une main sur son épaule, mais Wilson n'entendait ni ne voyait rien. Son regard s'abaissait lentement de l'ampoule oscillante à l'établi contre le mur, où gisait

---

**1. Chambranle** : encadrement de porte.

le corps, puis remontait d'un coup vers la lumière, et il lançait sans discontinuer son cri de lamentation, horrible, perçant.

« Oh mon Dieu… mon Dieu… Oh mon Dieu… mon Dieu… »

Bientôt, Tom, d'une secousse, leva la tête et, après avoir laissé son regard vitreux s'attarder sur le garage, il bredouilla une remarque incohérente à l'adresse de l'agent de police.

« M-a-v… disait l'agent, … o…

– Non, r… corrigea l'homme, M-a-v-r-o…

– Écoutez-moi, dit Tom dans un murmure véhément.

– r… dit l'agent, o…

– g…

– g… » Il releva les yeux ; la large main de Tom s'était abattue sur son épaule. « Hé, qu'est-ce que vous voulez, vous ?

– Qu'est-ce qui s'est passé… c'est tout ce que je veux savoir.

– La voiture l'a fauchée. Tuée sur le coup.

– Tuée sur le coup, répéta Tom, le regard effaré.

– Elle traversait la route en courant. Ce salaud s'est même pas arrêté.

– Il y avait deux voitures, dit Michaelis. Une qui arrivait, l'autre qui s'en allait en sens contraire, vous comprenez ?

– Qui s'en allait où ? demanda l'agent avidement.

– Chacune allait dans sa direction. Alors elle… » Sa main se leva vers la couverture, mais s'arrêta à mi-chemin et retomba contre sa cuisse. « … elle s'est mise à courir et celle qui venait de New York lui est rentrée en plein dedans à cinquante ou soixante à l'heure.

– Comment s'appelle cet endroit ? demanda l'agent.

– Il a pas de nom. »

Un Noir au teint clair, bien habillé, s'approcha.

« C'était une voiture jaune, dit-il. Une grosse voiture jaune. Toute neuve.

– Vous avez vu l'accident ? demanda l'agent.

– Non, mais la voiture m'a dépassé sur la route, elle roulait à plus de soixante. Peut-être soixante-dix ou quatre-vingts.

**Chapitre 7**

« – Venez ici et donnez-moi votre nom. Holà, tout le monde. Il faut que je prenne son nom. »

Quelques bribes de cette conversation durent parvenir aux oreilles de Wilson qui se balançait toujours sur le seuil de son bureau, car un nouveau thème trouva soudain place dans sa complainte haletante.

« Pas besoin de me dire quelle sorte de voiture c'était ! Je sais quelle sorte de voiture c'était ! »

Comme j'observais Tom, je vis la masse de muscles de ses épaules se contracter sous son veston. Il marcha rapidement sur Wilson, se planta devant lui et lui empoigna les bras.

« Il faut vous ressaisir », dit-il d'un ton à la fois bourru et apaisant.

Les yeux de Wilson se posèrent sur Tom ; il voulut se mettre sur la pointe des pieds et se serait effondré sur les genoux si Tom ne l'avait maintenu droit.

« Écoutez, dit Tom, en le secouant un peu. Je viens d'arriver à l'instant de New York. Je vous apportais ce coupé dont nous avons parlé. La voiture jaune que je conduisais cet après-midi n'était pas à moi, vous entendez ? Je ne l'ai pas vue de l'après-midi. »

Seuls le Noir et moi étions assez près pour entendre ce qu'il disait, mais l'agent perçut quelque chose dans le ton de sa voix et dirigea dans cette direction un regard féroce.

« Hé, qu'est-ce qui se passe là-bas ? demanda-t-il.

– Je suis un de ses amis. » Tom tourna la tête, sans lâcher sa prise sur Wilson. « Il dit qu'il connaît la voiture qui a fait ça… C'était une voiture jaune. »

Poussé par un instinct indéfinissable, l'agent jeta vers Tom un regard soupçonneux.

« Et votre voiture à vous, elle est de quelle couleur ?

– C'est une voiture bleue, un coupé.

– Nous arrivons de New York », dis-je.

Quelqu'un qui nous avait suivis de près sur la route confirma mes dires, et l'agent s'éloigna.

« Bon alors… veuillez m'épeler ce nom correctement… »

Soulevant Wilson comme une poupée, Tom le porta dans le bureau, l'assit sur une chaise et revint.

« Il faudrait quelqu'un pour rester avec lui ! » commanda-t-il rudement. Il attendit ; les deux hommes les plus proches échangèrent un regard et entrèrent de mauvaise grâce dans la pièce. Tom referma la porte sur eux et descendit l'unique marche, en évitant de regarder l'établi. Quand il passa près de moi, il murmura : « Sortons d'ici. »

Mal à l'aise, suivant la voie que ses bras ouvraient impérieusement devant nous, nous nous sommes enfoncés dans la foule toujours plus nombreuse, croisant un médecin qu'on avait appelé une demi-heure plus tôt, contre tout espoir, et qui se hâtait, sa trousse à la main.

Tom roula lentement jusqu'au virage, puis son pied enfonça l'accélérateur et le coupé fila à toute vitesse dans la nuit. Peu après, j'entendis un sanglot rauque, assourdi, et je vis qu'il avait le visage inondé de larmes.

« Lâche ! Saleté de lâche ! pleurnichait-il. Il ne s'est même pas arrêté. »

La maison des Buchanan vint à notre rencontre, comme une ombre flottante, à travers les feuilles bruissantes des arbres noirs. Tom s'arrêta devant le perron et leva les yeux vers le premier étage où deux fenêtres ruisselaient de lumière parmi la vigne vierge.

« Daisy est rentrée », dit-il. Comme nous descendions de voiture, il me lança un coup d'œil et fronça légèrement les sourcils.

« J'aurais dû te déposer à West Egg, Nick. Il n'y a plus rien à faire ce soir. »

Un changement s'était opéré en lui ; il parlait avec gravité, d'un ton décidé. Tandis que, sur l'allée de gravier éclairée par la lune, nous marchions vers la terrasse, il régla la situation en quelques phrases alertes[1].

« Je vais appeler un taxi qui te ramènera chez toi, et pendant que tu attends, vous devriez aller à la cuisine, Jordan et toi, et

---

1. **Alertes**: vives.

demander qu'on vous prépare un dîner, si vous avez faim.» Il ouvrit la porte. «Entrez.

— Non, merci. Mais je serais content que tu appelles un taxi pour moi. Je vais attendre dehors.»

Jordan posa sa main sur mon bras.

«Tu ne veux pas entrer, Nick?

— Non, merci.»

Je ne me sentais pas très bien et voulais être seul. Mais Jordan s'attarda encore un moment.

«Il n'est que neuf heures et demie», dit-elle.

Je ne serais entré pour rien au monde; je les avais assez vus pour la journée, tous, et même, tout à coup, Jordan. Elle dut plus ou moins lire sur mon visage ce que je ressentais alors, car elle me tourna le dos brusquement, gravit l'escalier du perron en courant et disparut dans la maison. Je me suis assis quelques minutes, la tête dans les mains; ensuite, on a décroché le téléphone à l'intérieur, et j'ai entendu la voix du majordome appeler un taxi. Je me suis alors éloigné lentement de la maison par la grande allée, avec l'intention d'attendre près de la grille.

Je n'avais pas fait vingt mètres lorsque j'ai entendu appeler mon nom, et Gatsby a surgi entre deux buissons. Je devais être dans un état bizarre, car une seule chose occupait alors mon esprit: l'éclat de son costume rose sous la lune.

«Que faites-vous? demandai-je.

— Je suis là, c'est tout, mon vieux.»

Cela m'a paru, je ne sais pourquoi, une besogne méprisable. Qui pouvait m'assurer qu'il n'allait pas cambrioler la maison dans un moment? Je n'aurais pas été surpris de voir des visages sinistres, les visages de «la bande à Wolfshiem», derrière lui, dans l'obscurité des bosquets.

«Avez-vous vu un accident sur la route? demanda-t-il après un instant.

— Oui.»

Il hésita.

« Est-elle morte ?

– Oui.

– Je m'en doutais ; j'ai dit à Daisy que je m'en doutais. Il valait mieux que le choc vienne d'un coup. Elle l'a plutôt bien supporté. »

Il parlait comme si la réaction de Daisy était la seule chose qui importât.

« Je suis revenu à West Egg par une petite route, poursuivit-il, et j'ai laissé la voiture dans mon garage. Je ne pense pas qu'on nous ait vus, mais, bien entendu, je ne saurais en être absolument certain. »

Il m'était à ce moment devenu si antipathique que je n'ai pas jugé nécessaire de lui dire qu'il se trompait.

« Qui était cette femme ? demanda-t-il.

– Elle s'appelait Wilson. Son mari est le propriétaire du garage. Comment diable est-ce arrivé ?

– Eh bien… j'ai essayé de redresser le volant… » Il s'interrompit, et soudain j'ai deviné la vérité.

« C'est Daisy qui conduisait ?

– Oui, dit-il au bout d'un instant, mais je dirai que c'était moi, évidemment. Vous comprenez, quand nous avons quitté New York, elle était très nerveuse et elle pensait que la conduite la calmerait ; et cette femme s'est précipitée vers nous au moment où nous croisions une voiture qui venait dans l'autre sens. Tout cela s'est passé en un éclair, mais il m'a semblé qu'elle voulait nous parler, qu'elle croyait nous connaître. Et… Daisy, pour éviter la femme, a d'abord donné un coup de volant vers l'autre voiture, puis elle a perdu le contrôle d'elle-même et a tourné le volant de l'autre côté. À la seconde où je l'ai saisi, j'ai senti le choc. Il a dû la tuer sur le coup.

– Il lui a arraché…

– Inutile de me dire, mon vieux, fit-il, avec une grimace de douleur. Quoi qu'il en soit… Daisy a appuyé sur la pédale. J'ai essayé de la faire s'arrêter, mais elle ne pouvait pas, aussi j'ai tiré le frein à main. C'est alors qu'elle s'est écroulée sur mes genoux et que j'ai pris sa place au volant.

« Elle sera remise demain, continua-t-il après quelques instants. Je vais simplement attendre ici pour m'assurer qu'il n'essaye pas de l'ennuyer avec l'incident désagréable de cet après-midi. Elle s'est enfermée dans sa chambre et, s'il tente de la brutaliser, elle éteindra et rallumera la lumière plusieurs fois.

– Il ne la touchera pas, fis-je. Ce n'est pas à elle qu'il pense en ce moment.

– Je n'ai pas confiance en lui, mon vieux.

– Vous allez attendre longtemps ?

– Toute la nuit si c'est nécessaire. En tout cas, jusqu'à ce qu'ils soient tous couchés. »

Les choses m'apparurent sous un nouveau jour. Supposons que Tom découvre que c'était Daisy qui était au volant. Il pourrait imaginer qu'il y avait un rapport... il pourrait imaginer n'importe quoi. J'ai regardé la maison. Il y avait deux ou trois fenêtres éclairées au rez-de-chaussée et la lueur rose de la chambre de Daisy au premier étage.

« Attendez ici, dis-je. Je vais voir s'il y a des bruits de dispute. »

Je suis revenu sur mes pas en suivant la bordure de la pelouse, j'ai traversé l'allée de gravier sans faire de bruit et monté les marches de la terrasse sur la pointe des pieds. Les rideaux du salon étaient ouverts et j'ai vu que la pièce était vide. Franchissant la terrasse où nous avions dîné ce soir de juin trois mois plus tôt, je suis arrivé à un petit rectangle de lumière que je devinai être la fenêtre de l'office. Le store était tiré, mais je repérai un interstice au-dessus du rebord de la fenêtre.

Daisy et Tom étaient assis l'un en face de l'autre à la table de la cuisine, avec entre eux une assiette de poulet froid et deux bouteilles de bière. Il lui parlait à travers la table d'un air grave et, absorbé par ce qu'il disait, il avait laissé tomber sa main sur celle de la jeune femme, qu'il recouvrait. À un moment, elle leva les yeux et hocha la tête en signe d'assentiment.

Ils n'étaient pas heureux, et ni l'un ni l'autre n'avait touché au poulet ou à la bière ; pourtant, ils n'étaient pas malheureux non plus. Cette scène dégageait, sans erreur possible, une impression d'intimité naturelle, et n'importe qui aurait dit qu'ils étaient en train de comploter.

Comme je m'éloignais de la terrasse sur la pointe des pieds, j'entendis mon taxi qui cherchait son chemin sur la route sombre de la maison. Gatsby attendait dans l'allée là où je l'avais laissé.

« Tout est calme là-bas ? a-t-il demandé avec inquiétude.

– Oui, tout est calme. » J'hésitai. « Vous feriez mieux de rentrer chez vous et de dormir un peu. »

Il secoua la tête.

« Je veux attendre ici jusqu'à ce que Daisy aille se coucher. Bonne nuit, mon vieux. »

Il enfonça les mains dans ses poches, et reprit impatiemment la surveillance de la maison, comme si ma présence gâtait le caractère sacré de sa garde. Je me suis donc éloigné, le laissant dressé dans le clair de lune, sentinelle inutile.

Chapitre 8

Je ne pus fermer l'œil de la nuit ; une corne de brume[1] ne cessait de gémir dans le détroit, et je m'agitais sous les draps, vaguement malade, ballotté entre une réalité aux contours monstrueux et des cauchemars terrifiants. Vers l'aube, j'entendis un taxi remonter
5 l'allée de Gatsby, et je bondis aussitôt hors de mon lit et commençai à m'habiller ; j'avais le sentiment d'avoir quelque chose à lui dire, une mise en garde à faire ; le lendemain, il serait trop tard.

En traversant la pelouse, je vis que la porte d'entrée était restée ouverte et qu'il était appuyé contre une table sur laquelle il pesait
10 de tout son poids, par accablement ou manque de sommeil.

« Il ne s'est rien passé, dit-il d'une voix faible. J'ai attendu, et vers quatre heures elle s'est approchée de la fenêtre, et elle est restée là une minute, puis elle a éteint la lumière. »

Jamais sa maison ne m'a paru aussi colossale que cette nuit-là,
15 tandis que nous traversions les vastes pièces en quête de cigarettes. Nous écartions des rideaux pareils à des tentes, nous cherchions les interrupteurs électriques en tâtonnant sur des mètres et des mètres de murs sombres. À un moment, je me suis écroulé sur le clavier d'un piano fantôme, dans une grande gerbe sonore. Il y
20 avait partout une quantité inexplicable de poussière, et les pièces sentaient le renfermé comme si elles n'avaient pas été aérées depuis longtemps. J'ai trouvé le coffret à cigarettes sur une table où il n'était

---

**1. Corne de brume** : instrument de signalisation maritime, émettant des signaux sonores par temps de brume pour signaler un obstacle.

pas d'habitude ; il contenait deux vieilles cigarettes desséchées. Nous avons ouvert tout grand les portes-fenêtres du salon, et nous avons fumé face à la nuit.

« Vous devriez vous éloigner, dis-je. Il est presque sûr qu'ils finiront par retrouver votre voiture.

– Maintenant ? M'éloigner *maintenant*, mon vieux ?

– Allez passer une semaine à Atlantic City[1] ou à Montréal[2]. »

Il ne voulait pas en entendre parler. Il lui était absolument impossible de laisser Daisy tant qu'il ne savait pas ce qu'elle allait faire. Il s'accrochait à un tout dernier espoir, et je n'avais pas le courage de le secouer pour lui faire lâcher prise.

Ce fut cette nuit-là qu'il me raconta l'étrange histoire de sa jeunesse avec Dan Cody ; et il me la raconta parce que « Jay Gatsby » s'était brisé comme du verre contre la dureté maligne de Tom et que la délirante fiction si longtemps entretenue autour de son secret avait fait long feu. Je crois qu'il aurait tout avoué à présent, sans la moindre réserve, mais il voulait parler de Daisy.

Elle était la première jeune fille « comme il faut » qu'il eût jamais connue. Alors qu'il occupait diverses fonctions dont il ne révéla pas la nature, il était entré en contact avec des gens de ce monde, mais il y avait toujours eu, entre eux et lui, une imperceptible barrière de barbelés. Il la trouva follement désirable. Il alla chez elle, d'abord avec d'autres officiers du camp Taylor, puis seul. Il fut ébloui : il n'avait jamais pénétré dans une aussi belle maison. Mais ce qui donnait à la maison cette intensité à couper le souffle, c'est que Daisy y habitait – sans d'ailleurs y attacher plus d'importance que lui à sa tente, au camp. Elle était enveloppée d'un riche mystère ; on y devinait des chambres, à l'étage, plus belles et fraîches qu'ailleurs, des activités joyeuses et rayonnantes dans les couloirs, des aventures sentimentales qui n'étaient pas rances[3] et déjà remisées[4] dans la lavande,

---

**1. Atlantic City** : ville située dans l'État du New Jersey, au sud de New York.
**2. Montréal** : ville canadienne située dans la province du Québec.
**3. Rances** : défraîchies.
**4. Remisées** : rangées.

mais neuves et palpitantes, évocatrices des automobiles rutilantes de l'année et de bals dont les fleurs avaient à peine commencé à se faner. L'idée que beaucoup d'hommes avaient déjà aimé Daisy l'excitait aussi, augmentait la valeur de la jeune femme à ses yeux. Il sentait leur présence dans toute la maison, qui emplissait l'air des ombres et des échos d'émotions toujours palpables.

Mais il savait qu'il se trouvait dans la maison de Daisy par l'effet d'un phénoménal accident. Quelque glorieux que pût être son avenir, Jay Gatsby n'était pour l'instant qu'un jeune homme sans argent ni passé, et à tout moment la cape invisible de son uniforme pouvait glisser de ses épaules. Aussi employa-t-il au mieux le temps dont il disposait. Il prit ce qu'il pouvait prendre, avec avidité, avec impudence[1] ; et il finit par prendre Daisy un calme soir d'octobre, il la prit parce qu'il n'avait pas vraiment le droit de lui effleurer la main.

Il aurait pu se juger indigne, car il l'avait assurément prise sous de faux prétextes. Je ne veux pas dire qu'il avait tiré profit de ses millions fantômes, mais il avait sciemment[2] donné à Daisy un sentiment de sécurité ; il la laissa croire qu'il appartenait plus ou moins au même milieu qu'elle, qu'il avait tout à fait les moyens de subvenir à ses besoins. En réalité, il n'avait rien, pas de famille aisée derrière lui, et il était soumis aux caprices d'un gouvernement impersonnel qui pouvait l'expédier n'importe où dans le monde.

Mais il n'éprouva nul mépris pour ce qu'il faisait, et les choses ne se passèrent pas comme il avait imaginé. Il avait sans doute eu l'intention de prendre ce qu'il pouvait et de tirer sa révérence, mais il découvrit bientôt qu'il s'était engagé dans la quête d'un Graal[3]. Il savait que Daisy était extraordinaire, mais il n'avait pas compris à quel point une fille « comme il faut » peut être extraordinaire.

---

**1. Impudence** : effronterie.
**2. Sciemment** : volontairement.
**3. Graal** : coupe qui aurait servi lors du dernier repas du Christ avec les apôtres, et aurait recueilli son sang lors de sa crucifixion. Le Graal est l'objet de la quête des chevaliers de la Table ronde. Par extension, le graal est l'objet d'une quête longue et souvent vaine.

Elle disparut dans sa riche maison, dans sa riche vie, pleine, laissant Gatsby… les mains vides. Il était marié à elle, pensait-il ; c'était tout.

Quand ils se revirent deux jours plus tard, c'est Gatsby qui eut le souffle coupé, qui se sentit pour ainsi dire trahi. Sa véranda resplendissait d'une luxueuse lumière d'étoiles, achetée au prix fort ; l'osier du canapé gémit avec goût quand elle se tourna vers lui et qu'il embrassa sa bouche curieuse et mignonne. Elle avait pris froid et cela rendait sa voix plus rauque et plus charmante que jamais, et Gatsby eut la révélation bouleversante de la jeunesse et du mystère que la richesse emprisonne et préserve, de la fraîcheur de tant de vêtements et de Daisy, qui brillait comme de l'argent, fière dans son refuge, loin au-dessus des âpres luttes des pauvres.

« Je ne puis vous décrire quelle a été ma surprise, mon vieux, quand j'ai découvert que je l'aimais. J'ai même espéré un moment qu'elle me jetterait dehors, mais elle ne l'a pas fait, parce qu'elle aussi était amoureuse de moi. Elle croyait que je connaissais beaucoup de choses parce que je connaissais d'autres choses qu'elle… Voilà où j'en étais, à mille lieues de mes ambitions, plus amoureux d'elle à chaque instant, et tout à coup plus rien n'avait d'intérêt à mes yeux. À quoi bon réaliser de grandes choses si je pouvais être plus heureux en lui racontant ce que je me proposais d'accomplir ? »

L'après-midi qui précéda son départ pour l'étranger, il la tint longtemps dans ses bras, sans parler. C'était une froide journée d'automne ; un feu brûlait dans la cheminée, et la jeune femme avait le rouge aux joues. De temps en temps, elle bougeait, et il déplaçait un peu son bras ; à un moment, il embrassa ses cheveux noirs et brillants. L'après-midi les avait quelque peu apaisés, comme pour leur faire don d'un souvenir qu'ils conserveraient intensément pendant la longue séparation que promettait le lendemain. Ils ne s'étaient jamais sentis aussi proches durant ce mois où ils s'étaient aimés, et jamais ils n'avaient communié aussi profondément que lorsqu'elle effleura de ses lèvres silencieuses l'épaule de son uniforme ou qu'il toucha le bout de ses doigts, très délicatement, comme si elle dormait.

Il fut, pendant la guerre, un soldat exceptionnel. Fait capitaine avant d'aller au front, il fut promu commandant au lendemain des batailles de l'Argonne, et prit la tête d'une division de mitrailleurs. Après l'Armistice, il s'agita comme un beau diable pour rentrer au pays, mais à la suite d'on ne sait quel imbroglio[1] ou quelle méprise, il fut envoyé à Oxford. Il était inquiet à présent : les lettres de Daisy laissaient percer un désespoir mêlé de peur. Elle ne comprenait pas pourquoi il tardait à rentrer. Elle ressentait la pression du monde extérieur, elle voulait le voir, sentir sa présence à ses côtés ; elle serait rassurée de savoir que ce qu'elle faisait était, au bout du compte, la meilleure chose à faire.

Car Daisy était jeune, et son monde artificiel fleurait les orchidées, les plaisirs aimables du snobisme, les orchestres qui donnent à l'année ses rythmes, résumant dans des airs nouveaux la tristesse et les désirs de la vie. Toute la nuit, les saxophones faisaient entendre la complainte désespérée du *Beale Street Blues*[2], tandis que cent paires d'escarpins d'or et d'argent soulevaient la poussière brillante. À l'heure grise du thé, il y avait toujours des chambres où palpitait continûment cette fièvre légère et douce, tandis que des visages frais allaient et venaient comme des pétales de roses poussés ici et là sur le plancher par le souffle triste des cuivres[3].

Quand vint la saison, Daisy recommença à évoluer dans cet univers crépusculaire ; elle eut bientôt de nouveau une demi-douzaine de rendez-vous chaque jour avec une demi-douzaine d'hommes, et quand elle s'assoupissait à l'aube, les perles et la mousseline de soie d'une robe du soir se mêlaient, sur le sol près de son lit, aux orchidées mourantes. Et pendant tout ce temps, quelque chose en elle réclamait à grands cris une décision. Elle voulait que sa

---

**1. Imbroglio** : situation embrouillée.
**2. Beale Street Blues** : chanson de W. C. Handy extraite de la comédie musicale *Gaieties of 1919*.
**3. Cuivres** : ensemble des instruments à vent en cuivre dans un orchestre (trompettes, saxophones, trombones, etc.).

vie prît forme maintenant, tout de suite, et que cette décision fût l'œuvre d'une force – l'amour, l'argent, un impératif pratique – qui se trouverait à portée de main.

Cette force s'incarna au milieu du printemps avec l'arrivée de Tom Buchanan. Le personnage tout autant que sa situation présentaient une robustesse salutaire, et Daisy fut flattée. Sans doute y eut-il en elle une manière de conflit, mais il y eut aussi du soulagement. La lettre parvint à Gatsby alors qu'il était encore à Oxford.

Le jour se levait maintenant sur Long Island ; nous avons entrepris d'ouvrir le reste des fenêtres du rez-de-chaussée, emplissant la maison d'une lumière qui vira au gris, puis à l'or. L'ombre d'un arbre tomba soudain sur la rosée, et des oiseaux fantomatiques ont commencé à chanter parmi les feuilles bleues. Il y avait dans l'air une lente et agréable animation, moins qu'une brise, promesse d'une belle journée fraîche.

« Je ne crois pas qu'elle l'ait jamais aimé. » Gatsby, qui se tenait devant une fenêtre, fit demi-tour et me jeta un regard de défi. « N'oubliez pas, mon vieux, qu'elle était très nerveuse hier après-midi. Il lui a raconté ces choses d'une façon qui l'a terrifiée, qui m'a fait apparaître comme un minable escroc. Si bien qu'elle ne savait plus très bien ce qu'elle disait. »

Il s'est assis, la mine lugubre.

« Elle a pu, bien sûr, l'aimer un instant au début de leur mariage, et même alors m'aimer, moi, bien davantage, vous comprenez ? »

Et il eut tout à coup cette remarque singulière :

« Quoi qu'il en soit, dit-il, c'était strictement personnel. »

Que tirer de cette phrase, sinon qu'il devait y avoir dans l'idée qu'il se faisait de son idylle[1] une intensité qui passait toute mesure ?

Quand il revint de France, Tom et Daisy étaient encore en voyage de noces, et avec ce qui lui restait de sa solde[2] il fit un voyage à

---

**1. Idylle** : histoire d'amour idéalisée.
**2. Solde** : rémunération des soldats.

Louisville, un voyage lamentable, mais à la tentation duquel il n'avait pu résister. Il y resta une semaine, parcourant les rues où leurs pas avaient résonné de concert dans la nuit de novembre, allant revoir ces endroits un peu perdus qu'ils avaient visités dans l'automobile blanche de Daisy. De même que la maison de la jeune femme lui avait toujours paru plus mystérieuse et plus gaie que les autres, de même l'idée qu'il se faisait de la ville, bien qu'elle l'eût quittée, était tout empreinte d'une beauté mélancolique.

Il partit avec le sentiment que s'il avait mieux cherché, il aurait pu la retrouver – qu'il la laissait derrière lui. Le compartiment de son train omnibus – il n'avait plus un sou, à présent – était étouffant ; il sortit sur la plate-forme et, assis sur un siège à abattant[1], il vit la gare s'effacer et défiler l'arrière de bâtiments qu'il ne connaissait pas. Puis ce furent, sous le ciel de printemps, des champs où un trolley[2] jaune lutta de vitesse un instant avec le train ; les gens qu'il transportait avaient peut-être posé les yeux, autrefois, en la croisant dans une rue quelconque, sur ce visage à la pâleur envoûtante.

La voie dessinait une courbe et le train s'éloignait maintenant du soleil qui, en s'abîmant à l'horizon, semblait se répandre en bénédictions sur la ville évanescente[3] où Daisy avait vécu. Il étendit désespérément la main comme pour saisir ne fût-ce qu'un souffle d'air, sauver de la disparition un fragment de ce lieu qu'elle lui avait rendu si beau. Mais tout bougeait trop vite à ce moment pour son regard brouillé, il sut qu'il avait perdu cette partie de sa vie, la plus fraîche, la meilleure – perdue à jamais.

Nous avons fini notre petit déjeuner vers neuf heures, puis nous sommes sortis sur le perron. Le temps avait sensiblement changé pendant la nuit, et il y avait comme un parfum d'automne dans l'air. Le jardinier, seul survivant de l'ancien personnel de Gatsby, se présenta au bas des marches.

---

1. **Siège à abattant** : strapontin.
2. **Trolley** : autobus électrique alimenté par des lignes aériennes.
3. **Évanescente** : fugitive.

« Je vais vider la piscine aujourd'hui, Mr Gatsby. Les feuilles ne vont pas tarder à tomber, et cela crée toujours des ennuis avec la tuyauterie.

– Non, pas aujourd'hui », répondit Gatsby. Il se tourna vers moi d'un air penaud. « Savez-vous, mon vieux, que je n'ai pas utilisé la piscine de tout l'été ? »

Je regardai ma montre et me levai.

« J'ai douze minutes pour attraper le prochain train. »

Je n'avais aucune envie d'aller en ville. J'étais totalement incapable du moindre travail, mais il y avait autre chose : je ne voulais pas que Gatsby reste seul. J'ai laissé passer ce train, puis le suivant, avant de me décider à partir.

« Je vous téléphonerai, lui dis-je à la fin.

– Volontiers, mon vieux.

– Je vous appellerai vers midi. »

Nous avons descendu l'escalier lentement.

« J'imagine que Daisy va appeler, elle aussi. » Il me jeta un regard inquiet comme s'il espérait que j'allais confirmer ce qu'il avait dit.

« Oui, j'imagine.

– Eh bien, au revoir. »

Nous nous sommes serré la main et je suis parti. Au moment où j'allais atteindre la haie, quelque chose m'est revenu à l'esprit, et je me suis retourné.

« Ces gens sont des ordures, lui ai-je lancé de l'autre côté de la pelouse. Vous valez mieux à vous seul que toute cette racaille réunie. »

Je me suis toujours félicité de lui avoir dit cela. C'est le seul compliment que je lui aie jamais fait, car du début à la fin il ne m'inspira que réprobation. D'abord, il m'a fait un signe de tête poli, puis son visage s'est illuminé de ce radieux sourire de compréhension, comme si, sur ce point, nous étions depuis toujours, lui et moi, en état de communion extatique. Son superbe costume rose faisait une tache de couleur éclatante sur la blancheur des marches, et j'ai repensé au soir, trois mois plus tôt, où j'étais venu pour la première fois dans sa demeure médiévale. Sur la pelouse et dans l'allée se pressait la foule de ceux qui croyaient avoir deviné la nature de sa corruption, et lui se tenait sur ce même escalier, dissimulant son rêve incorruptible, en leur faisant de la main un geste d'adieu.

Je l'ai remercié de son hospitalité. Nous étions toujours en train de le remercier de son hospitalité, moi et les autres.

« Au revoir, criai-je. J'ai été ravi de ce petit déjeuner avec vous, Gatsby. »

Au bureau, j'ai essayé un moment de suivre les cotations[1] d'une interminable liste de valeurs, puis je me suis endormi sur mon siège pivotant. Juste avant midi, le téléphone m'a réveillé ; j'ai sursauté, le front soudain couvert de sueur. C'était Jordan Baker ; elle m'appelait souvent à cette heure parce que le caractère incertain de ses propres déplacements entre les hôtels, les clubs et les maisons particulières où elle séjournait la rendait difficile à joindre autrement. D'ordinaire, sa voix m'apportait au bout du fil une bouffée de fraîcheur, comme si une touffe de gazon arrachée par un club à un terrain de golf était entrée par la fenêtre de mon bureau, mais ce matin-là, elle me parut dure et sèche.

« Je ne suis plus chez Daisy, dit-elle. Je suis à Hempstead, et je vais à Southampton[2] cet après-midi. »

Sans doute avait-elle agi avec tact en quittant Daisy, mais sa décision me contrariait ; ce qu'elle dit ensuite me glaça.

« Tu n'as pas été très gentil avec moi hier soir.

– Était-ce si important dans un moment pareil ? »

Un temps de silence. Puis :

« Quoi qu'il en soit, j'aimerais te voir.

– Moi aussi, j'aimerais te voir.

– Je pourrais ne pas aller à Southampton et venir en ville cet après-midi.

– Non, je ne crois pas… Pas cet après-midi.

---

**1. Cotations** : montants de valeurs boursières.
**2. Hempstead, Southampton** : deux villes de Long Island. Hempstead est à environ 50 km de New York, tandis que Southampton est à 160 km.

– Très bien.
– C'est impossible cet après-midi. J'ai divers… »

Nous avons parlé ainsi pendant un moment, et soudain nous avions cessé de parler. Je ne sais pas lequel de nous deux raccrocha d'un geste brutal, mais je sais que je n'en avais cure. Je n'aurais pas pu lui dire un mot devant une tasse de thé, ce jour-là, quand bien même j'aurais été condamné à ne plus jamais lui parler.

Quelques minutes plus tard, j'ai appelé Gatsby, mais la ligne était occupée. J'ai essayé quatre fois. À la fin, l'opératrice exaspérée m'a expliqué que la ligne était réservée à un appel interurbain de Detroit. J'ai sorti mon indicateur des chemins de fer et dessiné un petit cercle autour du train de trois heures cinquante. Puis je me suis enfoncé dans mon siège, m'efforçant de réfléchir. Il était midi, précisément.

Quand le train était passé devant les collines de cendres ce matin-là, j'avais quitté ma place pour aller m'installer de l'autre côté du compartiment. J'imaginais qu'il y aurait là-bas, toute la journée, une foule de curieux, des gamins cherchant des taches sombres dans la poussière et l'incorrigible bavard qui referait interminablement le récit de l'accident, au point que celui-ci finirait par perdre peu à peu toute réalité, même à ses yeux, et que, l'homme ayant cessé de raconter, le destin tragique de Myrtle Wilson sombrerait dans l'oubli. J'aimerais maintenant revenir un peu en arrière et dire ce qui se passa dans le garage après notre départ, la veille au soir.

On eut du mal à trouver la sœur, Catherine. Sans doute avait-elle fait une infraction à sa propre règle d'abstinence[1] ce soir-là, car elle est arrivée abrutie par l'alcool et incapable de comprendre que l'ambulance était déjà partie pour Flushing[2]. Dès qu'elle eut saisi, elle perdit connaissance comme s'il s'agissait là de la partie

---

**1. Abstinence**: ici, privation de la consommation d'alcool.
**2. Flushing**: l'un des quartiers du Queens à New York.

intolérable de l'histoire. Quelqu'un, poussé par la compassion ou la curiosité, la prit dans sa voiture et partit avec elle dans le sillage du corps de sa sœur.

Jusque bien après minuit, des vagues de badauds se succédèrent
300 sur le seuil du garage, tandis que George Wilson se balançait d'avant en arrière sur le canapé. Pendant quelque temps, la porte du bureau était demeurée ouverte, et tous ceux qui pénétraient dans le garage ne pouvaient résister à la tentation de jeter un coup d'œil à l'intérieur. Une personne présente finit par dire que c'était une honte
305 et referma la porte. Michaelis et plusieurs autres hommes étaient avec lui ; d'abord quatre ou cinq, plus tard deux ou trois. Plus tard encore, Michaelis dut prier le dernier bénévole de rester un quart d'heure de plus, le temps d'aller chez lui préparer un pot de café. Ensuite, il resta seul avec Wilson jusqu'à l'aube.

310 Vers trois heures du matin, les marmonnements incohérents de Wilson cessèrent ; il devint plus calme et commença à parler de la voiture jaune. Il annonça qu'il connaissait un moyen de découvrir à qui appartenait la voiture jaune, puis il laissa échapper que deux mois plus tôt sa femme était revenue de la ville avec des ecchymoses[1]
315 au visage et le nez enflé.

Mais lorsqu'il s'entendit raconter cela, il eut un mouvement de recul et se remit à crier *Oh mon Dieu mon Dieu !* d'une voix gémissante. Michaelis fit une tentative maladroite pour le distraire.

« Depuis combien de temps étiez-vous mariés, George ? Allons,
320 essaie de rester tranquille une minute et réponds à ma question. Depuis combien de temps étiez-vous mariés ?

– Douze ans.

– Et vous n'avez pas eu d'enfants ? Allons, George, reste tranquille... Je t'ai posé une question. Vous n'avez pas eu d'enfants ? »

325 Les gros insectes bruns n'arrêtaient pas de se cogner sourdement contre l'ampoule sans éclat, et chaque fois que Michaelis entendait une voiture passer en trombe sur la route, le bruit lui rappelait

---

**1. Ecchymoses** : bleus causés par un choc.

celle qui ne s'était pas arrêtée quelques heures plus tôt. Il répugnait à aller dans le garage parce que l'établi était taché là où on avait allongé le corps ; aussi tournait-il dans le bureau, mal à l'aise – quand l'aube vint, il en connaissait tous les objets –, et de temps en temps il s'asseyait à côté de Wilson dans l'espoir de le calmer.

« Y a-t-il une église que tu fréquentes, George ? Même si tu n'y es pas allé depuis longtemps… Je pourrais peut-être téléphoner à l'église et faire venir un prêtre qui pourrait te parler, tu ne crois pas ?

– J'appartiens à aucune église.

– Tu devrais avoir une église, George, pour des moments pareils. Tu as bien dû aller à l'église dans le temps. Tu ne t'es pas marié à l'église ? Écoute, George, écoute-moi. Tu ne t'es pas marié à l'église ?

– Il y a longtemps de ça. »

L'effort qu'il dut faire pour répondre brisa le rythme de son balancement ; pendant un instant, il demeura silencieux. Puis la même expression mi-avisée mi-ahurie reparut dans ses yeux éteints.

« Regarde dans le tiroir là-bas, fit-il en montrant le bureau du doigt.

– Quel tiroir ?

– Ce tiroir-là… celui-là. »

Michaelis ouvrit le tiroir qui se trouvait à portée de sa main. Il n'y avait rien dedans, sinon une petite laisse de prix[1] en cuir et argent tressé. Elle paraissait neuve.

« Ça ? » demanda-t-il, en la lui montrant.

Wilson fixa l'objet et hocha la tête.

« Je l'ai trouvée hier après-midi. Elle a essayé de m'expliquer, mais je savais qu'il y avait quelque chose de bizarre.

– Tu veux dire que c'est ta femme qui l'a achetée ?

– Je l'ai trouvée sur sa coiffeuse, enveloppée dans du papier de soie. »

Michaelis ne voyait là rien d'étrange, et il donna à Wilson une dizaine de raisons que sa femme aurait pu avoir d'acheter une laisse de chien. Mais il faut croire que Wilson avait déjà entendu certaines

---

**1. De prix** : de valeur.

de ces explications de la bouche de Myrtle, car il recommença à murmurer plaintivement *Oh mon Dieu mon Dieu!* Son consolateur laissa quelques explications se perdre dans le vague.

« Ensuite il l'a tuée », dit Wilson.

Sa bouche, soudain, s'ouvrit tout grand.

« Qui l'a tuée ?

– Je connais un moyen de le découvrir.

– Tu as des idées morbides, George, dit son ami. Tu as été durement secoué et tu ne sais plus ce que tu dis. Tu devrais essayer de rester tranquille jusqu'au matin.

– Il l'a assassinée.

– C'était un accident, George. »

Wilson secoua la tête. Il plissa les yeux et sa bouche s'élargit légèrement lorsqu'il lança un *Hum!* vague et dédaigneux.

« Je sais, dit-il d'un ton tranchant. Je suis pas du genre méfiant et je veux de mal à personne, mais quand je sais quelque chose, je le sais pour de bon. C'est l'homme qui conduisait cette voiture. Elle a couru vers lui pour lui parler et il a pas voulu s'arrêter. »

Michaelis avait vu cette scène, lui aussi, mais il ne lui était pas venu à l'esprit qu'elle pût receler une signification particulière. Il pensait que Mrs Wilson courait pour échapper à son mari, et non pour arrêter une voiture qui passait.

« Pourquoi elle aurait fait ça ?

– C'est une maligne », dit Wilson, comme si cette remarque répondait à la question. « Ah-h-h... »

Il recommença à se balancer; Michaelis, debout, tortillait la laisse qu'il avait dans la main.

« Tu as peut-être un ami à qui je pourrais téléphoner, George ? »

Dernière tentative, sans illusion. Il était presque sûr que Wilson n'avait pas d'ami : il ne suffisait même pas à sa femme. Il fut content, un peu plus tard, quand il remarqua un changement dans la pièce ; une lueur bleutée se dessinait à la fenêtre, et il comprit que l'aube n'était plus très loin. Vers cinq heures, il y avait assez de bleu dehors pour que l'on éteigne la lumière.

Le regard vitreux de Wilson se tourna vers les collines de cendres, où de petits nuages gris prenaient des formes fantastiques et voletaient de-ci de-là au gré du vent léger de l'aube.

« Je lui ai parlé, murmura-t-il après un long silence. Je lui ai dit qu'elle pouvait me tromper, moi, mais qu'elle ne pouvait pas tromper Dieu. Je l'ai amenée devant la fenêtre… » – à grand-peine, il se leva et marcha jusqu'à la fenêtre de derrière, à laquelle il s'appuya, le visage collé contre la vitre – « … et je lui ai dit : "Dieu sait ce que tu as fait, *tout* ce que tu as fait. Tu peux me tromper, moi, mais tu ne pourras pas tromper Dieu !" »

Debout derrière lui, Michaelis vit avec stupeur qu'il fixait les yeux du Dr T. J. Eckleburg qui venaient d'émerger, pâles et gigantesques, de la nuit évanescente.

« Dieu voit tout, répéta Wilson.

– C'est une réclame », l'assura Michaelis.

Quelque chose le fit se détourner de la fenêtre et regarder vers le centre de la pièce. Mais Wilson demeura là longtemps, le visage tout près de la vitre, hochant la tête vers le jour qui pointait.

Quand vint six heures, Michaelis, épuisé, entendit avec gratitude une voiture s'arrêter dehors. C'était l'un des veilleurs du soir précédent qui avait promis de revenir ; aussi prépara-t-il un petit déjeuner pour trois, et cet homme et lui mangèrent ensemble. Wilson était plus calme à présent, et Michaelis rentra chez lui pour dormir ; quand il se réveilla, quatre heures plus tard, et retourna en hâte au garage, Wilson n'était plus là.

Ses déplacements – il fit tout le chemin à pied – purent être reconstitués plus tard. On repéra sa trace à Port Roosevelt puis à Gad's Hill[1], où il acheta un sandwich, auquel il ne toucha pas, et une tasse de café. Il devait être fatigué et marcher lentement, car il n'arriva à Gad's Hill qu'à midi. Jusque-là, il ne fut pas difficile d'expliquer à quoi il avait passé son temps : des gamins virent un homme qui

---

**1. Gad's Hill** : nom de lieu inventé par Fitzgerald.

avait « un comportement un peu bizarre », et des automobilistes déclarèrent qu'il les observait du bord de la route d'une drôle de façon. Ensuite, il disparut pendant trois heures. Sur la foi de ce qu'il avait dit à Michaelis – « Je connais un moyen de le découvrir » –, la police supposa qu'il passa ce temps à aller de garage en garage à la recherche d'une voiture jaune. D'un autre côté, aucun garagiste qu'il aurait pu rencontrer ne se fit connaître, et peut-être avait-il un moyen plus commode et plus sûr de découvrir ce qu'il voulait savoir. À deux heures et demie, il était à West Egg, où il demanda à quelqu'un le chemin de la maison de Gatsby. Il connaissait donc, à ce moment-là, le nom de Gatsby.

À deux heures, Gatsby mit son costume de bain et donna pour consigne à son majordome de venir le prévenir à la piscine si on l'appelait au téléphone. Il s'arrêta au garage pour prendre un matelas pneumatique qui avait amusé ses invités pendant l'été, et le chauffeur l'aida à le gonfler. Puis il donna l'ordre de ne sortir la voiture décapotable sous aucun prétexte, ce qui était étrange car l'aile avant droite avait besoin d'être réparée.

Gatsby chargea le matelas sur son épaule et se mit en route pour la piscine. Il fit halte à un certain moment, déplaça un peu le matelas ; le chauffeur lui demanda s'il avait besoin d'aide, mais il secoua la tête et, un instant plus tard, il disparaissait parmi les arbres jaunissants.

Aucun appel téléphonique n'arriva, mais le majordome se passa de sieste et attendit jusqu'à quatre heures, bien après l'heure à laquelle quiconque eût été en mesure de le prendre s'il était venu. J'ai dans l'idée que Gatsby lui-même ne croyait plus que l'appel viendrait, et peut-être d'ailleurs n'y attachait-il plus aucune importance. S'il en était bien ainsi, il dut penser qu'il avait perdu le bon vieux monde et sa chaleur, et payé le prix fort pour avoir vécu trop longtemps avec un rêve unique. Levant les yeux vers les hauteurs d'un ciel inconnu qu'il apercevait à travers des feuillages effrayants, il dut frissonner en comprenant combien une rose est grotesque, et cruelle la lumière du soleil qui tombe sur l'herbe tout juste créée. Un monde nouveau, concret mais dépourvu de réalité, où de pauvres fantômes, respirant des songes comme on respire l'air, allaient au hasard… comme cette figure fantastique au teint cendreux qui traversait le rideau des arbres informes et se glissait vers lui.

Le chauffeur – c'était un des protégés de Wolfshiem – entendit les coups de feu. Plus tard, la seule chose qu'il put dire, c'est qu'il n'y avait pas prêté attention. Aussitôt arrivé à la gare, je me suis rendu directement chez Gatsby, et ma course inquiète jusqu'à la dernière marche du perron fut ce qui donna l'alarme dans la maison. Mais je suis sûr qu'ils savaient déjà. Sans presque prononcer un mot, nous nous sommes précipités vers la piscine tous les quatre, le chauffeur, le majordome, le jardinier et moi.

Il y avait à la surface de l'eau un mouvement léger, à peine perceptible, à mesure que le flot renouvelé s'écoulait vers l'orifice de vidange à l'autre extrémité du bassin. Formant de petites rides qui n'étaient guère que des ombres de vagues, le matelas dérivait irrégulièrement tout le long du bassin, avec sa charge. Le léger souffle de vent qui froissait, mais si peu, la surface suffisait à en contrarier le cours accidentel, alourdi de son fardeau accidentel. Au contact d'un amas de feuilles mortes, il se mit à tourner lentement, traçant dans l'eau, comme la branche d'un compas, un fin cercle rouge.

C'est seulement après que nous nous fûmes mis en marche vers la maison avec Gatsby que le jardinier a vu le corps de Wilson un peu plus loin sur la pelouse ; l'holocauste était consommé[1].

---

1. **L'holocauste était consommé** : le sacrifice était accompli.

## Chapitre 9

À deux années de distance, le seul souvenir que je conserve de la fin de cette journée, de la nuit qui suivit et du lendemain est celui d'un incessant ballet d'agents de police, de photographes et de journalistes devant et dans la maison de Gatsby. Une corde avait été tendue en travers de la grille d'entrée, et un agent de police en faction[1] éloignait les curieux, mais des gamins ne tardèrent pas à découvrir qu'ils pouvaient entrer en passant par mon jardin, et il y en avait toujours quelques-uns qui s'attroupaient autour de la piscine et regardaient, bouche bée. Un homme plein d'assurance, peut-être un détective, utilisa le mot « dément » en se penchant sur le corps de Wilson cet après-midi-là, et le prestige fortuit de sa voix donna le ton aux reportages publiés dans la presse le matin suivant.

La plupart de ces articles étaient des horreurs, de monstrueux tissus de mensonges, au demeurant fort détaillés. Lorsque, pendant l'enquête, la déposition de Michaelis révéla les soupçons que Wilson entretenait à l'égard de sa femme, je crus que toute cette histoire serait bientôt servie au public sous la forme d'une bouffonnerie graveleuse[2]; mais Catherine, qui aurait pu parler, ne dit pas un mot. Elle fit preuve, de surcroît, d'une force de caractère surprenante. Elle regarda le coroner[3] d'un œil déterminé sous ses sourcils redessinés et jura que sa sœur n'avait jamais vu Gatsby, que sa sœur était parfaitement heureuse avec son mari, que sa sœur n'avait jamais rien

---
1. **Faction** : surveillance.
2. **Graveleuse** : obscène.
3. **Coroner** : officier de police judiciaire dans les pays anglo-saxons.

fait de mal. Elle finit par s'en convaincre et pleura à chaudes larmes dans son mouchoir, comme si la seule évocation de ces sujets était plus qu'elle n'en pouvait supporter. C'est ainsi que le cas Wilson fut ramené à celui d'un homme « rendu fou par le chagrin », afin que l'affaire pût conserver sa forme la plus simple. Et les choses n'allèrent pas plus loin.

Mais toute cette partie de l'histoire me semblait lointaine et secondaire. Je me suis retrouvé du côté de Gatsby, et seul. Dès l'instant où j'ai téléphoné au village de West Egg pour informer les uns et les autres de la catastrophe, c'est à moi qu'on adressa toutes les hypothèses le concernant, et toutes les questions pratiques. Je fus d'abord surpris et gêné ; puis, tandis qu'il reposait chez lui sans bouger, sans respirer ni parler, l'idée s'imposa à moi, les heures passant, que j'étais responsable, parce que personne d'autre ne manifestait le moindre intérêt – je veux parler de ce profond intérêt personnel auquel chacun, à la fin, a plus ou moins droit.

J'ai appelé Daisy une demi-heure après que nous eûmes trouvé le corps ; je l'ai appelée d'instinct, sans hésitation. Mais elle était partie avec Tom au début de l'après-midi, en emportant des bagages.

« Ils n'ont pas laissé d'adresse ?

– Non.

– Ils ont dit quand ils reviendraient ?

– Non.

– Vous n'avez aucune idée de l'endroit où ils se trouvent ? De la manière de les joindre ?

– Je ne sais pas. Je ne peux pas dire. »

J'aurais voulu trouver quelqu'un pour lui. J'aurais voulu aller dans la chambre où il reposait et le rassurer : « Je vous trouverai quelqu'un, Gatsby. Ne vous inquiétez pas. Faites-moi confiance, je vous trouverai quelqu'un… »

Le nom de Meyer Wolfshiem n'était pas dans l'annuaire. Le majordome me donna l'adresse de son bureau à Broadway, et j'ai appelé les renseignements, mais quand j'ai fini par obtenir le numéro, il était bien plus de cinq heures et personne ne répondait.

« Pourriez-vous essayer encore une fois ?
– J'ai déjà appelé trois fois.
– C'est très important.
– Je regrette, mais je crois qu'il n'y a personne. »

Je suis retourné au salon, et j'ai cru un instant que tous les fonctionnaires qui s'y bousculaient à présent étaient des visiteurs de hasard. Mais en dépit du fait qu'ils soulevaient le drap pour regarder Gatsby d'un œil scandalisé, il continuait, lui, à se plaindre dans ma tête.

« Écoutez, mon vieux, il faut que vous trouviez quelqu'un pour moi. Faites tout votre possible. Je ne peux pas subir cette épreuve tout seul. »

Quelqu'un commença à me poser des questions, mais je m'échappai, montai à l'étage et examinai rapidement ceux des tiroirs de son bureau qui n'étaient pas fermés à clef ; il ne m'avait jamais dit explicitement que ses parents étaient morts. Mais il n'y avait rien – rien d'autre que la photographie de Dan Cody, témoignage d'une violence oubliée, qui me toisait du haut de son cadre.

Le lendemain matin, j'ai envoyé le majordome à New York avec une lettre pour Wolfshiem, où je sollicitais des renseignements et le priais instamment[1] de venir par le premier train. Cette requête me paraissait superflue quand je l'ai rédigée. J'étais sûr qu'il accourrait quand il lirait les journaux, tout comme j'étais sûr qu'il y aurait un télégramme de Daisy avant midi. Mais ni le télégramme ni Mr Wolfshiem ne vinrent, personne ne vint, sinon d'autres agents de police, d'autres photographes, d'autres journalistes. Quand le majordome me rapporta la réponse de Wolfshiem, je commençais à éprouver un sentiment de révolte, de solidarité avec Gatsby et de mépris pour tous les autres.

> Cher Mr. Carraway. C'est une des émotions les plus terribles de ma vie et j'ai du mal à croire que ce soit vrai. Un acte de folie comme celui que cet homme a commis devrait nous faire tous réfléchir, je ne peux pas venir maintenant parce que je suis retenu par une affaire

---

**1. Instamment** : vivement.

très importante et je ne peux pas être mêlé à cette histoire maintenant. Si je peux faire quelque chose un peu plus tard faites-le-moi savoir dans une lettre que vous donnerez à Edgar. Je ne sais plus très bien où j'en suis quand j'apprends une chose pareille et j'ai l'esprit complètement sens dessus dessous.

Sincères salutations,

MEYER WOLFSHIEM

Et puis quelques mots ajoutés à la hâte :

*Tenez-moi informé des obsèques etc je ne connais pas du tout la famille.*

Quand le téléphone a sonné dans l'après-midi, et qu'on a annoncé un appel interurbain en provenance de Chicago, j'ai cru que c'était Daisy enfin. Mais c'est une voix d'homme que j'ai entendue au bout de la ligne, faible, excessivement lointaine.

« Slagle à l'appareil…

– Oui ? »

Ce nom m'était inconnu.

« Ça fait réfléchir, hein ? Vous avez eu mon télégramme ?

– Il n'y a eu aucun télégramme.

– Le jeune Parke a des ennuis, dit-il rapidement. On l'a pincé au moment où il remettait les titres sous le manteau[1]. Ils avaient reçu une circulaire de New York qui leur donnait les numéros cinq minutes plus tôt. Qu'est-ce que vous en dites ? On peut jamais savoir dans ces patelins[2]…

– Allô ! » Je l'ai interrompu, le souffle coupé. « Attendez… Ce n'est pas à Mr Gatsby que vous parlez. Mr Gatsby est mort. »

Il y eut un long silence à l'autre bout de la ligne, suivi d'une exclamation… puis un *couac !* et la communication fut coupée.

C'est le troisième jour, je crois, qu'arriva d'une ville du Minnesota un télégramme signé Henry C. Gatz. Il disait que l'expéditeur

---

**1. Sous le manteau** : secrètement, en cachette.
**2. Patelins** : villages (familier).

se mettait en route immédiatement et demandait de retarder les obsèques jusqu'à son arrivée.

C'était le père de Gatsby, un vieil homme cérémonieux, complètement désemparé et accablé, enveloppé comme un paquet dans un long pardessus bon marché pour se protéger des chaudes journées de septembre. Ses yeux larmoyaient sans discontinuer tant il était ému, et lorsque je lui ai pris son sac et son parapluie, il s'est mis à tirailler les rares poils de sa barbe grise avec tant d'obstination que j'ai eu le plus grand mal à lui retirer son manteau. Comme il semblait sur le point de perdre connaissance, je l'ai emmené dans le salon de musique et je l'ai fait asseoir, en attendant qu'on lui apporte à manger. Mais il ne voulait pas manger, et sa main tremblait si fort qu'il renversa un peu du contenu de son verre de lait.

« Je l'ai appris dans le journal de Chicago, dit-il. Il y avait toute l'histoire dans le journal de Chicago. Je suis parti tout de suite.

– Je ne savais pas comment vous joindre. »

Ses yeux erraient dans la pièce sans s'arrêter un instant, sans rien voir.

« C'est l'œuvre d'un fou, dit-il. Il devait être fou.

– Vous aimeriez sans doute une tasse de café ? lui proposai-je.

– Je ne veux rien. Je vais très bien, maintenant, Mr...

– Carraway.

– Oui, je vais très bien maintenant. Où ont-ils mis Jimmy ? »

Je l'ai conduit au salon, où reposait son fils, et laissé là, seul. Des gamins étaient montés sur le perron et regardaient dans le vestibule ; quand je leur ai dit qui venait d'arriver, ils sont repartis à contrecœur.

Au bout d'un moment, Mr Gatz a ouvert la porte et il est ressorti, la bouche ouverte, les joues légèrement rougies ; sur son visage coulaient, irrégulièrement, des larmes isolées. Il avait atteint l'âge où la mort a cessé de surprendre et de terrifier, et lorsqu'il promena ses regards pour la première fois tout autour de lui et vit le haut plafond et la splendeur du vestibule, et les pièces immenses qui s'ouvraient sur d'autres pièces, son chagrin commença à se mêler de fierté et de respect. Je l'ai aidé à monter dans une chambre à coucher à l'étage, et tandis qu'il ôtait son veston et son gilet, je lui ai dit qu'on l'avait attendu pour prendre les dispositions nécessaires.

« J'ignorais ce que seraient vos intentions, Mr Gatsby…

– Mon nom est Gatz.

– … Mr Gatz. J'ai pensé que vous voudriez peut-être emporter le corps dans l'Ouest. »

Il secoua la tête.

« Jimmy s'est toujours mieux plu dans l'Est. C'est dans l'Est qu'il s'est bâti sa situation. Vous étiez un ami de mon garçon, monsieur ?…

– Nous étions des amis intimes.

– Il avait un bel avenir devant lui, vous savez. Il était encore jeune, mais il avait tout ce qu'il faut là-dedans. »

Il se toucha le front d'un geste émouvant, et j'approuvai de la tête.

« S'il avait vécu, il serait devenu un grand homme. Un homme comme James J. Hill[1]. Il aurait contribué à la construction du pays.

– C'est vrai », dis-je, mal à l'aise.

Il tiraillait la couverture brodée, qu'il essayait de retirer du lit, s'allongea tout d'une pièce et s'endormit aussitôt.

Ce soir-là, quelqu'un appela – un homme manifestement terrifié ; il voulait savoir qui j'étais avant de donner son nom.

« Je suis Mr Carraway, dis-je.

– Ah… » Il parut soulagé. « Klipspringer à l'appareil. »

Je me suis senti, moi aussi, soulagé, car cet appel semblait promettre la présence d'un autre ami devant la tombe de Gatsby. Je n'avais pas voulu passer une annonce dans les journaux, qui eût attiré une foule de badauds ; aussi avais-je personnellement téléphoné à quelques personnes que j'avais eu beaucoup de mal à joindre.

« Les obsèques ont lieu demain, dis-je. Trois heures ici, à la maison. Je vous saurais gré de prévenir tous ceux que cela pourrait intéresser.

---

**1. James J. Hill** (1838-1916) : Canadien ayant émigré dans le Minnesota et fait fortune dans l'industrie du chemin de fer.

**Chapitre 9**

« – Oh, bien sûr, répondit-il précipitamment. À vrai dire, il est peu probable que je rencontre qui que ce soit, mais si c'est le cas… »

Sa voix fit naître en moi un soupçon.

« Bien entendu, vous serez là ?

– Eh bien, je tâcherai, sûrement. Mais la raison pour laquelle j'appelais, c'est…

– Un instant, l'interrompis-je. Vous ne pouvez donc pas m'assurer que vous viendrez ?

– C'est-à-dire que… Voilà. Pour être franc, je suis à Greenwich[1], chez des amis qui comptent sur moi demain. Ils organisent une sorte de pique-nique, ou quelque chose comme ça. Mais évidemment, je ferai tout mon possible pour m'éclipser. »

Je laissai échapper un *Hum!* de scepticisme qu'il dut entendre, car il poursuivit avec une certaine nervosité :

« La raison pour laquelle j'appelais, c'est que j'ai oublié une paire de chaussures là-bas. Je me demandais si cela ne vous ennuierait pas trop de me la faire envoyer par le majordome. Ce sont des chaussures de tennis, voyez-vous, et je me sens terriblement démuni sans elles. L'adresse est : Aux bons soins de B. F… »

Je n'ai pas entendu le reste du nom, car j'avais raccroché.

Après cela, j'éprouvai une certaine honte pour Gatsby. Une personne à qui je téléphonai me laissa entendre qu'il avait eu ce qu'il méritait. Mais je l'avais bien cherché : l'homme en question était l'un de ceux qui puisaient dans l'alcool de Gatsby le courage de dénigrer leur hôte avec le plus de méchanceté ; j'aurais été bien avisé de ne pas l'appeler.

Le matin des obsèques, je me suis rendu à New York pour voir Meyer Wolfshiem ; il semblait que ce fût la seule manière de le joindre. La porte que je poussai sur le conseil d'un garçon d'ascenseur portait l'inscription « Société financière Svastika », et je crus d'abord qu'il n'y avait personne à l'intérieur. Mais quand j'eus

---

**1.** **Greenwich** : ville située au sud de l'État du Connecticut.

lancé plusieurs *Bonjour !* en vain, une discussion animée s'engagea derrière une cloison, et une ravissante Juive apparut bientôt par une porte intérieure, et me dévisagea de ses yeux noirs hostiles.

« Il n'y a personne, dit-elle. Mr Wolfshiem est parti à Chicago. »

La première partie de cette affirmation était manifestement fausse, car quelqu'un avait commencé à siffloter *The Rosary*[1] – avec une totale indifférence à la justesse – dans l'autre pièce.

« Dites-lui, je vous prie, que Mr Carraway veut le voir.

– Vous croyez donc que je peux le faire revenir de Chicago ? »

À ce moment, une voix – celle de Wolfshiem, sans erreur possible – appela « Stella ! » de l'autre côté de la porte.

« Laissez votre nom sur le bureau, dit-elle en hâte. Je le lui donnerai quand il rentrera.

– Mais je sais qu'il est ici. »

Elle fit un pas vers moi et se mit à se frotter les hanches en un geste d'indignation.

« Vous autres, jeunes gens, vous croyez que vous pouvez forcer cette porte à n'importe quelle heure, gronda-t-elle. On en a plus qu'assez. Quand je dis qu'il est à Chicago, c'est qu'il est à Chicago. »

Je prononçai le nom de Gatsby.

« Oh-h... » Elle me regarda de nouveau de la tête aux pieds. « Voulez-vous... Quel est votre nom, déjà ? »

Elle disparut. Un instant plus tard, Meyer Wolfshiem se tenait solennellement sur le seuil et me tendait ses deux mains. Il m'entraîna dans son bureau, en faisant remarquer d'une voix déférente[2] que c'était un moment bien triste pour nous tous, et il m'offrit un cigare.

« Ma mémoire peut remonter jusqu'au moment de notre rencontre, dit-il. C'était un jeune commandant tout juste démobilisé[3], couvert de médailles reçues pendant la guerre. Il était tellement fauché qu'il devait continuer à porter son uniforme, parce qu'il ne

---

**1.** ***The Rosary*** : chanson populaire nord américaine, dont le texte a des références religieuses. Littéralement : le rosaire.
**2. Déférente** : respectueuse.
**3. Démobilisé** : renvoyé à la vie civile.

pouvait pas s'acheter de vêtements civils. La première fois que je l'ai vu, c'est quand il est entré dans la salle de billard de Winebrenner dans la 43ᵉ Rue. Il cherchait du travail. Il avait pas mangé depuis deux jours. "Venez déjeuner avec moi", je lui ai dit. Il a mangé pour plus de quatre dollars de nourriture en une demi-heure.

– C'est vous qui l'avez lancé dans les affaires ? ai-je demandé.
– Lancé ? Je l'ai *fait*, monsieur.
– Oh…
– Je l'ai tiré du néant, sorti du caniveau. J'ai tout de suite vu que c'était un beau jeune homme qui avait une allure distinguée, et quand il m'a dit qu'il avait étudié à Oxford, j'ai compris que je pourrais me servir de lui avec profit. Je l'ai convaincu de se faire admettre aux Anciens Combattants, et il y a gagné l'estime de tous. Et tout de suite, il a travaillé pour un de mes clients à Albany[1]. On a toujours été comme les deux doigts de la main en tout » – il leva deux doigts pareils à des bulbes – « toujours ensemble. »

Je me demandais si cette collaboration incluait le truquage du championnat de base-ball de 1919.

« Maintenant il est mort, dis-je après un moment de silence. Vous étiez son ami le plus proche, et je suis sûr que vous voudrez assister à ses obsèques cet après-midi.

– J'aimerais bien venir.
– Eh bien, venez. »

La broussaille de ses narines frémit légèrement et, comme il secouait la tête, ses yeux se remplirent de larmes.

« C'est impossible… Je peux pas être mêlé à cette affaire, dit-il.
– Aucun danger d'être mêlé à quoi que ce soit. Tout est terminé.
– Quand un homme se fait tuer, j'aime pas y être mêlé, ni de près ni de loin. Je me tiens à l'écart. Quand j'étais jeune, c'était différent. Si un ami à moi mourait, les circonstances comptaient pas, je restais aux côtés des siens jusqu'à la fin. Vous trouverez peut-être ça sentimental, mais c'est vrai. Je restais jusqu'au bout. »

---

**1. Albany** : ville américaine située dans l'État de New York.

Je voyais que, pour une raison qui lui appartenait, il était déterminé à ne pas venir ; aussi, je me suis levé.

« Êtes-vous allé à l'université ? » me demanda-t-il soudain.

Un instant, je crus qu'il allait me suggérer un « contact », mais il se contenta de hocher la tête en me serrant la main.

« Apprenons à témoigner notre amitié aux gens quand ils sont vivants, et non après leur mort, proposa-t-il. Pour le reste, ma règle de conduite est de jamais me mêler de rien. »

Lorsque j'ai quitté son bureau, le ciel s'était assombri et je suis rentré à West Egg sous une pluie fine. Après m'être changé, je suis allé dans la maison de mon voisin et j'ai trouvé Mr Gatz faisant les cent pas dans le vestibule, en proie à une grande excitation. La fierté qu'il éprouvait pour son fils et les biens de son fils augmentait d'heure en heure, et il avait maintenant quelque chose à me montrer.

« Jimmy m'a envoyé cette photographie. » Il sortit son portefeuille avec des doigts tremblants. « Regardez. »

C'était une photographie de la maison craquelée aux coins, salie par toutes les mains qui l'avaient touchée. Il me montra chaque détail avec avidité[1]. « Regardez ! » disait-il, cherchant l'admiration dans mes yeux. Il l'avait montrée si souvent, je crois, qu'elle était plus réelle pour lui que la maison elle-même.

« C'est Jimmy qui me l'a envoyée. Je trouve que c'est une très jolie photographie. Elle rend bien.

– Elle rend très bien. Vous l'aviez vu récemment ?

– Il est venu me voir il y a deux ans et m'a acheté la maison où je vis aujourd'hui. Bien sûr, on était fauchés quand il s'est sauvé de chez nous, mais je vois bien maintenant qu'il avait une bonne raison de partir. Il savait qu'il avait un grand avenir devant lui. Et depuis qu'il a réussi, il a été très généreux avec moi. »

Il semblait répugner à ranger la photographie, qu'il tint encore une longue minute devant mes yeux. Puis il remit le portefeuille à

---

1. **Avidité** : empressement.

sa place et tira de sa poche un vieil exemplaire déchiré d'un roman intitulé *Hopalong Cassidy*[1].

« Regardez, c'est un livre qu'il avait quand il était petit. Ça aide à comprendre. »

Il l'ouvrit à la fin et le retourna pour que je le voie. Sur la dernière page de garde étaient inscrits les mots EMPLOI DU TEMPS et la date 12 septembre 1906. Et en dessous :

Lever ................................................................................................ 6 h 00
Faire haltères et escalade de mur ........................................ 6 h 15 - 6 h 30
Étudier électricité, etc. ............................................................ 7 h 15 - 8 h 15
Travail ......................................................................................... 8 h 30 - 16 h 30
Base-ball et sports ................................................................... 16 h 30 - 17 h 00
Exercices d'élocution, méthode de maintien ................. 17 h 00 - 18 h 00
Étudier inventions nécessaires ............................................ 19 h 00 - 21 h 00

RÉSOLUTIONS GÉNÉRALES

Ne pas perdre de temps chez Shafters ou [*ici un nom illisible*]
Ne plus fumer ni chiquer[2]
Prendre un bain tous les deux jours
Lire un livre enrichissant ou un magazine par semaine
Économiser 5 [*biffé*[3]] 3 dollars par semaine
Être plus gentil avec les parents

« Je suis tombé sur ce livre par hasard, dit le vieil homme. Ça aide à comprendre, vous trouvez pas ?

– Ça aide à comprendre.

– Jimmy était fait pour aller toujours de l'avant. Il prenait tout le temps des résolutions comme celles-là, ou d'autres. Vous avez remarqué ce qu'il a noté sur les lectures qui enrichissent l'esprit ? Ça a toujours beaucoup compté pour lui. Il m'a dit un jour que je

---

**1.** ***Hopalong Cassidy*** : personnage de cow-boy, héros des romans et nouvelles de Clarence E. Mulford (1883-1956).
**2. Chiquer** : mâcher du tabac.
**3. Biffé** : barré.

mangeais comme un porc, et je lui ai donné une raclée[1] pour lui apprendre. »

Il ne pouvait se résoudre à fermer le livre, relisant chaque rubrique à voix haute, puis me jetant un regard ardent. Je pense qu'il s'attendait plus ou moins à ce que je copie la liste pour mon usage personnel.

Un peu avant trois heures, le pasteur luthérien est arrivé de Flushing et j'ai commencé à regarder involontairement par les fenêtres, cherchant d'autres voitures. Le père de Gatsby faisait de même. Et comme le temps passait et que les domestiques réunis attendaient dans le vestibule, il se mit à cligner des yeux avec inquiétude et à parler de la pluie d'un air préoccupé et incertain. Le pasteur regarda sa montre à plusieurs reprises, si bien que, le prenant à part, je lui ai demandé d'attendre une demi-heure. Mais ce fut peine perdue. Personne ne vint.

Vers cinq heures, notre cortège de trois voitures, parvenu au cimetière, s'est arrêté devant la grille sous un crachin dru. D'abord le corbillard automobile, d'un noir atroce, et ruisselant, puis Mr Gatz, le pasteur et moi dans la limousine, et, un peu plus tard, quatre ou cinq domestiques et le facteur de West Egg dans le fourgon automobile de Gatsby, tous trempés jusqu'aux os. Comme nous franchissions la grille du cimetière, j'ai entendu une voiture s'arrêter, puis quelqu'un courir sur le sol boueux. J'ai tourné la tête. C'était l'homme aux lunettes en forme d'œil de hibou que j'avais trouvé trois mois plus tôt dans la bibliothèque, en extase devant les livres de Gatsby.

Je ne l'avais jamais revu depuis ce jour. Je ne sais comment il apprit qu'il y avait une cérémonie, j'ignore jusqu'à son nom. La pluie tombait à torrents sur ses grosses lunettes ; il les ôta de son nez et les essuya pour voir la bâche de protection que l'on retirait de la tombe.

Je m'efforçai alors de penser un moment à Gatsby, mais il était déjà trop loin, et je ne pus me souvenir, sans en éprouver d'amertume,

---

1. **Raclée** : coup, gifle (familier).

que d'une chose : Daisy n'avait envoyé ni message ni fleurs. J'entendis, vaguement, quelqu'un murmurer : « Bénis sont les morts sur qui tombe la pluie », et l'homme aux yeux de hibou dit « Amen » d'une voix vaillante.

Nous avons précipitamment regagné les voitures sous la pluie, en ordre dispersé. Œil-de-hibou s'adressa à moi près de la grille.

« Je n'ai pas pu venir à la maison, fit-il observer.
– Les autres non plus.
– Allons donc ! » Il sursauta. « Mon Dieu ! Dire qu'ils venaient chez lui par centaines ! »

Il ôta ses lunettes et essuya à nouveau les verres, des deux côtés.
« Pauvre bougre[1] », fit-il.

L'un de mes souvenirs les plus vivaces est celui de mes retours dans l'Ouest à Noël, pour les vacances scolaires, puis universitaires. Ceux qui allaient au-delà de Chicago se rassemblaient sur le quai mal éclairé de notre vieille gare, Union Station, à six heures du soir un jour de décembre, avec quelques amis de Chicago déjà absorbés par l'excitation joyeuse des fêtes, pour leur dire un rapide au revoir. Je me souviens des manteaux de fourrure des filles qui rentraient de chez Miss Machin ou Miss Chose, et de la vapeur qu'exhalaient[2] les bouches babillardes, des mains qui s'agitaient au-dessus des têtes quand nous apercevions de vieilles connaissances, et des invitations qui s'organisaient – « Tu vas chez les Ordway ? chez les Hersey ? chez les Schultz ? » –, et des longs tickets verts que nous serrions dans nos mains gantées. Et enfin des wagons jaune sale du chemin de fer Chicago-Milwaukee-Saint Paul[3], la mine aussi réjouie que Noël lui-même, sur les rails près du portillon.

---

**1. Bougre** : ici, brave homme.
**2. Exhalaient** : émettaient.
**3. Chicago-Milwaukee-Saint Paul** : ligne de chemin de fer reliant l'Illinois au Minnesota, au sud des Grands Lacs. En quittant Chicago pour Saint Paul, Nick retourne chez lui dans l'Ouest.

Quand le train s'enfonçait dans la nuit d'hiver et que la vraie neige, notre neige à nous, commençait à s'étirer à nos côtés et à scintiller contre les vitres, et que défilaient les faibles lumières des petites gares du Wisconsin[1], l'air devenait soudain violemment revigorant. Nous en respirions de longues bouffées en passant, retour[2] du wagon-restaurant, par les plates-formes à soufflet glaciales, indiciblement conscients, pendant une heure étrange, que ce pays était le nôtre, avant de nous fondre en lui à nouveau, au point de ne plus pouvoir nous en distinguer.

Tel est mon Middle West : non pas le blé, les prairies, les petites colonies suédoises perdues dans la campagne, mais l'émotion des retours en train de mes jeunes années, les réverbères dans les rues, les clochettes des traîneaux dans la nuit glacée, les ombres que jetaient sur la neige les couronnes de houx aux fenêtres illuminées. J'appartiens à tout cela, d'où en moi cette touche de solennité qui vient de la sensation des hivers interminables, mêlée à la vanité d'avoir grandi dans la maison Carraway, dans une ville où, décennie après décennie, on continue à désigner les habitations par le nom des familles qui les occupent. Je vois bien maintenant que ce récit aura été, tout compte fait, une histoire de l'Ouest : Tom et Gatsby, Daisy, Jordan et moi, nous sommes tous nés dans l'Ouest, et peut-être avions-nous tous une même déficience[3] qui, subtilement, nous interdisait de nous adapter à la vie de la côte Est.

Même quand l'Est m'a le plus fasciné, et que j'ai éprouvé avec le plus d'acuité[4] sa supériorité sur les villes au-delà de l'Ohio[5], tentaculaires, bouffies d'ennui, ces villes dont l'indiscrétion jamais satisfaite n'épargnait que les enfants et les vieillards – même alors, l'Est a toujours eu pour moi un pouvoir déformant. West Egg, en

---

**1. Wisconsin** : État américain situé entre l'Illinois et le Minnesota, dont la plus grande ville est Milwaukee.
**2. Retour** : en revenant.
**3. Déficience** : manque.
**4. Acuité** : clairvoyance, finesse.
**5. Ohio** : État situé au nord des États-Unis, dans la région des grands lacs.

particulier, continue à apparaître dans mes rêves les plus fantastiques. Je le vois comme une scène de nuit peinte par le Greco[1] : cent maisons, à la fois conventionnelles et grotesques, ramassées sous un ciel maussade qui paraît les surplomber, et une lune sans éclat. Au premier plan, quatre hommes en habit de soirée, à l'allure solennelle, marchent sur le trottoir avec une civière sur laquelle est étendue une femme ivre vêtue d'une robe du soir blanche. Sa main, qui pend sur le côté, scintille des feux glacés de ses bijoux. Gravement, les hommes tournent à l'entrée d'une maison ; ce n'est pas la bonne maison. Mais personne ne connaît le nom de la femme, et personne ne s'en soucie.

Après la mort de Gatsby, l'Est fut pour moi hanté de la sorte, déformé au-delà du pouvoir de correction de mes yeux. C'est pourquoi, lorsque la fumée bleue des feuilles sèches a commencé à s'élever dans l'air et le vent à raidir le linge humide sur sa corde, j'ai décidé de rentrer au pays.

Il me restait, avant de partir, une toute dernière chose à faire, une corvée embarrassante et désagréable dont il eût peut-être mieux valu que je me dispense. Mais je voulais tout laisser en ordre et ne pas confier aux eaux serviables et indifférentes de l'océan le soin d'emporter mes ordures au large. J'ai revu Jordan Baker et lui ai parlé longuement de ce qui nous était arrivé à tous les deux, et de ce qui m'était advenu ensuite ; elle m'écouta dans une immobilité absolue, enfoncée dans un vaste fauteuil.

Elle portait une tenue de golf et j'ai pensé – je m'en souviens – qu'elle ressemblait à une très bonne illustration, avec son menton légèrement levé, désinvolte, sa chevelure couleur de feuille d'automne, son visage du même brun que la mitaine posée sur son genou. Lorsque j'eus terminé, elle me dit sans autre commentaire qu'elle était fiancée. La nouvelle me laissa sceptique, bien que plus d'un homme n'attendît qu'un signe de tête pour l'épouser, mais

---

**1. Le Greco** : Domínikos Theotokópoulos (vers 1541-1614), dit « le Greco », peintre grec du XVIe siècle dont les toiles se caractérisent par des couleurs vives.

je feignis la surprise. L'espace d'un instant, je me suis demandé si je ne faisais pas une erreur, puis j'ai repassé tout cela rapidement dans ma tête et me suis levé pour lui dire adieu.

« Il n'en reste pas moins que tu m'as laissée tomber, dit Jordan tout à coup. Tu m'as laissée tomber au téléphone. Je me fiche complètement de toi aujourd'hui, mais c'était pour moi une expérience inédite, et j'en suis restée un peu étourdie pendant quelque temps. »

Nous nous sommes serré la main.

« Ah... Te rappelles-tu, ajouta-t-elle, une conversation que nous avons eue à propos de la conduite des voitures ?

– Non... pas vraiment.

– Tu as dit qu'une mauvaise conductrice ne risquait rien tant qu'elle ne rencontrait pas un autre mauvais conducteur. Eh bien, je l'ai rencontré, cet autre mauvais conducteur, tu ne crois pas ? Je veux dire que si j'avais été plus attentive, je n'aurais pas fait une aussi grossière erreur de jugement. Je pensais que tu étais quelqu'un d'assez honnête et droit. Je pensais que c'était là ta fierté secrète.

– J'ai trente ans, dis-je. C'est cinq ans de trop pour me mentir à moi-même et appeler cela de l'honneur. »

Elle n'a pas répondu. Furieux, à demi amoureux d'elle, avec un terrible regret au cœur, je l'ai laissée là.

Un après-midi, à la fin du mois d'octobre, j'ai rencontré Tom Buchanan. Il marchait devant moi de son pas vif et agressif sur la 5ᵉ Avenue, les mains un peu écartées du corps comme pour se protéger de toute importunité ; sa tête, agitée de mouvements saccadés, ne cessait de s'ajuster à ses yeux toujours aux aguets. Au moment précis où je ralentissais pour éviter de le rattraper, il s'arrêta et, fronçant les sourcils, entreprit d'examiner la vitrine d'un joaillier. Tout à coup il m'aperçut et revint en arrière en tendant la main.

« Qu'est-ce qui se passe, Nick ? Tu refuses de me serrer la main ?

– Oui. Tu sais ce que je pense de toi.

**Chapitre 9**

– Tu es fou, Nick, dit-il très vite. Complètement fou. Je ne sais pas ce qui t'arrive.

– Tom, lui demandai-je, qu'as-tu dit à Wilson ce jour-là ? »

Il m'a regardé fixement sans dire un mot, et j'ai compris que j'avais deviné juste au sujet de ces heures mystérieuses. J'ai commencé à m'éloigner, mais il a fait un pas vers moi et m'a saisi le bras.

« Je lui ai dit la vérité, dit-il. Il s'est présenté à la porte au moment où nous nous apprêtions à partir, et quand je lui ai fait dire que nous étions absents, il a essayé de monter de force. Il était dans un tel état qu'il m'aurait tué si je ne lui avais pas dit à qui appartenait la voiture. Il a gardé la main sur le revolver qu'il avait dans sa poche tout le temps qu'il est resté dans la maison... » Il s'est interrompu, et, provocant : « Je lui ai dit, oui, et après ? Ce type l'avait cherché. Il t'a jeté de la poudre aux yeux, comme il a fait avec Daisy, mais c'était une crapule. Il a écrasé Myrtle comme on écrase un chien, et il ne s'est même pas arrêté. »

Je n'avais rien à lui répondre, sinon que la vérité était autre, mais cela n'était pas dicible[1].

« Et si tu crois que je n'ai pas eu ma part de souffrance... Écoute-moi. Quand je suis allé à l'appartement pour donner congé et que j'ai vu cette bon Dieu de boîte de biscuits pour chien posée sur le buffet, je me suis assis et j'ai pleuré comme un môme. Seigneur, quelle horreur... »

Je ne pouvais ni lui pardonner ni ressentir de l'amitié pour lui, mais j'ai compris que ce qu'il avait fait était, à ses yeux, parfaitement justifié. Il y avait beaucoup d'insouciance dans tout ce désordre. C'étaient tous deux – Tom et Daisy – des insouciants, ils cassaient les choses et les êtres, puis allaient se mettre à l'abri de leur argent ou de leur prodigieuse insouciance ou de ce qui les liait l'un à l'autre, et ils laissaient à d'autres le soin de nettoyer les dégâts qu'ils avaient faits...

---

**1. Dicible** : qui peut être dit.

Je lui ai serré la main ; il me paraissait stupide de ne pas le faire, car j'eus soudain l'impression que je parlais à un enfant. Puis il est entré chez le joaillier pour acheter un collier de perles – ou peut-être seulement une paire de boutons de manchette –, débarrassé à jamais des scrupules du provincial que j'étais.

La maison de Gatsby était toujours vide lorsque je suis parti ; l'herbe de sa pelouse était à présent aussi haute que la mienne. L'un des chauffeurs de taxi du village ne passait jamais avec un client devant la grille de l'entrée principale sans s'arrêter une minute pour montrer du doigt la propriété ; peut-être était-ce celui qui avait conduit Daisy et Gatsby à East Egg le soir de l'accident, et peut-être avait-il inventé une version toute personnelle de l'histoire. Je ne voulais pas l'entendre et je l'évitais quand je descendais du train.

Je passais mes soirées du samedi à New York, parce que ces fêtes brillantes, éblouissantes s'étaient si puissamment imprimées dans mon esprit que je croyais encore entendre, légers et continus, la musique et les rires dans son jardin, et les voitures qui allaient et venaient dans son allée. Un soir, j'ai entendu une automobile bien réelle là-bas, et j'ai vu des phares s'éteindre devant les marches du perron. Je n'ai pas cherché à savoir. C'était sans doute l'ultime invité, qui revenait d'un voyage à l'autre bout de la terre et ignorait que la fête était finie.

Le dernier soir, ma malle faite et ma voiture vendue à l'épicier, je suis allé contempler une fois encore cet énorme et incohérent fiasco[1] : sa maison. Sur les marches blanches, un mot obscène griffonné par un gamin avec un éclat de brique se détachait vivement au clair de lune ; je l'ai effacé, frottant la pierre de la semelle de mon soulier. Puis j'ai marché jusqu'à la plage et je me suis étendu sur le sable.

La plupart des grandes demeures du bord de mer étaient fermées à présent, et il n'y avait presque plus de lumières, sinon la lueur

---

**1. Fiasco** : échec complet.

incertaine et mouvante d'un ferry-boat de l'autre côté du détroit. Et comme la lune montait dans le ciel, les villas contingentes[1] commencèrent à se dissoudre dans l'espace, faisant place, peu à peu, à l'île ancienne qui avait fleuri jadis sous les yeux des marins hollandais – le sein vert et frais du Nouveau Monde. Ses arbres disparus, ceux qu'on avait abattus pour édifier la maison de Gatsby, avaient fait de leurs murmures les entremetteurs[2] du dernier et du plus grand des rêves humains ; pendant un bref instant de pure magie, l'homme dut retenir son souffle en présence de ce continent, contraint à une contemplation esthétique qu'il ne comprenait ni ne désirait, confronté, pour la dernière fois de son histoire, à une découverte proportionnée à sa capacité d'émerveillement.

Et comme je demeurais là sans bouger, méditant sur ce vieux monde inconnu, je songeai à ce que fut l'émerveillement de Gatsby lorsqu'il aperçut la lumière verte à l'extrémité de la jetée de Daisy. Il avait fait un long chemin pour parvenir jusqu'à cette pelouse bleue, et son rêve avait dû lui sembler si proche qu'il ne pouvait plus manquer de l'empoigner. Il ne savait pas que le rêve était déjà derrière lui, quelque part dans la vaste obscurité au-delà de la ville, où les champs noirs de la république s'étendaient toujours plus loin dans la nuit.

Gatsby croyait en la lumière verte, en l'avenir orgastique[3] qui, d'année en année, recule devant nous. Il nous a échappé cette fois ? Peu importe… Demain, nous courrons plus vite, nous tendrons les bras plus loin… Et un beau matin…

C'est ainsi que nous avançons, barques à contre-courant, sans cesse ramenés vers le passé.

---

1. **Contingentes** : incertaines.
2. **Entremetteurs** : ici, transmetteurs.
3. **Orgastique** : apportant l'orgasme, l'extase.

# Arrêt sur lecture 3

# Pour comprendre l'essentiel

### Une atmosphère de plus en plus tendue

**❶** Des bouleversements importants surviennent au chapitre 7. Expliquez le changement qui s'effectue dans la maison de Gatsby, et la brouille entre Tom et Wilson.

**❷** L'escapade des protagonistes principaux à New York constitue un moment décisif. Montrez en quoi elle fait éclater les conflits entre les personnages.

**❸** La chaleur intensifie les conflits. Relevez les passages qui prouvent qu'elle rend l'atmosphère étouffante et expliquez dans quelle mesure elle joue un rôle décisif dans le destin des personnages.

### Un dénouement tragique

**❹** Au cours des chapitres 7 et 8, un accident, un meurtre et un suicide ont lieu. Montrez que la passion amoureuse est à l'origine de ces trois morts.

**❺** Le chapitre 8 reconstitue les actions de Wilson après l'accident de Myrtle. Reformulez ses soupçons, et expliquez sa méprise sur le meurtrier. Explicitez le sous-entendu des lignes 427-435.

**Arrêt sur lecture 3**

❻ Comme dans une tragédie, le roman propose un dénouement complet où le sort de tous les personnages est fixé. Identifiez dans le chapitre 9 les informations données sur chaque personnage, et expliquez comment tous les éléments de l'intrigue sont résolus.

### Une connivence profonde entre Gatsby et Nick

❼ Nick joue un rôle déterminant dans l'organisation des obsèques de Gatsby, dont il n'était pourtant pas si proche. Expliquez comment il finit par se charger de tout et quelles sont ses motivations.

❽ L'histoire de Jordan et Nick rappelle celle de Gatsby et Daisy. En relisant les lignes 438-474 du chapitre 9, déterminez leurs similitudes, et cherchez les passages qui prouvent que, contrairement à Gatsby, Nick ne se laisse pas bercer d'illusions.

❾ Ce n'est qu'à la fin du roman que Nick comprend véritablement ce qui le rapproche de Gatsby. Identifiez les éléments qui fondent ce rapprochement, en reformulant la réflexion du narrateur sur l'espace et le temps.

---

*Rappelez-vous !*

• Le roman propose un dénouement tragique : comme dans une **tragédie**, les personnages subissent un destin implacable qui les mène à la mort. Le roman s'apparente aussi au **genre policier**, lorsque Nick reconstitue les actions de Wilson après le meurtre de Myrtle.

• Fitzgerald propose **une vision du monde pessimiste**. Si le narrateur admire la puissance créatrice du rêve, qui peut pousser un individu à changer de vie ou de pays, il explique cependant que le rêve se nourrit d'illusions qui ramènent sans cesse l'homme vers son propre passé.

# Vers l'oral du Bac

Analyse du chapitre 8, l. 436-482, p. 187-188

## ☛ Analyser le récit du meurtre de Gatsby

## *Conseils pour la lecture à voix haute*

– Ménagez des pauses dans votre lecture afin de laisser monter le suspense tout au long de la scène.
– Mettez en valeur la dimension poétique du texte : ralentissez la lecture lors des passages qui concernent les pensées de Gatsby ou la découverte de son corps ; insistez sur les mots qui soulignent la beauté de la scène.

## *Analyse du texte*

### ■ *Introduction*

Le destin sépare Gatsby et Daisy après les avoir réunis. Poussés par la chaleur, un après-midi d'été, ils se rendent à New York avec Tom, Jordan et Nick afin de trouver un peu de fraîcheur dans une chambre d'hôtel, au Plaza. Le conflit éclate entre l'époux et l'amant. Bien qu'elle avoue aimer Gatsby depuis toujours, Daisy ne parvient pas à nier complètement son amour pour Tom. Les deux anciens amants quittent pourtant l'hôtel ensemble et reprennent le chemin de Long Island dans un état de nervosité extrême. Au volant de la voiture de Gatsby, Daisy fauche Myrtle en passant près du garage de Wilson. Elle est tuée sur le coup. Après l'accident, Gatsby attend désespérément un appel de Daisy : il espère toujours s'enfuir avec elle et recommencer une nouvelle vie. Mais Wilson, croyant que Gatsby est responsable de la mort de son épouse, s'introduit dans sa propriété et le tue, avant de se suicider. Nous analyserons le récit du meurtre de Gatsby, qui clôt le chapitre 8. Si ce récit se présente comme une sorte d'enquête, il n'est cependant pas dénué de subjectivité ni de poésie : il traduit l'émotion du narrateur et met en évidence la beauté de la scène du crime.

**Arrêt sur lecture 3**

### ■ *Analyse guidée*

#### I. L'enquête sur le meurtre de Gatsby

**a.** Nick propose une reconstitution du meurtre. Déterminez-en les différentes étapes, et cherchez dans le texte les indications qui permettent d'en saisir la chronologie et de comprendre sur quels témoignages le narrateur s'est appuyé.

**b.** La tension monte jusqu'à la découverte du corps. Repérez les éléments du récit qui créent le suspense. Montrez que le narrateur entretient le mystère, en analysant les lignes 461-462.

**c.** Gatsby ne se sentait pas en danger. Prouvez-le en étudiant ses activités et son attitude au moment du meurtre.

#### II. L'émotion du narrateur

**a.** Alors que le chauffeur de Gatsby a entendu les coups de feu, c'est Nick, bien après le meurtre, qui donne l'alarme. Analysez le contraste entre son attitude et celle des domestiques avant le meurtre : dans les lignes 465-467, commentez les adverbes et le lexique et opposez-les à la négation des lignes 464-465.

**b.** Le narrateur reconstitue les pensées de Gatsby avant le meurtre. De la ligne 451 à la ligne 461, repérez les verbes et les adverbes qui montrent qu'il ne s'agit que de suppositions. Relevez les verbes de perception qui prouvent que Nick se met à la place du personnage.

**c.** Nick sait que Daisy n'a pas appelé Gatsby ; il imagine sa désillusion. Analysez les modalités de phrase et le lexique dans les lignes 454-461 : relevez les négations, les termes péjoratifs et le champ lexical de l'illusion.

#### III. La beauté de la scène du crime

**a.** Le narrateur met en évidence la beauté du cadre du meurtre. Analysez les descriptions du paysage et montrez que Gatsby est entouré par une nature douce et harmonieuse. Expliquez comment son cadavre s'inscrit parfaitement dans ce décor.

**b.** Le meurtre de Gatsby n'est jamais évoqué directement. Relevez dans le texte les euphémismes qui permettent de désigner son cadavre, ou de comprendre qu'il est mort. Analysez le contraste entre cette retenue concernant Gatsby et l'évocation de la mort de Wilson dans le dernier paragraphe.

### ■ *Conclusion*

Malgré la violence du meurtre, la mort de Gatsby semble douce, surprenant le personnage dans un moment de mélancolie, bercé par l'harmonie du paysage. Les sentiments de Nick pour Gatsby ont longtemps été ambigus, oscillant entre la complicité et la profonde antipathie. C'est paradoxalement au moment de sa disparition que Nick est le plus proche de Gatsby, et qu'enfin il comprend ce qui les unit. Il se chargera d'organiser ses obsèques, et désormais se présentera comme un ami intime du défunt.

# Les trois questions de l'examinateur

**Question 1.** Gatsby meurt seul dans sa piscine. Pouvez-vous citer d'autres exemples dans le roman illustrant la profonde solitude du personnage ?

**Question 2.** Daisy avait-elle l'intention d'appeler Gatsby ? Quels sont les deux passages, avant et après l'extrait étudié, qui le prouvent ?

**Question 3.** Observez l'image reproduite en couverture. Quels éléments importants de l'intrigue illustre-t-elle ?

# Le tour de l'œuvre en 8 fiches

## Sommaire

| | | |
|---|---|---|
| Fiche 1. | Francis Scott Fitzgerald en 20 dates | 214 |
| Fiche 2. | L'œuvre dans son contexte | 215 |
| Fiche 3. | La structure de l'œuvre | 216 |
| Fiche 4. | Les grands thèmes de l'œuvre | 218 |
| Fiche 5. | Les personnages du roman | 220 |
| Fiche 6. | Un roman pluriel | 222 |
| Fiche 7. | Les adaptations de *Gatsby le magnifique* | 224 |
| Fiche 8. | Citations | 226 |

## Fiche 1

# Francis Scott Fitzgerald en 20 dates

| | |
|---|---|
| **1896** | Naissance le 24 septembre à Saint Paul (Minnesota). |
| **1913** | Admission à l'université de Princeton. |
| **1917** | Engagement dans l'armée. |
| **1918** | Rencontre avec Zelda Sayre à Camp Sheridan (Alabama). |
| **1919** | Démobilisation. Employé dans une agence de publicité. Parution de ses premières nouvelles dans le *Saturday Evening Post*. |
| **1920** | Parution de *L'Envers du paradis*, premier roman. Mariage avec Zelda. |
| **1921** | Premier séjour en Europe. Naissance de Frances, fille de Scott et Zelda, surnommée Scottie. |
| **1922** | Publication du roman *Les Heureux et les Damnés*, et du recueil de nouvelles *Les Enfants du jazz*. Installation à Great Neck, Long Island. Échec de la pièce *Le Légume*. |
| **1924** | Départ pour la France. Rédaction de *Gatsby le magnifique*. |
| **1925** | **Publication de *Gatsby le magnifique*.** Rencontre d'Hemingway à Paris. |
| **1926** | Retour aux États-Unis. |
| **1927** | Séjour à Hollywood. |
| **1929** | Nouveau départ pour l'Europe. |
| **1930** | Crise nerveuse de Zelda, internée plus d'un an dans une clinique en Suisse. |
| **1931** | Retour aux États-Unis et débuts à Hollywood : rédaction de scripts pour la *Metro Goldwyn Mayer* (non utilisés). |
| **1932** | Nouvelle crise de Zelda. |
| **1934** | Nouvel internement de Zelda. Publication de *Tendre est la nuit*, roman. |
| **1937** | Second contrat avec la *MGM* à Hollywood. |
| **1939** | Rédaction du roman *Le Dernier Nabab*, inachevé. |
| **1940** | Mort à Hollywood le 21 décembre, d'une crise cardiaque. |

## Fiche 2
# L'œuvre dans son contexte

## Les Années folles

**Francis Scott Fitzgerald rédige *Gatsby le magnifique* pendant les Années folles**, les *roaring twenties* («les années 1920 rugissantes»). La population, insouciante, est en quête de plaisirs et de divertissements. Après la Première Guerre mondiale, les États-Unis connaissent une période de relative prospérité économique. Le pays se modernise. Les réseaux téléphoniques et ferrés se multiplient. Les populations aisées s'équipent d'automobiles.

**Les mœurs se libèrent. Les femmes obtiennent le droit de vote en 1920** et la citadine des Années folles gagne en autonomie: elle peut porter les cheveux courts, des robes qui montent au-dessus du genou, boire de l'alcool et fumer. Ainsi, Jordan Baker est le type même de la femme émancipée: golfeuse professionnelle, elle voyage seule «d'un bout à l'autre du pays».

**Les personnages du roman évoluent dans «l'âge du jazz».** Musique née du cosmopolitisme américain au début du XXe siècle, le jazz conquiert le cœur de nombre d'Américains durant les années 1920. Les fêtes de Gatsby se déroulent au(x) rythme(s) de cette nouvelle musique, comme on peut le voir dans le chapitre 3. Les danseuses de music-hall de Broadway se mêlent aux jazzmen dans ses soirées.

## La Prohibition

**De 1919 à 1933, les boissons alcoolisées sont proscrites aux États-Unis**. Il est interdit de produire et de vendre de l'alcool, mais pas de le consommer dans la sphère privée.

Les gens qui ne possèdent pas de réserve personnelle peuvent cependant se procurer de l'alcool clandestinement: des gangsters fabriquent ou importent illégalement des boissons alcoolisées, qu'ils revendent secrètement dans les drugstores. Plusieurs passages du roman laissent entendre que Gatsby est mêlé à ce type de trafic: Tom le soupçonne d'être un *bootlegger* (littéralement, «quelqu'un qui dissimule de l'alcool dans ses bottes»).

## Le rêve américain

**Le rêve américain est l'idéologie selon laquelle, aux États-Unis d'Amérique, toute personne peut s'enrichir grâce à son travail, sa détermination et sa ténacité**. Les jeunes gens fuient les zones rurales pour s'installer dans les grandes villes dans le but d'y faire fortune. De même, les immigrants venus d'Europe débarquent à New York, pleins d'espoir. Le personnage de Gatsby est la représentation du rêve américain selon Fitzgerald: issu d'une famille très modeste, originaire du Middle West, il a réussi à se faire une place dans le grand monde.

**Gatsby le magnifique**

## Fiche 3

# La structure de l'œuvre

- **Le récit se situe dans les années 1920 à New York** et se déroule dans la banlieue de Long Island. Le personnage principal, **Jay Gatsby, est un mystérieux millionnaire** qui cherche à reconquérir Daisy, une femme qu'il a jadis aimée.
- **Le narrateur, Nick Carraway, est l'un des personnages du roman**: voisin de Gatsby, il fait peu à peu sa connaissance et l'aide à se rapprocher de Daisy, qui se trouve être sa cousine.
- **Le récit se découpe en neuf chapitres** qui permettent de découvrir progressivement le personnage de Gatsby, son passé et son histoire d'amour.

## Gatsby, un personnage mystérieux

| Chapitre 1 | Nick, le narrateur, habitant de West Egg, est invité à dîner chez sa cousine Daisy et son époux Tom Buchanan. Il y fait la rencontre de Jordan Baker et prend connaissance des rumeurs concernant son voisin, Jay Gatsby. En rentrant chez lui, il aperçoit de loin Gatsby, qui tend mystérieusement les bras vers l'horizon. |
|---|---|
| Chapitre 2 | Nick fait la connaissance de Myrtle Wilson, la maîtresse de Tom. Il visite leur appartement à New York et passe la soirée avec leurs amis. |
| Chapitre 3 | Nick est invité à l'une des luxueuses réceptions de Gatsby. Il retrouve Jordan Baker et discute avec Gatsby sans immédiatement l'identifier. La fin de soirée est mouvementée, notamment à cause de l'ivresse des convives. |

## Le passé de Gatsby

| Chapitre 4 | Gatsby invite Nick à déjeuner et lui présente Wolfshiem, un escroc spécialisé dans les paris. Jordan Baker est ensuite chargée de raconter à Nick l'histoire d'amour passée entre Gatsby et Daisy, avant que celle-ci n'épouse Tom. |
|---|---|

| Chapitre 5 | À la demande de Gatsby, Nick invite Daisy à prendre le thé chez lui afin de réunir les anciens amants. D'abord embarrassés, Daisy et Gatsby finissent par se rapprocher, notamment lors de la visite de la maison de Gatsby, qui impressionne beaucoup Daisy. |
|---|---|
| Chapitre 6 | Nick revient sur le passé de Gatsby. À la suite d'une visite de courtoisie de Tom, Gatsby invite les Buchanan à l'une de ses soirées, que Daisy apprécie peu. |

## Un dénouement tragique

| Chapitre 7 | Gatsby a changé de domestiques et ne donne plus de soirées. Un jour de grande chaleur, Nick, Tom, Daisy, Jordan et Gatsby décident d'aller en ville. Ils passent par le garage de Wilson prendre de l'essence, puis louent une chambre au Plaza Hotel. Tom a compris que Gatsby et Daisy sont amants. Une dispute éclate. Gatsby et Daisy repartent en voiture et fauchent Myrtle Wilson sur le chemin du retour, qui est tuée sur le coup. Daisy rejoint Tom à East Egg, et Gatsby reste devant leur maison pour surveiller la situation, espérant que Daisy le rejoigne définitivement. |
|---|---|
| Chapitre 8 | Le lendemain, Nick passe voir Gatsby avant de partir travailler et se brouille avec Jordan au téléphone. Pendant ce temps, Wilson recherche le meurtrier de son épouse et, croyant que c'est Gatsby, le tue dans sa piscine, avant de se suicider. Nick découvre le corps en même temps que les domestiques. |
| Chapitre 9 | Nick s'occupe d'organiser les funérailles de Gatsby et, hormis son père, il peine à trouver des proches pour assister à l'enterrement.<br>Plus tard, il revoit Jordan, qui est fiancée et lui reproche de l'avoir laissée tomber. Il croise également Tom, qui lui avoue que c'est lui qui a dirigé Wilson vers Gatsby.<br>Nick conclut le roman par une réflexion sur le poids du passé et du déracinement dans sa vie comme dans celle des autres personnages. |

## Fiche 4
# Les grands thèmes de l'œuvre

## La passion amoureuse

**Tout au long du roman, Fitzgerald met en scène des couples qui se déchirent.** Tom n'a jamais été fidèle, et Daisy sait qu'il a une maîtresse. Myrtle ne supporte pas son époux, qu'elle trompe ouvertement avec Tom. La soirée de Gatsby décrite au chapitre 3 se termine par une multitude de disputes conjugales. Même Nick finit par se brouiller avec Jordan Baker au chapitre 8.

**Ainsi, le roman livre une vision pessimiste du mariage et du couple.** L'amour adultère n'offre pas plus de stabilité que l'amour conjugal : au chapitre 2, quand elle le provoque en prononçant le nom de Daisy, Myrtle se fait gifler par Tom, qui lui casse le nez. Et lorsque Gatsby croit avoir trouvé le bonheur avec Daisy au chapitre 7, il est dévasté en apprenant qu'elle a véritablement aimé son époux après leur séparation.

**Seul Gatsby semble capable d'aimer sans condition.** Il a consacré sa vie à la reconquête de Daisy, cherchant à faire fortune pour être digne d'elle. Sa maison est un temple consacré à la femme aimée. Il y conserve des coupures de presse qui lui ont permis de connaître la vie de Daisy pendant les années de séparation (chap. 5, p. 112), et espère toujours l'arracher à son mari.

## La fête et le luxe

**Les descriptions des fêtes organisées par Gatsby révèlent un déploiement de luxe** qui fait rêver les personnages. Tout y est démesuré : le nombre d'invités, la profusion des plats, la taille des cocktails. Un orchestre de jazz anime les soirées. Chez Gatsby, les artistes de Broadway et les actrices de cinéma côtoient les hommes d'affaires. Les convives boivent à la santé de Gatsby, souvent sans le connaître. Ces fêtes mettent en évidence la superficialité des relations sociales au sein de la bourgeoisie new-yorkaise : les gens s'observent et se croisent sans se rencontrer.

**La maison de Gatsby surprend elle aussi par ses dimensions et sa richesse.** Son architecture et sa décoration mélangent les styles et les époques. Les invités s'émerveillent devant la piscine ou la bibliothèque (chap. 3, p. 56). Lorsque Nick et Daisy découvrent les lieux au chapitre 5, ils traversent une multitude de pièces (p. 109-110). Les placards de Gatsby sont remplis de chemises aux étoffes précieuses qu'il déploie une à une sous le regard admiratif de ses deux visiteurs. Gatsby fait tout pour exposer sa fortune aux yeux du monde.

**Fitzgerald brosse ainsi un tableau d'une Amérique hédoniste et consumériste**, lancée dans une quête effrénée de plaisirs et de divertissements, et fascinée par les biens matériels.

## Le rêve

**Gatsby représente le rêve américain selon Fitzgerald**: issu d'une famille très modeste, originaire du Middle West, il a su faire fortune et trouver sa place dans la société new-yorkaise. Deux mentors l'ont aidé: Dan Cody, auprès de qui il a appris les manières du grand monde, et Meyer Wolfshiem, grâce à qui il s'est enrichi. À la fin du roman, le narrateur compare Gatsby aux pionniers européens venus poursuivre leur rêve dans le Nouveau Monde (chap. 9, p. 207).

**Depuis sa séparation avec Daisy, Gatsby vit lui-même dans un rêve**, qui prend la forme d'une lumière verte au bout de la jetée, en face de sa maison, de l'autre côté de la baie, vers laquelle il tend les bras (chap. 1, p. 31). Cette lumière comme sa couleur symbolisent l'espoir de réparer le passé et de reprendre son histoire avec Daisy là où il l'a laissée. Mais son rêve se heurte à la réalité au moment où il retrouve Daisy, au chapitre 5: l'embarras gagne les anciens amants, et Gatsby comprend à quel point il a idéalisé la femme qu'il aimait.

**Le projet de Gatsby est entièrement bâti d'illusions**. Pour séduire Daisy, il a amassé une fortune qui ne lui permet pourtant pas de la reconquérir. De même, l'amour absolu dont il rêvait n'existe pas: les sentiments de Daisy pour Gatsby ne sont pas assez puissants pour qu'elle quitte Tom.

## Le regard

**Nick, le narrateur du roman, est un personnage peu agissant, principalement témoin**. Dans les soirées de Gatsby, il observe les festivités sans réellement y prendre part. Il est le spectateur de la réunion des anciens amants au chapitre 5, mais aussi de la dispute entre Daisy, Tom et Gatsby au chapitre 7. Un autre regard se pose souvent sur les personnages: celui du **Dr Eckleburg**. Il s'agit de deux yeux gigantesques, munis de lunettes, qui apparaissent sur une affiche publicitaire pour un oculiste dressée non loin du garage de Wilson (chap. 2). Ces yeux semblent voir et juger les personnages à chacun de leurs passages. À travers les regards de Nick et du Dr Eckleburg, le lecteur est invité à prendre de la distance, à mettre en perspective le comportement des personnages et à mesurer l'étrangeté de la condition humaine.

**À l'inverse de Nick, Gatsby ne cherche pas à voir, mais à être vu**. Sa maison gigantesque et ses luxueuses réceptions n'ont qu'un seul but: attirer l'attention de Daisy. C'est ce que Jordan explique à Nick à la fin du chapitre 4. Gatsby est donc lui aussi prisonnier du règne des apparences: il cherche à exposer aux yeux de la femme qu'il aime les signes extérieurs de sa réussite au lieu de lui avouer ses sentiments

## Fiche 5

# Les personnages du roman

## Gatsby

**Jay Gatsby est un être profondément mystérieux.** Les autres personnages du roman ne cessent de s'interroger sur lui et multiplient les rumeurs: on s'inquiète des origines de sa fortune; on l'imagine neveu ou cousin du Kaiser Guillaume II (chap. 2); on raconte qu'il a tué un homme (chap. 3), ou qu'il a été espion allemand pendant la guerre (chap. 3). Tom est persuadé qu'il est *bootlegger* (chap. 6). Lorsque Nick interroge Jordan au chapitre 3 («Qui est-ce? [...] Vous le savez?», l. 328), elle lui livre la seule certitude que l'on puisse avoir sur ce personnage énigmatique: «C'est tout simplement un homme qui s'appelle Gatsby. [...] En tout cas, il donne de grandes fêtes». Pourtant, **le nom du personnage lui-même est trompeur**: son vrai nom est James Gatz, mais il l'a changé au moment de sa rencontre avec Dan Cody (chap. 6). Gatsby s'est fait lui-même, à tous les sens du terme. Fuyant ses origines modestes, il s'est construit peu à peu une nouvelle identité.

**Son histoire n'est révélée que progressivement dans le roman, morcelée dans les récits successifs de différents personnages.** Gatsby ne confie que quelques éléments de son passé à Nick au chapitre 4, et le narrateur ne sait comment démêler le vrai du faux dans ce canevas romanesque. Jordan est mandatée par Gatsby pour compléter ces informations en racontant à Nick son histoire d'amour avec Daisy. Au chapitre 6, Nick fait une pause dans le récit pour reconstituer l'ensemble du passé du personnage, à partir de confessions ultérieures, sur lesquelles il revient au chapitre 8. Enfin, le chapitre 9 livre les anecdotes du père de Gatsby, mais également le point de vue de Wolfshiem, qui dit avoir «fait» (l. 250) le jeune homme.

## Les femmes

**Les trois femmes du roman se distinguent par leur sensualité.** La voix de **Daisy** trouble Gatsby autant que Nick. Ce dernier est séduit par la taille fine de **Jordan** Baker et envoûté par son maintien rigide d'officier (chap. 1). **Myrtle**, à l'inverse, met en évidence ses formes généreuses dans des robes de mousseline (chap. 2). Ce sont trois femmes indépendantes, qui représentent bien la libération des mœurs des années 1920: Jordan et Myrtle incarnent le type de la *flapper*, femme délurée qui se coiffe à la garçonne, porte des robes courtes et revendique sa liberté. Jordan est une sportive professionnelle qui gagne et gouverne seule sa propre vie, voyageant à travers toute l'Amérique pour participer à des compétitions. Myrtle ne se cache pas d'avoir un amant auprès de ses amis ou de ses voisins, et mène une double vie, entre le garage de son époux et l'appartement new-yorkais loué par Tom. Certes, Daisy semble prisonnière de son mariage au début du roman, mais après avoir retrouvé son ancien amant, elle n'hésite pas à venir le voir seule chez lui (chap. 7), ou lui dire qu'elle l'aime devant Tom (p. 145).

## Les hommes

**En dehors de Gatsby et de Nick, les personnages masculins du roman sont antipathiques.** Tom se caractérise par sa brutalité: ses remarques sont blessantes, il peut être violent (il frappe Myrtle au chapitre 2), et adhère à des théories racistes (chap. 1, p. 22-23). **Wolfshiem**, moins violent dans sa façon d'être, ne cache pas ses activités malhonnêtes. On sait par Gatsby qu'il a truqué la finale d'un championnat de base-ball en 1919 (chap. 4). Au chapitre 9, il refuse de venir aux funérailles de son ami de peur d'être confronté à la police. À l'inverse de ces deux personnages hauts en couleur, **Wilson** apparaît comme un être bien fade. Il se caractérise par son manque d'énergie et de lucidité: au début du roman, il n'imagine pas que sa femme a un amant, et lorsque Nick rencontre celle-ci pour la première fois, il précise qu'elle marche «à travers son mari comme s'il eût été une ombre» (chap. 2). Quant à **Nick**, bien qu'il apparaisse comme un personnage profondément honnête, il peut sembler faible aux yeux du lecteur: éternel spectateur des événements, il ne parvient pas y prendre part et sa relation avec Jordan Baker est un échec.

## Un système complexe

**Les personnages du roman constituent un système complexe, qui repose sur des jeux de miroirs.** Deux histoires d'adultère s'entremêlent, formant deux schémas triangulaires: Daisy, Tom et Gatsby d'une part, et Wilson, Myrtle et Tom d'autre part. Ainsi, trois couples d'amants se confrontent: le couple Tom-Myrtle, le couple Daisy-Gatsby et le couple Jordan-Nick. Le narrateur lui-même peut être vu comme un pâle reflet de Gatsby. Comme Gatsby, Nick manque son histoire d'amour avec Jordan: il s'en éloigne et comprend trop tard qu'il est amoureux d'elle. Cependant, alors que Gatsby se laisse bercer par l'illusion et idéalise sa relation avec Daisy, Nick reste parfaitement lucide.

**Nick, Daisy, Gatsby, Jordan et Tom, tous originaires de l'Ouest**, ont un point commun, énoncé par Nick à la fin du roman: **une même «déficience»** qui les empêche de s'adapter à la vie dans l'Est (p. 202-203), une incompréhension du monde réel née d'une confusion entre rêve et réalité.

## Fiche 6

# Un roman pluriel

## Le choix du narrateur personnage

**Fitzgerald choisit pour narrateur l'un des personnages du roman: Nick Carraway**. Malgré sa présence lors des événements, Nick est curieusement passif: il est spectateur de sa propre vie comme de celle de Gatsby. En suivant l'intrigue grâce à ses observations, le lecteur est à la fois au cœur des actions et à distance des autres personnages. Ce choix d'un narrateur personnage permet de **ménager le mystère qui entoure Gatsby**: la construction du personnage se fait progressivement, au gré des découvertes de Nick sur son identité et ses activités.

**Nick accompagne son récit de commentaires psychologiques des actes des personnages**. Il imagine leurs pensées, notamment celles de Gatsby lorsqu'il retrouve Daisy (chap. 5, p. 110) ou au moment de sa mort (chap. 8, p. 187). Il cherche à comprendre leurs attitudes, comme par exemple le détachement de Daisy et Jordan au chapitre 1, qu'il interprète comme une affirmation d'indépendance (p. 18). Il tente de mesurer le poids de leur passé: il explique la fêlure qui les fragilise, lui et l'ensemble des personnages principaux, par une inadaptation à la vie sur la côte Est (chap. 9, p. 202-203). Le récit de ces observations s'avère initiatique pour Nick: en s'identifiant aux personnages et en étudiant leurs failles, il parvient à mieux se connaître lui-même.

Nick n'hésite pas à rapporter les propos d'autres personnages sur Gatsby, ce qui permet de **varier les points de vue** et d'offrir au lecteur différentes interprétations d'un même comportement. Nick laisse par exemple la parole à Jordan Baker au chapitre 4 dans un récit encadré qui permet de faire découvrir au lecteur l'histoire d'amour de Gatsby et Daisy. De même, Nick rapporte l'éloge de Gatsby par son père au chapitre 9 (p. 194). Cet éloge contraste terriblement avec les propos de Wolfshiem qui dit l'avoir « tiré du néant, sorti du caniveau » (l. 252). Cette multiplication des points de vue permet de mettre en évidence la complexité des personnages et révèle leur désarroi ainsi que la vanité de toute interprétation psychologique.

## Un roman protéiforme

**Gatsby le magnifique, comme de nombreux romans américains du début du XXe siècle, est tout d'abord un roman d'amour.** La relation entre Gatsby et Daisy est au cœur du roman. L'ensemble de l'intrigue se construit autour de ce couple qui se retrouve après des années de séparation. Les trois morts du dénouement sont dues aux **passions dévorantes des personnages**: si Myrtle est fauchée par la voiture de Gatsby, c'est parce que, rongée par la jalousie, elle s'est précipitée dessus en essayant d'intercepter la femme de Tom. Wilson quant à lui tue Gatsby en croyant qu'il est à la fois l'amant et le meurtrier de son épouse. Il est impossible au garagiste de vivre sans Myrtle; c'est pourquoi il se suicide.

**La fin du roman s'apparente ainsi à un dénouement de tragédie**: les fautes des personnages les précipitent vers un destin funeste, auquel il leur est impossible d'échapper.

**Ces différentes morts font aussi glisser le roman dans le genre policier.** Dans les derniers chapitres, Nick reconstitue les événements à partir des témoignages de personnages secondaires: celui de Michaelis, un jeune Grec qui tient le café de la vallée des cendres, permet de découvrir les circonstances de la mort de Myrtle au chapitre 7 (p. 163-164), ou de retracer le cheminement qui conduit Wilson à tuer Gatsby au chapitre 8 (p. 186-187). De même, c'est grâce aux domestiques que Nick parvient à reconstituer les dernières heures de Gatsby (p. 187-188). Ainsi, certains passages du roman s'apparentent à une enquête.

## L'esthétique du roman

Le lecteur peut être également saisi par le réalisme du roman. **Les descriptions de New York et de Long Island** ancrent l'histoire dans une géographie réelle. Par exemple, Nick décrit la vallée des cendres, espace pauvre et désertique qui sépare la riche banlieue de Long Island du cœur de la ville, au chapitre 2 (p. 34), ou le pont de Queensboro, qui relie le Queens et Manhattan, au chapitre 4 (p. 85). Les toponymes abondent dans le roman. Certains, comme West Egg et East Egg, sont inventés par Fitzgerald, mais sont inspirés de véritables lieux new-yorkais. **Les différents lieux décrits dans le roman déterminent la position sociale** des personnages. La ville est un lieu d'affaires, mais aussi de plaisirs et de perversion: Wolfshiem y développe ses activités clandestines; Tom et Myrtle y entretiennent leur liaison. La petite et la grande bourgeoisie fuient la ville pour la banlieue: Long Island accueille aussi bien les jeunes employés de bureau comme Nick que les populations très fortunées tels le couple Buchanan et Gatsby.

**Cependant ce réalisme est parfois accompagné d'une dimension poétique**. Certaines descriptions sont si imagées qu'on peut se demander si le narrateur n'est pas en train de rêver: lorsque Nick pénètre dans le salon de sa cousine au chapitre 1, il compare Jordan et Daisy à deux équilibristes dans une montgolfière (p. 17). Elles sont simplement étendues sur un canapé, entourées de rideaux. Fitzgerald donne à certaines de ses descriptions **un aspect pictural, en insistant sur les jeux de lumières**. C'est le cas dans le chapitre 1, où la maison des Buchanan est embrasée par la lueur du crépuscule, ou dans le chapitre 3, lorsque la lune éclaire la soirée de Gatsby (p. 57, l. 264-267). Le cinéma est en plein essor au moment de la rédaction de *Gatsby* et Fitzgerald semble s'inspirer des images offertes par ce nouvel art.

## Fiche 7

# Les adaptations de *Gatsby le magnifique*

*Histoire des arts*

### Les premières adaptations

**En 1926, un an après sa parution en librairie, *Gatsby le magnifique* est porté à la scène par Owen Davis**, et à l'écran par Herbert Brenon dans un film muet. La pièce, jouée à l'Ambassador Theatre, remporte plus de succès que le roman, et donne lieu à 112 représentations. Le film est malheureusement aujourd'hui considéré comme perdu: aucune copie n'a été retrouvée.

En 1949, Eliott Nugent s'inspire du roman de Francis Scott Fitzgerald pour réaliser *Le Prix du silence*. Il confie le rôle principal à Alan Ladd.

### Le film de Jack Clayton

**En 1974, Jack Clayton propose une nouvelle adaptation du roman, dont Francis Ford Coppola rédige le scénario**: *Gatsby le magnifique* réunit à l'écran Robert Redford, dans le rôle de Gatsby, et Mia Farrow dans celui de Daisy. Récompensé par deux Oscars en 1975 (meilleurs costumes et meilleure musique), le film est un succès et figure depuis parmi les grands classiques du cinéma américain.

**Jack Clayton parvient à restituer aussi bien l'effervescence des folles soirées de Gatsby**, dans des scènes où les femmes, illuminées de paillettes, dansent frénétiquement sur des rythmes de ragtime ou de charleston, **que la solitude intérieure des personnages**: à plusieurs reprises, Gatsby est filmé debout, seul, au bout de sa propriété, face au bras de mer qui le sépare de Daisy, sous une arcade qu'il a fait construire au bord du rivage, comme une porte ouverte sur son amour passé.

**Le point de vue de Nick apparaît dans une voix-off** qui structure l'intrigue et cite certains passages du roman. Le réalisateur s'est évidemment permis plusieurs libertés par rapport à l'œuvre de Fitzgerald. La rencontre de Nick et Gatsby, par exemple, n'a rien de fortuit ni de naturel: un domestique vient chercher Nick au cœur de la fête, et le conduit auprès de Gatsby. Une grande gêne s'installe entre les deux personnages et Nick a bien du mal à comprendre ce que lui veut son voisin.

De même, certains récits des personnages secondaires qui permettent de reconstruire la vie de Gatsby dans le roman (comme celui de Jordan au chapitre 4) n'apparaissent pas dans le film. Le réalisateur a choisi de **se concentrer sur l'histoire de Gatsby et Daisy, et les deux personnages racontent souvent eux-mêmes leur passé**. Les scènes de tête à tête entre les deux amants sont nombreuses: tandis que Fitzgerald passe sous silence la liaison de Gatsby et Daisy entre leurs retrouvailles et leur dernière journée à New York, Jack Clayton accorde une vraie romance aux personnages. Daisy demande à Jay de passer l'uniforme de soldat qu'il portait lors de leur première rencontre. Gatsby offre une bague à Daisy : faite d'une énorme pierre verte, de la même couleur que la lumière du phare qui éclaire la jetée de East Egg, elle symbolise leur amour retrouvé. Cependant, Daisy ne peut pas la porter devant Tom, et c'est Gatsby qui la garde à son doigt, en attendant la rupture entre les deux époux.

**Le thème du regard, très présent dans le roman, apparaît aussi dans le film**. Les yeux du Dr Eckleburg fixent sans cesse les personnages, et Wilson, après l'accident de Daisy, déclare que «Dieu voit tout». Ce thème du regard prend cependant une dimension nouvelle à l'écran, doublé du **thème du miroir**. Dans les moments-clés du film, ce motif apparaît pour mettre les personnages face à eux-mêmes. Lors de sa première rencontre avec Gatsby, Nick s'attarde devant un miroir avant d'être reçu par son voisin. Le motif revient au moment des retrouvailles des amants : la caméra filme d'abord le reflet de Gatsby dans une glace au moment de son entrée dans le salon de Nick. Enfin, réunis au Plaza Hotel de New York, Daisy, Tom, Jordan, Gatsby et Nick sont cernés par des miroirs, à la fois prisonniers d'eux-mêmes et des apparences.

Malgré tous ces jeux de regards, le meurtre de Gatsby n'est pas montré à l'écran, et le réalisateur **clôt le film sur un contraste saisissant** : le générique de fin montre successivement les invités arrivant par dizaines à la fête de Gatsby, puis sa maison vide et déserte.

## Gatsby de nos jours

**Le roman de Fitzgerald continue à inspirer les artistes** : en 1999, le Metropolitan Opera de New York crée *The Great Gatsby*, un opéra composé par John Harbison.

**Baz Luhrmann, un réalisateur australien** connu pour son adaptation au cinéma de la pièce de Shakespeare, *Roméo + Juliette* (1996) et pour le film *Moulin Rouge* (2001), s'est lui aussi emparé du roman de Fitzgerald : sur les écrans en 2013, son film *Gatsby le magnifique* fait de Leonardo DiCaprio un nouveau Gatsby.

## Fiche 8

# Citations

## *Gatsby le magnifique*

« Pourtant, loin au-dessus de la ville, notre rangée de fenêtres dorées devait offrir sa part de mystère humain au passant qui s'arrêtait un instant pour regarder dans l'obscurité grandissante, et j'étais aussi cet homme qui levait les yeux et s'interrogeait. J'étais dedans et dehors, fasciné et écœuré tout à la fois par l'inépuisable diversité de la vie. »

Chapitre II.

« Le vide sembla soudain se déverser des fenêtres et des grandes portes, enfermant dans une solitude totale la silhouette de l'hôte sur son perron, immobile, la main levée pour un cérémonieux au revoir. »

Chapitre III.

« Il avait dû y avoir des moments, même cet après-midi-là, où Daisy ne s'était pas montrée tout à fait à la hauteur de ses rêves, non par sa faute à elle, mais en raison de la colossale vitalité de son illusion à lui, qui l'avait dépassée, avait tout dépassé. Il s'y était abandonné avec la passion d'un créateur, ne cessant de l'augmenter, lui ajoutant toutes les plumes brillantes que le hasard mettait à sa portée. Nul feu, nulle glace ne rivalisera jamais en intensité avec la foule des chimères qui se pressent dans un cœur d'homme. »

Chapitre V.

« Mais il y avait Jordan, à côté de moi, qui, contrairement à Daisy, était trop avisée pour transporter des rêves bien oubliés d'une époque à la suivante. Au moment où nous avons franchi le pont ténébreux, son visage blême est tombé paresseusement sur mon épaule, et le formidable carillon de la trentaine s'est évanoui sous la pression rassurante de sa main.

C'est ainsi que nous roulions vers la mort, dans la fraîcheur du jour finissant. »

Chapitre VI.

« Ce fut cette nuit-là qu'il me raconta l'étrange histoire de sa jeunesse avec Dan Cody ; et il me la raconta parce que "Jay Gatsby" s'était brisé comme du verre contre la dureté maligne de Tom et que la délirante fiction si longtemps entretenue autour de son secret avait fait long feu. »

Chapitre VII.

« Je vois bien maintenant que ce récit aura été, tout compte fait, une histoire de l'Ouest : Tom et Gatsby, Daisy, Jordan et moi, nous sommes tous nés dans l'Ouest, et peut-être avions-nous tous une même déficience qui, subtilement, nous interdisait de nous adapter à la vie de la côte Est. »

Chapitre IX.

## À propos de *Gatsby le magnifique*

« Je crois que ce roman est honnête – j'entends par là qu'il s'interdit toute virtuosité destinée à impressionner, et, pour aller plus loin dans la fatuité, qu'il a constamment gardé l'émotion en sourdine, pour éviter que les larmes ne coulent en trop grande abondance sur le gigantesque visage de carton-pâte qui observe ce qui se passe par-dessus la tête des personnages. »

F. Scott Fitzgerald, préface écrite en 1934 pour une réédition de *Gatsby le magnifique*, citée dans *Gatsby le magnifique*, LGF, « Le livre de poche », 2011.

« Dans cette recherche de jardin édénique, de l'harmonie et de la sérénité, l'homme se heurte aux obstacles de la société moderne et ne trouve que désolation et confusion. Le seul moyen d'échapper au chaos est de se bâtir un monde illusoire et fantastique et de mourir avec lui (Jay Gatsby) ou bien de fuir et de revenir aux sources de l'innocence, dans la région de son enfance (Nick). »

Pascal Bardet, *De la lumière verte à la vallée des cendres. Exploration de l'Espace symbolique dans* The Great Gatsby *de F. S. Fitzgerald*, Éditions Rive Droite, 1994.

# Groupements de textes

# Histoires d'amour manquées

## Mme de Lafayette, *La Princesse de Clèves*

*La Princesse de Clèves*, roman de Mme de Lafayette (1634-1693) est considéré comme le premier roman d'analyse psychologique. Mademoiselle de Chartres épouse le Prince de Clèves, mais tombe amoureuse du Duc de Nemours. Elle reste pourtant fidèle à son époux. Après la mort de ce dernier, elle fait part de sa décision de se retirer du monde à M. de Nemours.

— Je sais bien qu'il n'y a rien de plus difficile que ce que j'entreprends, répliqua Madame de Clèves ; je me défie de mes forces au milieu de mes raisons. Ce que je crois devoir à la mémoire de Monsieur de Clèves serait faible, s'il n'était soutenu par l'intérêt de mon repos ; et les raisons de mon repos ont besoin d'être soutenues de celles de mon devoir. Mais, quoique je me défie de moi-même, je crois que je ne vaincrai jamais mes scrupules, et je n'espère pas aussi de surmonter l'inclination que j'ai pour vous. Elle me rendra malheureuse, et je me priverai de votre vue, quelque violence qu'il m'en coûte. Je vous conjure, par tout le pouvoir que j'ai sur vous, de ne chercher aucune occasion de me voir. Je suis dans un état qui me fait des crimes de tout ce qui pourrait être permis dans un autre temps, et la seule bienséance interdit tout commerce entre nous.

Monsieur de Nemours se jeta à ses pieds et s'abandonna à tous les divers mouvements dont il était agité. Il lui fit voir, et par ses paroles, et par ses pleurs, la plus vive et la plus tendre passion dont un cœur ait jamais été touché. Celui de Madame de Clèves n'était pas insensible, et, regardant ce prince avec des yeux un peu grossis par les larmes :

– Pourquoi faut-il, s'écria-t-elle, que je vous puisse accuser de la mort de Monsieur de Clèves ? Que n'ai-je commencé à vous connaître depuis que je suis libre, ou pourquoi ne vous ai-je pas connu devant que[1] d'être engagée ? Pourquoi la destinée nous sépare-t-elle par un obstacle si invincible ?

– Il n'y a point d'obstacle, Madame, reprit Monsieur de Nemours. Vous seule vous opposez à mon bonheur, vous seule vous imposez une loi que la vertu et la raison ne vous sauraient imposer.

– Il est vrai, répliqua-t-elle, que je sacrifie beaucoup à un devoir qui ne subsiste que dans mon imagination. Attendez ce que le temps pourra faire. Monsieur de Clèves ne fait encore que d'expirer, et cet objet funeste est trop proche pour me laisser des vues claires et distinctes. Ayez cependant le plaisir de vous être fait aimer d'une personne qui n'aurait rien aimé, si elle ne vous avait jamais vu ; croyez que les sentiments que j'ai pour vous seront éternels, et qu'ils subsisteront également, quoi que je fasse. Adieu, lui dit-elle, voici une conversation qui me fait honte, rendez-en compte à Monsieur le vidame, j'y consens, et je vous en prie.

Mme de Lafayette, *La Princesse de Clèves* [1678], Belin-Gallimard, « Classico », 2020.

---

**1. Devant que** : avant que

# Jean-Jacques Rousseau, *Julie ou la Nouvelle Héloïse*

Dans ce roman épistolaire, Jean-Jacques Rousseau (1712-1778) raconte l'amour impossible de Julie d'Étange, une jeune fille noble, et de son précepteur Saint-Preux. Les amants sont séparés, et Julie est contrainte d'épouser Wolmar. Lorsque les deux jeunes gens se retrouvent des années plus tard, Julie se sent guérie de sa passion et demande à Saint-Preux d'être précepteur de ses enfants. Un jour, elle saute à l'eau pour sauver son fils de la noyade, et tombe malade. Avant de mourir, elle écrit une lettre à Saint-Preux.

Il faut renoncer à nos projets. Tout est changé, mon bon ami : souffrons ce changement sans murmure ; il vient d'une main plus sage que nous. Nous songions à nous réunir : cette réunion n'était pas bonne. C'est un bienfait du ciel de l'avoir prévenue ; sans doute il prévient des malheurs.

Je me suis longtemps fait illusion. Cette illusion me fut salutaire ; elle se détruit au moment que je n'en ai plus besoin. Vous m'avez crue guérie, et j'ai cru l'être. Rendons grâces à celui qui fit durer cette erreur autant qu'elle était utile : qui sait si, me voyant si près de l'abîme, la tête ne m'eût point tourné ? Oui, j'eus beau vouloir étouffer le premier sentiment qui m'a fait vivre, il s'est concentré dans mon cœur. Il s'y réveille au moment qu'il n'est plus à craindre ; il me soutient quand mes forces m'abandonnent ; il me ranime quand je me meurs. Mon ami, je fais cet aveu sans honte ; ce sentiment resté malgré moi fut involontaire ; il n'a rien coûté à mon innocence ; tout ce qui dépend de ma volonté fut pour mon devoir : si le cœur qui n'en dépend pas fut pour vous, ce fut mon tourment et non pas mon crime. J'ai fait ce que j'ai dû faire ; la vertu me reste sans tache, et l'amour m'est resté sans remords.

J'ose m'honorer du passé ; mais qui m'eût pu répondre de l'avenir ? Un jour de plus peut-être, et j'étais coupable ! Qu'était-ce de la vie entière passée avec vous ? Quels dangers j'ai courus sans le savoir ! À quels dangers plus grands j'allais être exposée ! Sans doute je sentais pour moi les craintes que je croyais sentir pour vous. Toutes les épreuves ont été faites ; mais elles pouvaient trop revenir. N'ai-je pas assez vécu pour le bonheur et pour la vertu? Que me restait-il d'utile à tirer de la vie? En me l'ôtant, le ciel ne m'ôte plus rien de regrettable, et met mon honneur à couvert. Mon ami, je pars au moment favorable, contente de vous et de moi; je pars avec joie, et ce départ n'a rien de cruel. Après tant de sacrifices, je compte pour peu celui qui me reste à faire : ce n'est que mourir une fois de plus.

Jean-Jacques Rousseau, *Julie ou la Nouvelle Héloïse* [1761], Gallimard, «Folio classique», (deux tomes), 2001.

# Gustave Flaubert, *L'Éducation sentimentale*

Dans ce roman d'apprentissage de Gustave Flaubert (1821-1880), Frédéric Moreau, un jeune provincial, vient vivre à Paris pour s'y faire un nom. Il rencontre Jacques Arnoux, directeur d'un journal et propriétaire d'une faïencerie, et tombe amoureux de son épouse. À la fin du roman, après des années de séparation, celle-ci vient trouver Frédéric; mais les sentiments du personnage ne résistent pas à l'épreuve du temps.

Quand ils rentrèrent, Mme Arnoux ôta son chapeau. La lampe, posée sur une console, éclaira ses cheveux blancs. Ce fut comme un heurt en pleine poitrine.

Pour lui cacher cette déception, il se posa par terre à ses genoux, et, prenant ses mains, se mit à lui dire des tendresses.

– «Votre personne, vos moindres mouvements me semblaient avoir dans le monde une importance extrahumaine. Mon cœur, comme de la poussière, se soulevait derrière vos pas. [...]»

Elle acceptait avec ravissement ces adorations pour la femme qu'elle n'était plus. Frédéric, se grisant par ses paroles, arrivait à croire ce qu'il disait. Madame Arnoux, le dos tourné à la lumière, se penchait vers lui. Il sentait sur son front la caresse de son haleine, à travers ses vêtements le contact indécis de tout son corps. Leurs mains se serrèrent; la pointe de sa bottine s'avançait un peu sous sa robe, et il lui dit, presque défaillant:

– «La vue de votre pied me trouble.»

Un mouvement de pudeur la fit se lever. Puis, immobile, et avec l'intonation singulière des somnambules:

– « À mon âge ! lui ! Frédéric !… Aucune n'a jamais été aimée comme moi ! Non, non ! à quoi sert d'être jeune ? Je m'en moque bien ! je les méprise, toutes celles qui viennent ici ! »
– « Oh ! il n'en vient guère ! » reprit-il complaisamment.
Son visage s'épanouit, et elle voulut savoir s'il se marierait.
Il jura que non.
– « Bien sûr ? pourquoi ? »
– « À cause de vous », dit Frédéric en la serrant dans ses bras.
Elle y restait, la taille en arrière, la bouche entrouverte, les yeux levés. Tout à coup, elle le repoussa avec un air de désespoir ; et, comme il la suppliait de lui répondre, elle dit en baissant la tête :
– « J'aurais voulu vous rendre heureux. »
Frédéric soupçonna Mme Arnoux d'être venue pour s'offrir ; et il était repris par une convoitise plus forte que jamais, furieuse, enragée. Cependant, il sentait quelque chose d'inexprimable, une répulsion, et comme l'effroi d'un inceste. Une autre crainte l'arrêta, celle d'en avoir dégoût plus tard. D'ailleurs, quel embarras ce serait ! – et tout à la fois par prudence et pour ne pas dégrader son idéal, il tourna sur ses talons et se mit à faire une cigarette.
Elle le contemplait, tout émerveillée.

Gustave Flaubert, L'Éducation sentimentale [1869], Gallimard, « Folio classique », 2005.

# André Breton, *Nadja*

*Nadja* est un récit autobiographique publié pour la première fois en 1928. André Breton (1896-1966) y raconte sa rencontre avec Nadja, une jeune femme étrange et fascinante.

J'avais, depuis assez longtemps, cessé de m'entendre avec Nadja. À vrai dire, peut-être ne nous sommes-nous jamais entendus, tout au moins sur la manière d'envisager les choses simples de l'existence. Elle avait choisi une fois pour toutes de n'en tenir aucun compte, de se désintéresser de l'heure, de ne faire aucune différence entre les propos oiseux qu'il lui arrivait de tenir et les autres qui m'importaient tant, de ne se soucier en rien de mes dispositions passagères et de la plus ou moins grande difficulté que j'avais à lui passer ses pires distractions. Elle n'était pas fâchée, je l'ai dit, de me narrer sans me faire grâce d'aucun détail les péripéties les plus lamentables de sa vie, de se livrer de-ci de-là à quelques coquetteries déplacées, de me réduire à attendre, le sourcil très foncé, qu'elle voulût bien passer à d'autres exercices, car il n'était bien sûr pas question qu'elle devînt *naturelle*. Que de fois, n'y tenant plus, désespérant de la ramener à une conception réelle de sa valeur, je me suis presque enfui, quitte à la retrouver le lendemain telle qu'elle savait être quand elle n'était pas, elle-même, désespérée, à me reprocher ma rigueur et à lui demander pardon ! À ces déplorables égards, il faut avouer toutefois qu'elle me ménageait de moins en moins, que cela finissait par ne pas aller sans discussions violentes, qu'elle aggravait en leur prêtant des causes médiocres qui n'étaient pas. Tout ce qui fait qu'on peut vivre de la vie d'un être, sans jamais désirer obtenir de lui plus que ce qu'il donne, qu'il est amplement suffisant de le voir bouger ou se tenir immobile, parler ou se taire, veiller ou dormir, de ma part n'existait pas non plus, n'avait jamais existé : ce n'était que trop sûr. Il ne pouvait guère en être autrement, à considérer le monde qui était celui de Nadja, et où tout prenait si vite l'apparence de la montée et de la chute. Mais j'en juge *a posteriori* et je m'aventure en disant qu'il ne pouvait en être autrement. Quelque envie que j'en ai eue, quelque illusion peut-être aussi, je n'ai peut-être pas été à la hauteur de ce qu'elle me proposait. Mais que me proposait-elle ? N'importe. Seul l'amour au sens où je l'entends – mais alors le mystérieux, l'improbable, l'unique, le confondant et l'indubitable amour – tel enfin qu'il ne peut être qu'à toute épreuve, eût pu permettre ici l'accomplissement du miracle.

André Breton, *Nadja* [1928], Gallimard, « Folioplus classiques », 2008.

# Louis Aragon, *Aurélien*

Aurélien Leurtillois, personnage éponyme du roman de Louis Aragon (1897-1982), est un jeune rentier parisien. Il rencontre Bérénice Morel, une provinciale venue passer quelques semaines dans la capitale, et tombe amoureux. Mais Bérénice retourne auprès de son mari, et Aurélien épouse une autre femme. Dix-huit ans après leur séparation, la défaite de 1940 conduit Aurélien, malade, à Ruffec, où il revoit Bérénice.

« Vous devriez vous mettre au lit, Aurélien, – dit-elle, – le docteur dit que vous n'êtes pas bien… »

Il frémit de cette voix restée familière. Le lit fuyait sous lui comme un bateau. Il parvint à s'asseoir, hagard, et prit les mains de la femme. Elle lui en abandonna une, mais de l'autre, échappée, elle tirait l'oreiller de sous les couvertures et calait les reins de Leurtillois…

« Bérénice… »

Que pouvait-il bien dire au-delà de ce nom qui résumait tant de choses informulables? Elle le comprit, et elle eut un sourire pâle: « Eh bien, oui… Aurélien… cela devait être ainsi… »

Il commençait à la mieux voir. Son visage n'était guère changé, durci peut-être, les maxillaires plus marquées. L'expression était demeurée la même. Mais les paupières étaient lourdes, un peu pigmentées. Il y avait aussi que Bérénice était brûlée du soleil. Ses cheveux étaient coiffés autrement, avec des bouclettes devant, une couronne, où le passage du coiffeur était sensible. Peut-être même étaient-ils décolorés. L'essentiel n'était pas cette légère lourdeur de la taille, mais bien dans le visage: un secret perdu, l'éclat peut-être. Bérénice mettait beaucoup plus de rouge à ses lèvres qu'autrefois. Elle avait dû en remettre avant de rentrer dans la chambre jaune. Aurélien baissa les yeux.

« Cela devait être ainsi… » répéta-t-il, et il remarqua ses pieds déchaussés et eut le sursaut de l'homme qui va se lever. Elle l'arrêta.

« Restez donc tranquille, mon ami, vous n'allez pas faire des manières avec moi… » De vieux amis. Il ne l'avait plus revue depuis Giverny, au printemps vingt-trois, cela faisait quoi? Il dit: « Nous pourrions avoir un fils de dix-sept ans », et elle détourna la tête. Il en profita : « Bérénice… Pourquoi ne m'avoir jamais écrit… jamais répondu ?

– Vos lettres sont venues bien tard. Elles tombaient n'importe quand. Et si je vous avais répondu, qu'est-ce que cela aurait changé ? D'ailleurs, je vous ai répondu… Je vous ai écrit, Aurélien, tous les jours de ma vie…

– Mais je n'ai jamais rien reçu !

– Bien sûr, puisque je n'ai rien envoyé… Jamais. »

Louis Aragon, *Aurélien* [1944], Gallimard, « Folio », 2000.

# Folles soirées

## Zelda Fitzgerald, *Accordez-moi cette valse*

*Accordez-moi cette valse* est le seul roman de Zelda Fitzgerald (1900-1948). Elle y a transposé sa propre vie : l'héroïne, Alabama Beggs, une jeune « belle du Sud » fille de juge, épouse un artiste, David Knight, qui ressemble en bien des points à Scott Fitzgerald. Elle part vivre avec lui à New York.

Vincent Youmans[1] écrivit la musique de ces crépuscules de l'après-guerre. Ils étaient merveilleux, suspendus au-dessus de la ville comme un lavis bleu, faits de poussière d'asphalte et d'ombres fuligineuses qui s'amassaient sous les corniches, tandis que des bouffées d'air fatigué s'échappaient des fenêtres que l'on fermait. Ils s'étendaient au-dessus des rues comme la brume blanche qui se lève des marécages. Dans l'obscurité qui tombait, le monde entier allait prendre le thé. Des filles dans des petites capes amorphes et de longues jupes ondulantes, avec des chapeaux comme des baignoires en paille, attendaient des taxis devant le Grill du Plaza ; des filles dans de longs manteaux en satin, avec des chaussures de couleur et des chapeaux de paille comme des tampons d'égout, battaient la mesure d'une cataracte sur les pistes de danse de *La Lorraine* et du *San Regis*. Sous

---

[1]. **Vincent Youmans** : célèbre compositeur et producteur de Broadway.

les sombres perroquets ironiques du Biltmore, un halo de chevelures dorées coupées court se désintégrait en dentelle noire et un bouquet sur l'épaule entre les heures pâles du thé et du dîner qui scellait les fenêtres princières ; le cliquetis simultané des longues silhouettes efflanquées couvrait le tintement des tasses de thé au Ritz.

Des gens qui attendaient d'autres gens roulaient l'extrémité des feuilles de palmier comme le bout d'une moustache brune et, de l'ongle, faisaient de petites incisions sur les feuilles les plus basses. Ce n'était que des jeunes : Lilian Lorraine serait ivre comme le cosmos au-dessus de La Nouvelle-Amsterdam à minuit, et des équipes de football interrompant leur entraînement pour se saouler épouvanteraient les garçons de bar à l'automne. Le monde était plein de parents s'occupant de tas de gens. Des débutantes se chuchotaient l'une à l'autre : « Est-ce que ce ne sont pas les Knight là-bas ? » et « Je l'ai rencontré à un concert. Ma chère, s'il vous plaît, pourriez-vous me présenter ?

– À quoi bon ! Ils sont ab-so-lu-ment fous l'un de l'autre. » Les répliques fondaient dans le monotone élégant de New York.

« Mais oui, ce sont les Knight ! disaient un tas de filles. Avez-vous vu ses peintures ?

– C'est lui que je préférerais voir un jour », répondaient d'autres filles.

Zelda Fitzgerald, *Accordez-moi cette valse* [1932], trad. Jacqueline Rémillet, Robert Laffont, « Pavillons poche », 2009.

## John O'Hara, *L'Enfer commence avec elle*

John O'Hara (1905-1970) était un ami de Francis Scott Fitzgerald. Auteur de romans et de nouvelles fréquemment publiées dans le *New Yorker*, il fut surnommé par la critique « le Balzac américain ». Le roman *L'Enfer commence avec elle* plonge le lecteur dans l'univers de la *middle class* new-yorkaise des années 1930. Dans l'extrait suivant, Jimmy, un jeune journaliste, emmène son amante Isabel prendre un verre dans un bar clandestin fréquenté par des gangsters de Chicago.

Ils descendirent Broadway sur quelques blocs, puis tournèrent vers l'est. Une plaque de cuivre bien astiquée indiquait l'échoppe d'un fabricant de perruques. Jimmy poussa Isabel à travers la petite boutique et appela un ascenseur, qui descendit en grinçant. Un petit Nègre aux yeux chassieux avec une casquette d'uniforme ouvrit la porte et Jimmy dit :

« Club Sixième Avenue.

– Oui m'sieur », dit le Nègre.

L'ascenseur monta deux étages et s'arrêta. Ils sortirent devant une porte d'acier peinte en rouge, au milieu de laquelle était percé un judas. Jimmy sonna, un visage apparut.

« Oui, monsieur, dit le visage. Votre nom, s'il vous plaît ?

– Vous venez d'être embauché, sinon vous me connaîtriez, dit Jimmy.

– Oui, monsieur... Votre nom, s'il vous plaît ?

– Malloy. Pour l'amour de Dieu, Malloy !

– Et votre adresse, monsieur Malloy, s'il vous plaît ?

– Zut ! dites à Luke que M. Malloy est là. »

Isabel entendit un bruit de chaînes et de serrures. Le portier se tenait devant la porte :

« Nous sommes obligés de faire attention. Vous savez ce que c'est. On ne peut pas laisser entrer n'importe qui. »

Ils pénétrèrent dans une pièce faute de plafond. D'un côté, un long comptoir de bar. En face, un buffet bien garni, ravitaillé grâce à une cuisine parfaitement équipée. Jimmy poussa Isabel vers le bar.

« Salut, Luke, dit-il.

– Comment va, monsieur ? salua Luke, un géant au visage trompeusement avenant qui n'allait pas sans rappeler Babe Ruth.

– Prends donc un *whiskey sour*, chérie, Luke prépare les meilleurs *whiskey sour* du monde.

– J'aurais préféré un punch, mais allons-y pour le *whiskey sour*.

– Et vous, monsieur ?

– Whisky soda, s'il vous plaît. »

Isabel regarda autour d'elle. Au-dessus du miroir du bar, l'habituel vieux bandit regardant avec concupiscence une grande bouteille de bière et l'habituelle licence de début d'alcool humoristique. Derrière le bar, de nombreuses bouteilles, dont une de Rock & Rye, autre spécialité de Luke. Hormis la quantité et la variété des bouteilles, ainsi que la propreté du bar, le *speakeasy*[1] de Luke ressemblait aux quelques vingt mille des environs de Time Square. Isabel aperçut un petit objet qui la dérangea : un calendrier « illustré », avec un endroit où placer des lettres ou des mots, et l'image d'une femme voluptueuse, nue au-dessus de la ceinture ; ce calendrier était intact et la première feuille portait en gros chiffres le millésime de « 1931 ». Sur le devant était écrit : « À Chicago allez chez d'Agostino, cuisine italienne Steaks & Chops, dîners privés. » Suivaient l'adresse et trois numéros de téléphone.

John O'Hara, L'Enfer commence avec elle [1936],<br>trad. Yves Malartic, LGF, « Le livre de poche », 2012.

## Toni Morisson, *Jazz*

Toni Morisson, de son vrai nom Chloe Anthony Wofford, est née en 1931, et a reçu le Prix Nobel de Littérature en 1993. Ses romans retracent la souffrance et la quête d'identité de la population afro-américaine aux États-Unis. L'intrigue de *Jazz* s'organise autour d'un crime passionnel commis à Harlem, quartier noir de New York, en 1926. Dorcas, la victime, a seize ans lorsqu'elle va danser pour la première fois avec l'une de ses amies dans une soirée privée, sur les rythmes de jazz qui résonnent dans son quartier et que sa mère considère comme une musique obscène.

Les deux copines montent les marches, menées droit au bon endroit plus par le piano droit qui se déverse sous la porte que par leur souvenir du numéro de l'appartement. Elles s'arrêtent pour échanger un regard avant de frapper. Même dans le couloir mal éclairé l'amie à la peau sombre fait ressortir le teint crémeux de l'autre. La chevelure huileuse de Felice met en valeur les ondulations sèches et douces de Dorcas. La porte s'ouvre et elles entrent.

Avant qu'on éteigne les lumières, et avant que disparaissent les sandwiches et l'eau gazeuse alcoolisée, celui qui s'occupe du tourne-disque choisit un morceau rapide convenant à la pièce

---

1. *Speakeasy* : bar clandestin.

bien éclairée dont les meubles encombrants ont été poussés contre les murs, rangés dans le couloir et les chambres où s'entassent les manteaux. Sous le plafonnier, les couples bougent comme des jumeaux nés l'un avec, sinon pour, l'autre, partageant le pouls du partenaire comme une seconde jugulaire[1]. Ils croient savoir avant la musique ce que doivent faire leurs mains, leurs pieds, mais cette illusion est le pouvoir secret de la musique : la façon dont elle leur fait croire que c'est à eux ; l'anticipation qu'elle anticipe. Pendant les changements de disque, quand les filles agitent le col de leur corsage pour aérer leurs clavicules mouillées ou tapotent d'une main anxieuse les dégâts de leurs cheveux humides, les garçons se pressent sur le front des mouchoirs pliés en quatre. Le rire couvre les regards indiscrets d'accueil et de promesse, émousse les gestes de trahison et d'abandon.

Dorcas et Felice ne sont pas des inconnues à la soirée – personne ne l'est. Des gens qu'elles n'ont jamais vus se joignent à la fête aussi aisément que ceux qui ont grandi dans l'immeuble. Mais les deux filles sont d'autant plus en attente qu'elles ont eu du mal à se trouver une tenue pour cette escapade. Dorcas, à seize ans, n'a pas encore porté de bas de soie, et elle a les chaussures de quelqu'un de beaucoup plus jeune ou plus vieux qu'elle. Felice l'a aidée à défaire deux nattes derrière les oreilles et elle a le doigt taché par le rouge qu'elle s'est passé sur les lèvres. Avec le col retourné, sa robe a l'air plus adulte, mais la main sévère d'une grande personne sermonneuse se voit partout ailleurs : à l'ourlet, à la ceinture sur la taille, aux manches courtes et bouffantes. Felice et elle ont essayé d'enlever la ceinture, puis de la fixer à hauteur du nombril. Deux stratégies désastreuses. Elles savent qu'un corps mal habillé n'est plus personne, et Felice a dû lui seriner des compliments tout le long de la Septième Avenue pour que Dorcas oublie sa toilette et se prépare à la fête.

À leur entrée la musique s'élance vers le plafond et par les fenêtres grandes ouvertes pour l'aération. Immédiatement les deux filles sont attrapées par des mains masculines et jetées au centre tourbillonnant de la pièce.

Toni Morisson, *Jazz* [1992], trad. Pierre Alien, Christian Bourgois, 1993.

---

**1.  Jugulaire** : veine du cou.

# Gilles Leroy, *Alabama Song*

*Alabama Song* est un roman biographique. Gilles Leroy (né en 1958) prête sa voix à Zelda Fitzgerald pour raconter son histoire avec Scott, en mêlant à sa véritable histoire des personnages et des événements imaginaires. Fille d'un juge d'Alabama, Zelda Sayre défie sa famille en épousant Scott, un jeune écrivain rencontré au camp Sheridan juste avant l'armistice. Elle le rejoint à New York au moment de ses premiers succès littéraires. Dans les soirées mondaines, le jeune couple fait sensation.

Ah! Goofo, ma Poupée, mon Bouffon!… On était si semblables, lui et moi, on l'était dès la naissance, deux danseuses mondaines, deux gosses de vieux, deux enfants gâtés, intenables et, lui comme moi, médiocres à l'école, un duo de brillants « Peut-mieux-faire », deux créatures insatiables et condamnées à être déçues.

On avait tant de choses en commun. Dans un entretien au *New Yorker*, ce brave vieux fidèle de Wilson disait hier que le plus curieux était notre ressemblance physique. « Avant même d'être mariés, ils avaient un air de famille », dit Wilson. « Comme frère et sœur. C'était bizarre, l'une des nombreuses choses insolites chez eux. »

Je ne l'ai jamais remarqué, quant à moi, mais je me souviens d'un soir, dans notre suite de l'Algonquin Hotel, où je m'étais grimée, coiffé les cheveux en arrière avec la raie au milieu et un tube entier de brillantine, avant de passer un costume de Scott (c'était sa tenue de mess[1], je crois, un tuxedo[2] bleu nuit aux revers filés d'argent, ganses de satin sur la couture du pantalon et boutons gravés de l'aigle impérialiste), puis j'avais noué une cravate noire sur ma peau nue. Le costume tombait parfaitement, comme taillé pour moi, mes hanches droites et ma poitrine sèche de garçon : ce décolleté sur ma gorge, je le sentais, devenait vertigineux. Pour la première fois à Manhattan j'étais une femme sexy, une bombe comme ils disent, une femme avec qui l'on sort fou de fierté et avec qui l'on rentre fou de désir – plus du tout la dinde excentrique de province. Toute l'assistance avait applaudi, médusée, certains même gênés car je savais mimer moi aussi, et

---

**1. Tenue de mess**: uniforme militaire porté pour les réceptions.
**2. Tuxedo**: smoking.

j'avais «attrapé», comme disent les acteurs, bien des expressions de Scott. Mais lui n'apprécia que peu le numéro : Scott aimait sa roulure aristo, sa crottée à l'esprit cinglant, sa meilleure alliée sur la couverture des magazines. Scott, ce qu'il aimait et désirait, c'était sa Southern Belle. Pas un travelo dans le miroir.

Gilles Leroy, *Alabama Song* [2007], Gallimard, «Folio», 2009.

## Questions sur les groupements de textes

### ■ Histoires d'amour manquées

**a.** Qu'est-ce qui sépare les amants dans ces différents extraits ?

**b.** Choisissez un texte parmi ceux du groupement. À l'aide d'une caméra numérique, réalisez un court-métrage mettant en évidence l'échec de la relation amoureuse entre les personnages. Projetez-le à vos camarades, en expliquant les choix qui ont guidé votre réalisation. Rédigez tout d'abord une note d'intention afin de clarifier votre projet. Réalisez ensuite un *storyboard* pour déterminer les types de plan de prises de vue, etc. Construisez une atmosphère adaptée à la scène (décor, lumière, musique, etc.), et guidez vos acteurs dans l'interprétation du texte (ton, attitudes, mouvements) avant de les filmer.

### ■ Folles soirées

**a.** Cherchez dans ces différents extraits les éléments caractéristiques des Années folles.

**b.** Effectuez une recherche d'images sur Internet (photographie, peinture) ou sélectionnez des images dans les films conseillés dans la rubrique «Fenêtres sur» (p. 251) pour présenter à vos camarades une représentation d'une soirée des années 1920. Analysez-la : caractérisez l'atmosphère de cette soirée, commentez la mode et les activités des personnages. Vous trouverez des bandes annonces des films conseillés sur le site www.allocine.fr et des photographies sur le site www.imdb.com.

# Vers l'écrit du Bac

L'épreuve écrite du Bac de français s'appuie sur un corpus (ensemble de textes et de documents iconographiques). Le sujet se compose de deux parties : une ou deux questions portant sur le corpus puis trois travaux d'écriture au choix (commentaire, dissertation, écriture d'invention).

## Sujet **Personnages énigmatiques**

### ☛ Le personnage de roman, du XVIIe siècle à nos jours

| Corpus | |
|---|---|
| Texte A | Francis Scott Fitzgerald, *Gatsby le magnifique* (1924) |
| Texte B | Albert Camus, *L'Étranger* (1942) |
| Texte C | Marguerite Duras, *Le Ravissement de Lol V. Stein* (1964) |
| Texte D | Emmanuel Carrère, *L'Adversaire* (2000) |
| Annexe | Edward Hopper, *Chambre d'hôtel* (1931) |

**Personnages énigmatiques**

## Texte A
### Francis Scott Fitzgerald, *Gatsby le magnifique* (1924)

« J'aime bien venir ici, dit Lucille. Comme je ne me soucie pas de ce que je fais, je m'amuse toujours. La dernière fois que je suis venue, j'ai fait un accroc à ma robe sur une chaise. Il m'a demandé mon nom et mon adresse, et dans la semaine j'ai reçu un carton de chez Croirier avec une robe du soir toute neuve.

– Vous l'avez gardée ? demanda Jordan.

– Bien sûr. Je pensais la mettre ce soir, mais elle était trop large à la poitrine et il a fallu faire une retouche. Elle est bleu pétrole avec des perles bleu lavande. Deux cent soixante-cinq dollars.

– C'est quand même un peu bizarre qu'un type fasse une chose pareille, dit l'autre fille avec fougue. Il ne veut surtout pas avoir d'ennuis, avec personne.

– De qui parlez-vous ? demandai-je.

– De Gatsby. On m'a dit… »

Les deux filles et Jordan se penchèrent les unes vers les autres pour écouter la confidence.

« On m'a dit qu'il aurait tué un homme autrefois. »

Un frisson nous parcourut tous. Le trio des Marmotteurs s'inclina aussi et écouta avec intérêt.

« Je ne crois pas tellement que ce soit pour ça, objecta Lucille, sceptique. C'est plutôt qu'il était un espion allemand pendant la guerre. »

L'un des hommes hocha la tête en signe de confirmation.

« J'ai entendu la même histoire de la bouche d'un homme qui savait tout de lui, pour la bonne raison qu'ils ont grandi ensemble en Allemagne », nous assura-t-il d'un ton catégorique.

« Oh non, ce n'est pas possible, dit la première fille, parce qu'il était dans l'armée américaine pendant la guerre. » Comme nous reportions notre crédulité sur ses dires, elle se pencha en avant avec enthousiasme. « Regardez-le bien quand il croit que personne ne l'observe. Je suis prête à parier qu'il a tué un homme. »

Elle plissa les yeux et frissonna. Lucille frissonna. Tout le monde tourna la tête, cherchant Gatsby des yeux. Il n'y avait pas meilleure preuve des spéculations romanesques qu'il suscitait que ces rumeurs répandues à voix basse sur son compte par ceux-là mêmes qui jugeaient que peu de choses dans ce monde méritaient qu'on en parle à voix basse.

F. Scott Fitzgerald, *Gatsby le magnifique*, trad. Philippe Jaworski.<br>© Gallimard.

## Texte B
### Albert Camus, *L'Étranger* (1942)

Le roman se déroule en Algérie, alors colonie française. Meursault, le narrateur, est étrangement indifférent à tout ce qui l'entoure. Un dimanche, alors qu'il passe la journée à la plage avec des amis, il tue sans le vouloir un Arabe qui s'était battu avec son voisin Raymond. Au moment de son procès, on semble plus lui reprocher de n'avoir pas pleuré à l'enterrement de sa mère que d'avoir tué un homme.

Mon interrogatoire a commencé aussitôt. Le président m'a questionné avec calme et même, m'a-t-il semblé, avec une nuance de cordialité. On m'a encore fait décliner mon identité et malgré mon agacement, j'ai pensé qu'au fond c'était assez naturel, parce qu'il serait trop grave de juger un homme pour un autre. Puis le président a recommencé le récit de ce que j'avais fait, en s'adressant à moi toutes les trois phrases pour me demander : « Est-ce bien cela ? » À chaque fois, j'ai répondu : « Oui, monsieur le président », selon les instructions de mon avocat. Cela a été long parce que le président apportait beaucoup de minutie dans son récit. Pendant tout ce temps, les journalistes écrivaient. Je sentais les regards du plus jeune d'entre eux et de la petite automate[1]. La banquette de tramway[2] était tout entière tournée vers le président. Celui-ci a toussé, feuilleté son dossier et il s'est tourné vers moi en s'éventant.

Il m'a dit qu'il devait aborder maintenant des questions apparemment étrangères à mon affaire, mais qui peut-être la touchaient de fort près. J'ai compris qu'il allait encore parler de

---

**1. La petite automate** : femme cliente d'un restaurant que fréquente habituellement Meursault et qu'il compare à une automate car ses gestes sont extrêmement précis et rapides.
**2. La banquette de tramway** : banquette du tribunal où se trouvent les jurés, que Meursault compare à une banquette de tramway.

**Personnages énigmatiques**

maman et j'ai senti en même temps combien cela m'ennuyait. Il m'a demandé pourquoi j'avais mis maman à l'asile. J'ai répondu que c'était parce que je manquais d'argent pour la faire garder et soigner. Il m'a demandé si cela m'avait coûté personnellement et j'ai répondu que ni maman ni moi n'attendions plus rien l'un de l'autre, ni d'ailleurs de personne, et que nous nous étions habitués tous les deux à nos vies nouvelles. Le président a dit alors qu'il ne voulait pas insister sur ce point et il a demandé au procureur s'il ne voyait pas d'autre question à me poser.

Celui-ci me tournait à demi le dos et, sans me regarder, il a déclaré qu'avec l'autorisation du président, il aimerait savoir si j'étais retourné vers la source[1] tout seul avec l'intention de tuer l'Arabe. « Non », ai-je dit. « Alors, pourquoi était-il[2] armé et pourquoi revenir vers cet endroit précisément ? » J'ai dit que c'était le hasard. Et le procureur a noté avec un accent mauvais : « Ce sera tout pour le moment. » Tout ensuite a été un peu confus, du moins pour moi. Mais après quelques conciliabules[3], le président a déclaré que l'audience était levée et renvoyée à l'après-midi pour l'audition des témoins.

Albert Camus, *L'Étranger*.
© Gallimard.

### Texte C
**Marguerite Duras, *Le Ravissement de Lol V. Stein* (1964)**

Au cours d'un bal au casino de T. Beach, la jeune Lol Valérie Stein assiste au coup de foudre de son fiancé pour une autre femme et sombre dans la folie. Dix ans plus tard, mariée et mère de trois enfants, elle retrouve dans sa ville natale Tatiana Karl, son amie d'enfance. Jacques Hold, le narrateur du roman, amoureux de Lol, cherche à comprendre.

---

**1. La source** : le lieu du crime situé sur la plage où Meursault s'est rendu pour trouver de la fraîcheur. Il y a retrouvé par hasard l'Arabe avec qui Raymond s'était battu.
**2. Il** : le procureur parle ici de Meursault : celui-ci avait le revolver de Raymond en sa possession au moment de la rencontre avec l'Arabe près de la source : il avait pris l'arme de son voisin pour lui éviter de faire une bêtise.
**3. Conciliabules** : conversations chuchotées.

Tatiana ne croit pas au rôle prépondérant[1] de ce fameux bal de T. Beach dans la maladie de Lol V. Stein.

Tatiana Karl, elle, fait remonter plus avant, plus avant même que leur amitié, les origines de cette maladie. Elles étaient là, en Lol V. Stein, couvées, mais retenues d'éclore par la grande affection qui l'avait toujours entourée dans sa famille et puis au collège ensuite. Au collège, dit-elle, et elle n'était pas la seule à le penser, il manquait déjà quelque chose à Lol pour être – elle dit : là. Elle donnait l'impression d'endurer dans un ennui tranquille une personne qu'elle se devait de paraître mais dont elle perdait la mémoire à la moindre occasion. Gloire de douceur mais aussi d'indifférence, découvrait-on très vite, jamais elle n'avait paru souffrir ou être peinée, jamais on ne lui avait vu une larme de jeune fille. Tatiana dit encore que Lol V. Stein était jolie, qu'au collège on se la disputait bien qu'elle vous fût dans les mains comme l'eau parce que le peu que vous reteniez d'elle valait la peine de l'effort. Lol était drôle, moqueuse impénitente[2] et très fine bien qu'une part d'elle-même eût été toujours en allée loin de vous et de l'instant. Où ? Dans le rêve adolescent ? Non, répond Tatiana, non, on aurait dit dans rien encore justement, rien. Était-ce le cœur qui n'était pas là ? Tatiana aurait tendance à croire que c'était peut-être en effet le cœur de Lol V. Stein qui n'était pas – elle dit : là – il allait venir sans doute, mais elle, elle ne l'avait pas connu. Oui, il semblait que c'était cette région du sentiment qui, chez Lol, n'était pas pareille.

Lorsque le bruit avait couru des fiançailles de Lol V. Stein, Tatiana, elle, n'avait cru qu'à moitié à cette nouvelle : qui Lol aurait-elle bien pu découvrir qui aurait retenu son attention entière ?

Quand elle connut Michael Richardson et qu'elle fut témoin de la folle passion que Lol lui portait, elle en fut ébranlée mais il lui resta néanmoins encore un doute : Lol ne faisait-elle pas une fin de son cœur inachevé ?

Je lui ai demandé si la crise de Lol, plus tard, ne lui avait pas apporté la preuve qu'elle se trompait. Elle m'a répété que non,

---

1. **Prépondérant** : prédominant.
2. **Impénitente** : incorrigible.

qu'elle, elle croyait que cette crise et Lol ne faisaient qu'un depuis toujours.

Je ne crois plus à rien de ce que dit Tatiana, je ne suis convaincu de rien.

Marguerite Duras, Le Ravissement de Lol V. Stein.<br>© Gallimard.

## Texte D
### Emmanuel Carrère, *L'Adversaire* (2000)

Le sujet de *L'Adversaire* repose sur un fait divers : le 9 janvier 1993, Jean-Claude Romand a tué sa femme, ses enfants et ses parents, à qui il avait fait croire pendant dix-huit ans qu'il était médecin alors qu'il n'a jamais été diplômé. Dans cette biographie romancée, Carrère enquête sur cet homme singulier.

D'un côté s'ouvrait le chemin normal, que suivaient ses amis et pour lequel il avait, tout le monde le confirme, des aptitudes légèrement supérieures à la moyenne. Sur ce chemin il vient de trébucher mais il est encore temps de se rattraper, de rattraper les autres : personne ne l'a vu. De l'autre, ce chemin tortueux du mensonge dont on ne peut même pas dire qu'il semble à son début semé de roses tandis que l'autre serait encombré de ronces et rocailleux comme le veulent les allégories[1]. Il n'y a pas besoin d'y engager le pied, d'aller jusqu'à un tournant pour voir que c'est un cul-de-sac. Ne pas passer ses examens et prétendre qu'on les a réussis, ce n'est pas une fraude hardie qui a des chances de réussir, un quitte ou double de joueur : on ne peut que se faire rapidement pincer et virer de la fac sous la honte et le ridicule, les choses au monde qui devaient lui faire le plus peur. Comment se serait-il douté qu'il y avait pire que d'être rapidement démasqué, c'était de ne pas l'être, et que ce mensonge puéril lui ferait dix-huit ans plus tard massacrer ses parents, Florence et les enfants qu'il n'avait pas encore ?

---

**1. Allégories** : représentations concrètes d'idées abstraites.

« Mais enfin, a demandé la présidente[1] : pourquoi ? »

Il a haussé les épaules.

« Je me suis posé cette question tous les jours pendant vingt ans. Je n'ai pas de réponse. »

Un temps de silence.

« Quand même, les résultats des examens sont affichés. Vous aviez des amis. Personne n'a remarqué que votre nom n'était pas sur les listes ?

– Non. Je peux vous assurer que je ne suis pas allé l'ajouter à la main. D'ailleurs, les listes étaient derrière des vitres.

– C'est une énigme.

– Pour moi aussi. »

La présidente s'est penchée vers un de ses assesseurs[2] qui lui a glissé quelque chose à l'oreille. Puis :

« On estime que vous ne répondez pas vraiment à la question. »

Emmanuel Carrère, *L'Adversaire*.
© POL.

## Annexe
**Edward Hopper, *Chambre d'hôtel* (1931)**

➡ Image reproduite en fin d'ouvrage, au verso de la couverture.

---

1. **La présidente** : la juge qui préside le tribunal.
2. **Assesseurs** : assistants du juge.

## ■ *Questions sur le corpus*
(4 points pour les séries générales ou 6 points pour les séries technologiques)

**1.** Pourquoi ces personnages sont-ils énigmatiques ?

**2.** Par quels procédés de narration (choix du narrateur, point de vue, discours rapportés...) les auteurs parviennent-ils à entretenir le mystère autour des personnages ?

## ■ *Travaux d'écriture*
(16 points pour les séries générales ou 14 points pour les séries technologiques)

### Commentaire (séries générales)
Vous ferez le commentaire du texte C (Duras).

### Commentaire (séries technologiques)
Vous ferez le commentaire du texte B (Camus) en vous aidant du parcours de lecture suivant : dans un premier temps, vous montrerez que Meursault semble étranger à son propre procès ; dans un second temps, vous analyserez la satire de la justice présente dans le texte.

### Dissertation
Selon vous, pour intéresser son public, le romancier doit-il pleinement renseigner le lecteur sur les personnages ou laisser une part de mystère ?
Vous répondrez à cette question dans un développement organisé en vous appuyant sur les textes du corpus, les œuvres étudiées en classe et vos lectures personnelles.

### Écriture d'invention
Nick, narrateur du texte A, rentre à son domicile après la soirée et repense à ce qu'il a appris sur Gatsby. Il confronte les rumeurs qui circulent sur son voisin à ses propres impressions. Vous rédigerez son monologue intérieur, en vous appuyant sur le texte A, mais aussi sur votre connaissance de l'ensemble du roman.

# Fenêtres sur...

##  Des ouvrages à lire

### D'autres œuvres de Francis Scott Fitzgerald
- Francis Scott Fitzgerald, *Tendre est la nuit*, LGF, « Le livre de poche », 2012.
- Francis Scott Fitzgerald, *Les Enfants du Jazz*, Gallimard, « Folio », 2001.

### Pour mieux connaître Zelda et Francis Scott Fitzgerald
- Zelda Fitzgerald, *Accordez-moi cette valse*, Robert Laffon, « Pavillons poche », 2009.
- Gilles Leroy, *Alabama Song*, Gallimard, « Folio », 2009.
- Francis Scott et Zelda Fitzgerald, *Lots of Love Scott et Scottie*, Correspondance 1936-1940, Bernard Pascuito éditeur, 2008.

### Sur les Années folles
- John O'Hara, *L'Enfer commence avec elle* [1936], LGF, « Le livre de poche », 2012.
- Toni Morisson, *Jazz* [1992], Christian Bourgois, 1993.

**Fenêtres sur...**

# 🎬 *Des films à voir*

*(Les œuvres citées ci-dessous sont disponibles en DVD.)*

## Une adaptation *de Gatsby le magnifique*
- *Gatsby le magnifique*, film de Jack Clayton, avec Robert Redford et Mia Farrow, couleur, 1974.

## Les Années folles à l'écran
- *Certains l'aiment chaud*, film de Billy Wilder, avec Marilyn Monroe, Tony Curtis et Jack Lemmon, noir et blanc, 1959.
- *Les Incorruptibles*, film de Bryan de Palma, avec Kevin Costner, Sean Connery et Robert De Niro, couleur, 1987.
- *Chicago*, film de Rob Marshall, avec Renée Zellweger, Catherine Zeta-Jones et Richard Gere, couleur, 2002.
- *Boardwalk Empire*, série de Terence Winter, avec Steve Buscemi, Kelly MacDonald et Michael Shannon, couleur, 2010.

# @ *Des sites Internet à consulter*

- Une lecture des œuvres de Fitzgerald dans l'émission « Ça peut pas faire de mal » de France Inter : **https://www.radiofrance.fr/franceinter/podcasts/ca-peut-pas-faire-de-mal/francis-scott-fitzgerald-8914156**
- Un article sur les lieux qui, à Long Island, ont inspiré Fitzgerald : **www.telerama.fr/livre/sur-les-traces-de-fitzgerald-la-ou-gatsby-devint-magnifique,86483.php**

# Glossaire

**Bootlegger** : mot anglais ; trafiquant d'alcool durant la période dite de la Prohibition. Par extension, tout commerçant hors-la-loi.

**Brooklyn** : l'un des cinq arrondissements de la ville de New York situé sur l'extrémité ouest de Long Island.

**Consumérisme** : attitude qui consiste à confondre l'existence avec l'acte de consommer.

**Flapper** : mot anglais : « jeune fille délurée ». Durant les années 1920 aux États-Unis d'Amérique, un type de citadine émancipée, coiffée à la garçonne, séductrice, revendiquant sa liberté, notamment sexuelle.

**Hédonisme** : doctrine qui prend pour principe de la morale l'évitement de la souffrance, la recherche du plaisir et de la satisfaction.

**Long Island** : île de l'État de New York, divisée en quatre comtés, dont deux font partie de la ville de New York (Brooklyn et le Queens), et deux sont des banlieues (Nassau et Suffolk).

**Manhattan** : l'un des cinq arrondissements de la ville de New York situé sur l'île de Manhattan, en face de l'extrémité ouest de Long Island.

**Narrateur** : celui qui raconte. Il peut être extérieur à l'histoire, ou être un personnage de celle-ci.

# Glossaire

**Point de vue** (ou focalisation): angle selon lequel sont perçus et racontés les événements par le narrateur. On distingue trois types de point de vue ou de focalisation (qui peuvent varier dans un même récit):
– **omniscient:** le narrateur sait tout de ses personnages;
– **interne:** le narrateur livre les pensées, les sentiments d'un seul personnage;
– **externe:** le narrateur n'a accès à aucune information sur les personnages, il les regarde seulement de l'extérieur.

**Prohibition**: 1919-1933, période durant laquelle, sur décision législative aux États-Unis d'Amérique, la production et la vente des boissons alcoolisées sont interdites.

**Queens**: l'un des cinq arrondissements de la ville de New York situé sur la partie ouest de Long Island, à l'est de Brooklyn.

**Récit encadré**: récit dans le récit. À l'intérieur du récit principal (le récit-cadre), le narrateur laisse la parole à un personnage qui raconte lui-même une histoire.

**Rêve américain**: Idéologie selon laquelle, aux États-Unis d'Amérique, toute personne peut s'enrichir grâce à sa détermination, son travail et sa ténacité.

**Toponyme**: nom de lieu.

# Dans la même collection

## CLASSICOLYCÉE

*Des poèmes et des rêves* (anthologie) (105)
Guillaume Apollinaire – *Alcools* (25)
Nathacha Appanah – *Tropique de la violence* (196)
Honoré de Balzac – *La Fille aux yeux d'or* (120)
Honoré de Balzac – *Le Colonel Chabert* (131)
Honoré de Balzac – *Le Père Goriot* (99)
Honoré de Balzac – *La Peau de chagrin* (188)
Honoré de Balzac – *Mémoires de deux jeunes mariées* (189)
Charles Baudelaire – *Les Fleurs du mal* (21)
Charles Baudelaire – *Le Spleen de Paris* (87)
Beaumarchais – *Le Barbier de Séville* (138)
Beaumarchais – *Le Mariage de Figaro* (65)
Ray Bradbury – *Fahrenheit 451* (66)
Albert Camus – *La Peste* (90)
Emmanuel Carrère – *L'Adversaire* (40)
Blaise Cendrars – *Prose du Transsibérien et autres poèmes* (147)
Corneille – *Le Cid* (129)
Corneille – *Le Menteur* (207)
Corneille – *Médée* (84)
Dai Sijie – *Balzac et la Petite Tailleuse chinoise* (28)
Robert Desnos – *Corps et Biens* (132)
Denis Diderot – *Supplément au Voyage de Bougainville* (56)
Joachim du Bellay – *Les Regrets* (187)
Alexandre Dumas – *Pauline* (121)
Alexandre Dumas – *Antony* (177)
Marguerite Duras – *Le Ravissement de Lol V. Stein* (134)
Marguerite Duras – *Un barrage contre le Pacifique* (67)
Paul Eluard – *Capitale de la douleur* (91)
Annie Ernaux – *La Place* (35)
Élisabeth Filhol – *La Centrale* (112)
Francis Scott Fitzgerald – *Gatsby le magnifique* (104)
Gustave Flaubert – *Madame Bovary* (89)
Gustave Flaubert – *Un cœur simple* (77)
David Foenkinos – *Charlotte* (206)
Marie de France – *Lais* (209)
François Garde – *Ce qu'il advint du sauvage blanc* (145)
Romain Gary – *La Vie devant soi* (29)
Romain Gary – *Les Cerfs-volants* (157)
Jean Genet – *Les Bonnes* (45)
Jean Giono – *Un roi sans divertissement* (118)
Olympe de Gouges – *Déclaration des droits de la femme et de la citoyenne* (179)

J.-Cl. Grumberg, Ph. Minyana, N. Renaude – *Trois pièces contemporaines* (24)
Victor Hugo – *Anthologie poétique* (124)
Victor Hugo – *Le Dernier Jour d'un condamné* (44)
Victor Hugo – *Les Contemplations* (livres I à IV) (163)
Victor Hugo – *Ruy Blas* (19)
Eugène Ionesco – *La Cantatrice chauve* (20)
Eugène Ionesco – *Le roi se meurt* (43)
Louise Labé – *Poésies* (176)
Jean de La Bruyère – *Les Caractères* (livres V à X) (181)
Jean de La Bruyère – *Les Caractères* (livre XI) (182)
Laclos – *Les Liaisons dangereuses* (88)
Mme de Lafayette – *La Princesse de Clèves* (71)
Jean de La Fontaine – *Fables* (livres VII à XI) (164)
J.M.G. et Jemia Le Clézio – *Gens des nuages* (205)
Marivaux – *Les Fausses Confidences* (170)
Marivaux – *L'Île des esclaves* (36)
Marivaux – *Le Jeu de l'amour et du hasard* (55)
Guy de Maupassant – *Bel-Ami* (27)
Guy de Maupassant – *Pierre et Jean* (64)
Guy de Maupassant – *Une partie de campagne et autres nouvelles réalistes* (143)
Pierre Michon – *Vies minuscules* (180)
Patrick Modiano – *Dora Bruder* (169)
Molière – *Dom Juan* (26)
Molière – *L'École des femmes* (102)
Molière – *Les Femmes savantes* (149)
Molière – *Le Malade imaginaire* (171)
Molière – *Le Misanthrope* (122)
Molière – *Le Tartuffe* (48)
Montaigne – *Essais. Des Cannibales, Des coches* (161)
Montesquieu – *Lettres persanes* (103)
Alfred de Musset – *Lorenzaccio* (111)
Alfred de Musset – *On ne badine pas avec l'amour* (86)
Marie NDiaye – *Histoire de Khady Demba. Trois femmes puissantes* (190)
George Orwell – *La Ferme des animaux* (106)
Pierre Péju – *La Petite Chartreuse* (92)
Charles Perrault – *Contes* (137)
Francis Ponge – *Le Parti pris des choses* (72)
Abbé Prévost – *Manon Lescaut* (23)
François Rabelais – *Gargantua* (183)
Racine – *Andromaque* (22)
Racine – *Bérénice* (60)
Racine – *Britannicus* (108)
Racine – *Phèdre* (39)
Arthur Rimbaud – *Œuvres poétiques* (68)
Arthur Rimbaud – *Cahiers de Douai* (197)

Tiago Rodrigues – *Bovary* (178)
Edmond Rostand – *Cyrano de Bergerac* (148)
Stendhal – *Le Rouge et le Noir* (160)
Paul Verlaine – *Poèmes saturniens* et *Fêtes galantes* (101)
Jules Verne – *Voyage au centre de la Terre* (162)
Voltaire – *Candide* (18)
Voltaire – *L'Ingénu* (85)
Voltaire – *Micromégas* (117)
Voltaire – *Traité sur la tolérance* (135)
Voltaire – *Zadig* (47)
Émile Zola – *La Fortune des Rougon* (46)
Émile Zola – *Nouvelles naturalistes* (83)
Émile Zola – *Thérèse Raquin* (107)

Première de couverture: © Blue Lantern Studio/Corbis.
Deuxième de couverture: [h] © Prod DB © Paramount/DR; [b] © Prod DB © Warner Bros-Bazmark Films-Red Wagon Productions/DR.
Troisième de couverture: musée Thyssen-Bornemisza, Madrid, © akg-images.
Page 6: © Oxford University Press, 2008.
Page 214: © Bettmann/CORBIS.

© Éditions Gallimard, 2012 pour la traduction française.
© Éditions Belin/Éditions Gallimard, 2013 pour l'introduction, les notes et le dossier pédagogique.
170 *bis*, boulevard du Montparnasse, 75680 Paris cedex 14

Le code de la propriété intellectuelle n'autorise que «les copies ou reproductions strictement réservées à l'usage privé du copiste et non destinées à une utilisation collective» [article L. 122-5]; il autorise également les courtes citations effectuées dans un but d'exemple ou d'illustration. En revanche «toute représentation ou reproduction intégrale ou partielle, sans le consentement de l'auteur ou de ses ayants droit ou ayants cause, est illicite» [article L. 122-4].
La loi 95-4 du 3 janvier 1994 a confié au C.F.C. (Centre français de l'exploitation du droit de copie, 20, rue des Grands-Augustins, 75006 Paris), l'exclusivité de la gestion du droit de reprographie. Toute photocopie d'œuvres protégées, exécutée sans son accord préalable, constitue une contrefaçon sanctionnée par les articles 425 et suivants du Code pénal.

ISBN 978-2-7011-6455-7
ISSN 2104-9610

Pour obtenir plus d'informations, bénéficier d'offres spéciales enseignants ou nous communiquer vos attentes, renseignez-vous sur **classico-lycee.belin.education** ou envoyez un courriel à **contact.classico@belin-education.com**

La pâte à papier utilisée pour la fabrication du papier de cet ouvrage provient de forêts certifiées et gérées durablement.
Imprimé en Espagne par Novoprint
Dépôt légal: avril 2013 – N° d'édition: 70116455-05/nov2024